Bisher vom Autor erschienene Bücher bei KBV:

»Somniferus«
»Hexennacht«
»Das Schattenbuch«
»Hinter der Maske«

Michael Siefener, geboren 1961, promovierter Jurist, wandte sich 1992 von seinem Beruf ab und lebt seitdem als freier Schriftsteller und Übersetzer in der Eifel und in Hamburg. Er veröffentlichte zahlreiche Romane und Kurzgeschichtensammlungen, hauptsächlich im Genre der Phantastischen Literatur.
»Janus« ist sein fünfter Titel im Programm des KBV.

Michael Siefener

Janus

KBV

Originalausgabe

www.kbv-verlag.de
E-Mail: info@kbv-verlag.de
Telefon: 0 65 93 - 99 86 68
Fax: 0 65 93 - 99 87 01
Umschlagfoto: Theo Broere
Redaktion, Satz: Volker Maria Neumann, Köln
Druck: Grenz-Echo AG, Eupen
www.grenzecho.be
Printed in Belgium
ISBN 978-3-940077-13-4

Für Silke,
die die Dunkelheit vertrieb

1. Kapitel

Die Dunkelheit ging ihm voraus. Sie folgte ihm, sie hüllte ihn ein. Er fühlte sich, als sei er selbst diese Dunkelheit. Sie umlagerte ihn seit ... seit damals, und es gab nur einen einzigen Weg, ihr zu entkommen.

Er war müde, und seine Maske war verrutscht, aber er machte sich nicht die Mühe, sie wieder zurechtzurücken. Der Portier sah ihm in die Augen und erkannte die Finsternis, die in ihnen lag. Er zitterte, als er dem neuen Gast den Zimmerschlüssel aushändigte, und wandte rasch den Blick von ihm ab.

Sofort ging er nach oben, über eine dunkle Treppe, durch einen dunklen Korridor, und doch erkannte er alles überaus deutlich. In wie vielen solcher Hotels war er auf seiner langen Suche bereits gewesen, wie vielen Spuren war er bereits gefolgt, wie viele Enttäuschungen hatte er schon erlebt?

Das Zimmer war wie alle anderen: ein Tisch, ein Bett, ein Sessel, und sogar der Ausblick aus dem Fenster schien überall der gleiche zu sein. Eine Ansammlung von Dächern, der Wald in der Ferne, ein Himmel, durch den die Wolken wie Schlieren einer zähen Flüssigkeit zogen. Er legte seinen bescheidenen Koffer auf das Bett, packte nur das Nötigste aus und stellte ihn dann in den Kleiderschrank.

Ein Düsenjäger donnerte über die kleine Stadt hinweg. Er erinnerte sich daran, dass Spangdahlem nicht weit entfernt lag – der Luftwaffenstützpunkt der Amerikaner. Der Lärm hatte etwas Gewalttätiges an sich – todbringender Lärm.

Er wartete, bis die Dämmerung einsetzte, dann ging er nach draußen. Nun fühlte er sich nicht mehr so einsam und fremd. Nun war seine Dunkelheit ein Teil der Dunkelheit in dieser Stadt.

Ein Hund bellte ihn an. Als er einen Schritt auf das Tier zuging, wich es so heftig zurück, dass es sein Herrchen an der Leine mit sich zog. Das Herrchen warf ihm einen entsetzten Blick zu, kniff die Augen zusammen, als könne es ihn nicht richtig erkennen. Er musste lächeln. Ging weiter.

Bei jedem Schritt spürte er die Nadeln, die Stacheln. Es bedurfte besonderer Ablenkungen, um sie vergessen zu machen. Kurz schloss er die Augen und atmete tief ein. Er hatte die Spur aufgenommen, das spürte er durch die Nadeln und Stacheln hindurch.

Die Buchhandlung hatte noch geöffnet. Er betrat sie, schaute sich um. Liebesromane, historische Romane, unheimliche Romane. Kranke Welten.

»Kann ich Ihnen helfen?«, fragte eine sanfte Stimme hinter ihm, die weder männlich noch weiblich zu sein schien.

»Vielleicht«, sagte er und drehte sich um.

Hinter ihm stand ein junger Mann mit blondlockigen Haaren und unglaublich langen Wimpern und grinste. Einen Augenblick lang hatte er den Eindruck, dieses Grinsen zu kennen. Nur zu gut zu kennen!

Am liebsten hätte er dem jungen, weibischen Mann das Grinsen aus dem Gesicht geprügelt, doch er sagte mit liebenswürdiger, sanfter Stimme: »Ich suche kein Buch, sondern eine Information. Ich habe erfahren, dass Ihre Buchhandlung einem gewissen Jakob Thaddeus gehört, und ich würde gern einmal mit diesem Herrn sprechen.«

Der junge Mann sah ihn verwundert an, kniff dann die Augen zusammen wie vorhin das Herrchen. Und genau wie der Hund wich er ein paar Schritte vor dem seltsamen Kunden zurück. »Herr Thaddeus kommt nur noch selten in die Buchhandlung. Er arbeitet meistens von zu Hause aus.«

»Er ist ein Sammler römischer Altertümer, nicht wahr?«

Der junge Mann keuchte auf, als würde ihm etwas die Brust zuschnüren. »Ja ...«

Der Mann grinste. »Bitte geben Sie mir seine Adresse.«

»Ich weiß nicht ...«

»Bitte!«

Eine Viertelstunde später stand er vor dem Haus des Buchhändlers. Als der alte Mann ihm öffnete, hielt sich der Fremde nicht mit langen Vorreden auf. Er drängte Thaddeus in die Diele seines Hauses zurück, verriegelte die Tür und fragte den alten Mann nach einem bestimmten Artefakt aus seiner Sammlung. Als dieser keine Antwort gab, fesselte er ihn an einen Stuhl, nahm den Schürhaken von dem schmiedeeisernen Ständer neben dem offenen Kamin, in dem ein Feuer loderte, brachte das Werkzeug zum Erglühen und verhalf damit seiner Frage zu einigem Nachdruck.

»Gestohlen!«, schrie der alte Mann unter Schmerzen.

»Das glaube ich nicht.«

»Aber es ist die Wahrheit!«

Auch die weitere Folter bewirkte keine andere Antwort. Als er mit dem alten Mann fertig war, war dieser kaum mehr als eine stinkende, an vielen Stellen verkohlte, blutende Masse schlaffen Fleisches.

Stunden später stand er wieder draußen auf der dunklen Straße. Er hatte nicht gefunden, wonach er gesucht hatte.

Doch er würde nicht aufgeben.

Er konnte es nicht. Die Nadeln und Stacheln wüteten in seinem Blut.

Wenigstens fühlte er sich jetzt besser. Er stürzte sich in die Finsternis der endlosen Nacht.

* * *

»Es war wirklich furchtbar«, sagte der hagere der beiden ungleichen Brüder und strich sich eine lange, graue Haarsträhne aus dem faltigen Gesicht.

»Ja, ganz furchtbar«, bestätigte der andere und schüttelte den Kopf so heftig, dass sein mächtiges Doppelkinn bebte. Im

Gegensatz zu seinem Bruder war er kahlköpfig, und das Fett an Hals und Wangen bildete Wülste, die den Eindruck erweckten, als sei er mit Bratwürsten behangen. Vermutlich hatte er seinem Bruder schon an der Mutterbrust die Nahrung weggenommen, dachte Anton Wierich belustigt und drehte sich um, damit er beim Anblick der beiden älteren Männer nicht doch noch in Lachen ausbrach.

Er stand in einem großen Raum mit schäbiger, verblichener Blumentapete, die sich in den Ecken gelöst hatte und wie verwelkte Blüten in den Raum hineinhing. Große, helle Stellen an den Wänden deuteten an, wo Möbel gestanden und Bilder gehangen hatten. Zwischen den beiden Sprossenfenstern befand sich auf etwa halber Höhe ein dunkler Fleck an der Wand, von dem aus ein paar Schlieren nach unten und über den abgetretenen Teppichboden liefen, bis sie wie mit dem Beil abgehackt aufhörten.

Der Dicke bemerkte, dass Anton auf den Fleck und die Schlieren starrte, und meinte: »Wir haben ihn in den Teppich eingerollt und dann im Wald verbuddelt. Armer Kerl. Ganz furchtbar.«

»Wirklich furchtbar«, bekräftigte der Hagere.

Anton sah die beiden wieder an. Nun fand er sie keineswegs mehr lustig. Er wünschte sich, er wäre nicht hergekommen. Außerdem schien er mal wieder zu spät zu sein.

Als hätte der Dicke seine Gedanken gelesen, sagte er: »Leider war der Andrang ziemlich groß, aber es ist trotzdem noch ein wenig da. Das Haus ist schon verkauft, und bis zum Ende des Monats muss es leer sein. Kommen Sie bitte mit.«

Er führte Anton Wierich durch eine offen stehende Tür in den angrenzenden Raum, in dem sich noch ein überdimensionierter Kleiderschrank aus der Zeit um die vorletzte Jahrhundertwende befand; das dazugehörige Bett war bereits abtransportiert.

Der Hagere, der wie ein Schatten hinter Anton hergehuscht war, lief nun an ihm vorbei und öffnete die rechte Schranktür. Gestärkte weiße Laken lagen auf dünnen, leicht durchgebogenen Holzböden, die mit Papier ausgelegt waren, das der Tapete im vorigen Zimmer glich. »Vielleicht können Sie ja etwas damit anfangen«, meinte der hoch aufgeschossene, faltige Mann und zuckte entschuldigend die Achseln.

»Nur Bettwäsche?«, fragte Anton ungläubig. »Was ist denn mit der Mitteltür passiert?« In ihr klaffte ein großes, unregelmäßig gezacktes Loch.

Der Hagere stellte sich davor und lächelte Anton entschuldigend an. »Das ist der Grund, warum der schöne Schrank keinen Liebhaber gefunden hat. Und auch nicht die Sachen in ihm.« Er seufzte und fuhr mit seinen spinnenartigen Fingern über das gemaserte Walnussholz. »Ich kann Ihnen aber versichern, dass die Bettwäsche rechts und links von ausgezeichneter Qualität ist. Garantiert mindestens achtzig Jahre alt und nicht verschlissen. Wo bekommt man heute denn noch so etwas?«

Der Dicke drückte seinen Bruder beiseite, sodass das Loch wieder deutlich sichtbar wurde. »Schrot«, sagte er. »Den Kater hatte er im Wohnzimmer noch mit dem Gewehrkolben erschlagen, nachdem er das Tier zwischen die Fenster gebunden hatte. Den Fleck haben Sie ja vorhin gesehen. Aber seine Frau ...«

Anton schluckte. Es war wirklich keine gute Idee gewesen, zu dieser Wohnungsauflösung zu gehen. Er hatte gehört, dass es hier zu einer schrecklichen Tragödie gekommen war, aber ihr genaues Ausmaß war ihm unbekannt gewesen. Er hatte sich bloß erhofft, für sein Geschäft ein paar preiswerte, gute Stücke zu ergattern, die er auf den vielen Trödelmärkten in der Umgebung mit großem Gewinn verkaufen konnte.

Aber er war wieder einmal zu spät gekommen. Seine gierigen Kollegen hatten ihm die besten Sachen – *alle* Sachen mit Ausnahme der dämlichen Bettwäsche – vor der Nase weggeschnappt. Was wohl Karla sagen würde, wenn sie von diesem Desaster erfuhr?

»... hat sie in den Schrank gesperrt«, hörte er die Stimme des Dicken wie durch Watte. Seine Enttäuschung hatte ihn eingehüllt, eingesponnen in sein Versagen, das ihm Karla gegenüber äußerst peinlich war. Schließlich war sie es gewesen, die ihm die Annonce unter die Nase gehalten hatte. Er hatte abgewinkt, weil er keine Lust gehabt hatte, von Bettenfeld bis nach Dasburg in der Südeifel zu fahren, nur um möglicherweise dort herauszufinden, dass das Angebot bei dieser Haushaltsauflösung aus unvollständigen Kaffeeservices, angeschlagenen Vasen und fettigen Häkeldeckchen bestand – und aus Bettwäsche. Dem geplünderten Zustand des Hauses nach zu urteilen, hatte er sich jedoch mächtig geirrt.

»Halt den Mund!«

Anton zuckte zusammen.

Der Hagere sah seinen Bruder erbost an.

»Schämst du dich etwa für Onkel Darius?«, fragte dieser. »Glaubst du, er hat auch deine ach so weiße Seele befleckt?«

»Dir ist nichts heilig!«

»Soll mir etwa ein Mann heilig sein, der zuerst seine Katze zu Brei schlägt, dann seine Frau in den Kleiderschrank sperrt und mit einer Schrotflinte auf sie ballert, bis von ihr nur noch Fetzen übrig sind? Und der dann das Gewehr nachlädt, sich auf sein Bett hockt, den Gewehrlauf in seinen Mund schiebt und es mit einer grotesken Verrenkung fertig bringt, abzudrücken? Ist das etwa heilig?«

Anton drehte es den Magen um. Verstohlen lugte er hinüber zu dem unregelmäßig gezackten Loch in der mittleren

Schranktür. Die Vorstellung, dass dahinter eine Frau gehockt hatte und ... er schloss die Augen. Fast glaubte er die Schüsse zu hören.

Und die Schreie der Frau.

Wie kalt es in diesem Zimmer war. Vorhin hatte er das gar nicht empfunden. Der Herbst kroch durch die Ritzen der Fenster und Türen, wehte vom Dachstuhl herunter, umschmiegte das Haus.

»Sei endlich still! Wer hat denn Onkel Darius immer so vergöttert?«, höhnte der Hagere. »Wer war denn sein Lieblingsneffe? Ich habe den Eindruck, du bewunderst ihn immer noch – sogar für diese Tat! Du hast ja nie etwas für Tante Mathilde übrig gehabt!«

»Gibt es denn im ganzen Haus nichts anderes mehr, das Sie mir zeigen könnten?«, versuchte Anton sie abzulenken. Er wollte bloß aus diesem Zimmer verschwinden. Nun, da er wusste, was sich hier abgespielt hatte, war ihm, als wisperten ihm die Schatten in den Ecken ungeheure Dinge zu, als läge noch ein Laken aus schwarzem Entsetzen schwer über den Anwesenden in diesem Raum, als dringe aus dem Mauerwerk, aus dem Boden und dem Schrank etwas Ungreifbares, Körperloses, das ihm die Haare zu Berge stehen ließ.

»Ihre Kollegen haben schon fast alles andere geholt. Aber ich glaube, auf dem Speicher sind noch ein paar Sachen. Die meisten haben sich nicht hinaufgetraut; sie waren schon mit dem zufrieden, was sie hier unten gefunden haben.«

Anton stellte sich vor, wie diese Hyänen von Trödlern silberne Kandelaber, Renaissancestühle, gotische Truhen, Inkunabeln und Elfenbeinminiaturen zu lächerlichen Preisen aus dem Haus geschleppt hatten. Obwohl er genau wusste, dass es wohl kaum so gewesen sein konnte, ärgerte er sich doch über seine Nachlässigkeit. »Ich würde mich gern auf dem Speicher umsehen«, sagte er.

»Bitte hier entlang«, sagte der Hagere und schenkte seinem unförmig fetten Bruder einen vernichtenden Blick. Er führte Anton in eine kleine Diele vor dem Schlafzimmer, das im ersten Stock lag. Mit einem langen Stab, der auf dem Treppenabsatz gestanden hatte, zog der Mann eine Klappe in der Decke auf, aus der rasselnd eine Fallleiter herabrutschte. »Ich gehe vor. Martin wird wohl hier unten auf uns warten müssen, denn sonst bricht die Leiter zusammen.« Der Hagere grinste seinen Bruder böse an.

»Warum bist du so gemein zu mir?«, grunzte der Dicke und fuhr sich mit der Hand über den schweißnassen Nacken.

Seltsam, dachte Anton, ihm scheint sehr heiß zu sein, und ich friere, als stünde ich nackt im Winterwald.

Der Hagere war bereits fast lautlos die Leiter hochgehuscht, bückte sich über die Öffnung und winkte Anton herauf. Dabei grinste er den Trödler an.

Anton drängte sich die unangenehme Vorstellung auf, dass dieser Mann, der nun wie ein Kobold wirkte, ihn in den düsteren Verschlag locken wollte, um dort schreckliche Dinge mit ihm anzustellen. Ganz kurz packte ihn das Verlangen, umzukehren und aus dem Haus zu laufen, doch die Hoffnung darauf, dort oben vielleicht doch noch etwas zu finden, was seine weite Reise rechtfertigte, trieb ihn schließlich dazu, über die wacklige Leiter hoch auf den Dachboden zu steigen.

Er hielt sich an den beidseitigen dünnen Rohrstangen fest, die gleichzeitig mit der Leiter aus dem Dach gefallen waren, und schritt vorsichtig die schwankenden Stufen empor. Er tauchte ein in einen See aus Zwielicht; es war wie das Ertrinken in einem unter dem Himmel hängenden Meer aus Schatten. Anton schnappte nach Luft. Es war stickig hier, dunstig, und es roch feucht. Irgendwo vor ihm rasselte etwas. Er fuhr zusammen. Ein Lichtbalken wurde in die Düsterkeit gestoßen. Offenbar hatte der Hagere eine Dachluke geöffnet.

»Sehen Sie sich nur um.« Es klang beinahe wie eine Drohung.

Nach einiger Zeit gewöhnten sich Antons Augen an das ungewisse Licht. Er erkannte Formen und Umrisse, die er jedoch noch nicht identifizieren konnte. Langsam machte er den letzten Schritt auf den Boden und zog den Kopf ein. Hier vermochte er kaum aufrecht zu stehen, und das steil zu beiden Seiten abfallende Dach erlaubte es ihm nicht, bis in die Ecken zu kriechen und diese zu untersuchen. Außerdem reichte dazu das Licht noch immer nicht aus.

Von unten drang ein seltsames Geräusch herauf. Es war ein Schnaufen, ein Grunzen, vermischt mit Stöhnen und Jammern. Dann hörte Anton, wie die schwere Haustür heftig aufgerissen und kurz darauf zugeschlagen wurde. Nun war unten alles wieder still.

Der Hagere stand in gebückter Haltung an die Stirnwand des Dachbodens geschmiegt. Es sah aus, als verharre er in Anbetung. Er hatte sogar die Hände gehoben. Doch er sagte nur: »Das ist alles.«

Anton schaute sich um, so gut es eben ging. Dabei entdeckte er nichts, was es wert gewesen wäre, mitgenommen zu werden: Holzbohlen, ein zersplitterter Spiegel, die Rückwand eines Schranks, eine Truhe ohne Deckel, die überdies vollkommen leer war, ein Fahrrad, bei dem Sattel und Hinterrad fehlten, und dergleichen mehr. Anton seufzte. Es war doch umsonst gewesen. »Ich glaube, das ist nichts für mich«, sagte er traurig, drehte sich um und betrat wieder die Leiter.

Der Hagere stand noch immer in gebeugter, erstarrter Haltung da. »Wie Sie meinen. Es tut mir leid.«

Anton kletterte die wackelige Leiter hinunter und war froh, als er wieder in der Diele des ersten Stocks stand. Flink folgte ihm der Hagere.

»Dürfte ich mir den Inhalt des Kleiderschranks einmal genauer ansehen? Vielleicht kann ich ja mit der Wäsche doch etwas anfangen«, meinte Anton. Es war seine letzte Chance – zugegeben keine sehr große.

Der Mann verneigte sich vor ihm, ging die Treppe hinunter und warf zunächst einen Blick in die übrigen Räume, bevor er Anton wieder ins Schlafzimmer führte. »Mein Bruder scheint es nicht ausgehalten zu haben. Er war schon immer schwach.«

»Manchmal haben die Schwachen mehr vom Leben, weil sie ihren Ängsten und Süchten nachgeben, anstatt sie zu bekämpfen«, sagte Anton und wunderte sich sogleich, warum er solch seltsame Widerworte gab.

»Wollen Sie diesen Taugenichts etwa verteidigen?«, fragte der Hagere. »Sie kennen ihn doch gar nicht. Und Sie kennen mich nicht. Kennen Sie sich selbst?« Sein Grinsen war wie eine Maske des Hohns. Er riss die rechte und die linke Tür des Kleiderschranks auf, und als er auch die mittlere öffnen wollte, hielt Anton ihn zurück.

»Nein«, sagte er, »dahinter ... kann doch nichts mehr ...«

»Dahinter ist mehr, als Sie für möglich halten.« Er zog bereits an dem Messingknauf.

»Bitte nicht!« Fast hatte Anton geglaubt, hinter dem ausgefransten Loch eine Bewegung gesehen zu haben.

Der Hagere zuckte die Achseln und riss nur die beiden Seitentüren auf. »Bestes Leinen. Nehmen Sie es mit, ich schenke es Ihnen«, sagte er. »Weil ich Sie mag.« Seine Miene drückte das Gegenteil aus.

Rasch machte sich Anton daran, den Schrank leerzuräumen. Karla würde ihn auslachen, wenn er mit diesen Laken, Tischdecken und Kopfkissenbezügen ankam, doch man konnte sie vielleicht noch als Putzlappen gebrauchen. Wenn sie nur nicht so makellos weiß gewesen wären.

Der Mann schaute Anton eine Weile zu, ohne dem Trödler seine Hilfe anzubieten, und sagte schließlich: »Machen Sie ruhig weiter. Ich bin gleich wieder da.« Mit diesen Worten verließ er das Zimmer.

Anton hörte, wie abermals die Haustür geöffnet wurde. Nun war er allein – allein mit den Geistern in diesem schwarzen Haus. Er ertappte sich dabei, dass er immer wieder hinüber zu dem schrecklichen Loch im Schrank lugte. Nein, dort bewegte sich nichts. Wirklich nicht.

Als er die Laken auf dem obersten Bord an der rechten Schrankseite herausziehen wollte, berührten seine Fingerspitzen etwas, das eindeutig kein Stoff war. Er tastete danach. Der Gegenstand fühlte sich rau und körnig an, fast wie erstarrter Sand. Anton runzelte die Stirn, schob die Laken ein wenig zur Seite und zog seine Entdeckung langsam hervor. Als er sich auf die Zehenspitzen stellte, konnte er sie deutlicher sehen.

Ihm stockte der Atem.

Es war eine Tonfigur. Eine Statuette, etwa zehn Zentimeter groß und mit einem Durchmesser von ungefähr vier oder fünf Zentimetern. Römisch. Falls es kein Replikat war.

Anton schaute sich um. Weder der Hagere noch der Dicke waren irgendwo zu sehen. Also würde er warten, bis einer der Brüder wiederkam. Diese Statuette musste er unbedingt haben. Ganz vorsichtig holte er sie aus dem Schrank und drehte sie langsam in seinen Händen hin und her. Nein, das war keine Nachahmung. Das war ein Original! Es war aus hellbraunem Ton und recht verwittert und stellte eine männliche Gottheit dar. Eine Gottheit mit zwei Gesichtern. Das eine Gesicht, das vordere, schaute finster drein; die angedeuteten Brauen bildeten ein V und stießen über der Nasenwurzel zusammen. Das hintere Gesicht war eine grinsende Fratze. Die Gestalt trug eine Toga, hielt einen Stab in der einen Hand und einen Schlüssel in der anderen und hatte keine Beine. Sie waren nicht während der Jahrhunderte verloren gegangen, sondern einfach nie da gewesen. Die Falten der Toga endeten in einem annähend kubischen Sockel.

Anton hielt sich die Statuette dicht vor die Augen. Die beiden Gesichter ließen nur den Schluss zu, dass es sich hier um ein Abbild des römischen Gottes Janus handelte. Janus ... der Gott des Torbogens, des Türdurchgangs, des Durchschreitens, des Eingehens in etwas Neues, der Gott des Anfangs, dem die ersten Stunden des Tages, die ersten Tage des Monats und der erste Monat des Jahres geweiht waren. Darstellungen dieser Gottheit waren sehr selten und tauchten kaum im Antiquitätshandel auf – und schon gar nicht bei Trödlern. Wenn er dafür einen zahlungskräftigen Käufer fand, konnte Anton ein kleines Vermögen machen. Doch zunächst musste er den ungleichen Brüdern die Statuette abkaufen, die seine oberflächlichen Kollegen allesamt übersehen hatten. Er konnte sich ein breites Grinsen nicht verkneifen.

Wo blieben die beiden bloß?

Sicherlich hatten sie keine Ahnung von der Existenz dieses Schatzes. Was aber war, wenn sie zu viel Geld von Anton dafür haben wollten? Sein Bankkonto war fast geplündert; er hatte schon lange keine guten Geschäfte mehr gemacht. Nun war er der Erfüllung jenes Traums so nah, den er immer wieder geträumt hatte: einmal einen wunderbaren Fund zu machen, von dem er lange Zeit leben konnte. Zwischen Traum und Wirklichkeit standen nur die beiden Brüder.

Und wenn er einfach ...?

So etwas durfte er nicht einmal denken. Er war ein ehrlicher Mensch – eigentlich zu ehrlich für seinen Beruf. Noch nie hatte er jemanden übers Ohr gehauen. Da waren viele seiner Kollegen aus anderem Holz geschnitzt. Wie oft schwatzten sie ahnungslosen Besitzern die größten Kostbarkeiten für einen Apfel und ein Ei ab, und wie oft verkauften sie Tand als angebliche Raritäten. Er dagegen ...

Anton schaute sich wieder um. Nein, das kam nicht infrage! Aber es wäre so einfach. Die beiden Brüder wussten sicherlich nichts von der Statuette, denn sonst hätten sie das wertvolle Stück schon längst verkauft. Außerdem waren sie Anton zuwider. Sie hatten nichts anderes verdient.

Nein ...

Bevor er noch begriff, was er da tat, hatte er die römische Gottheit bereits zwischen den Stapel mit Laken gestopft, den er auf dem Boden aufgebaut hatte. Gerade als er sich wieder aufrichtete, quietschte die Haustür, und der Hagere und der Dicke kamen zurück.

»Sind Sie fertig?«, fragte der Hagere und fuhr sich mit einer Geste der Ungeduld durch die grauen Haare.

»Nehmen Sie Ihr Geschenk und gehen Sie, Sie Nachzügler«, sagte der Dicke und grinste schmierig.

Nun gab es für Anton kein Zurück mehr. Er packte den Stapel und hoffte, dass die Statuette darin nicht ins Rutschen geriet. Kurz nickte er den beiden Männern zu und verließ ohne ein weiteres Wort das Haus. Sie hielten ihm sogar die Tür auf. Er legte den Stapel vorsichtig in seinem klapprigen VW Bully neben das Reserverad und sicherte ihn mit einem elastischen Seil. Dann warf er die Tür zu, schwang sich hinter das Lenkrad und fuhr langsam los.

Schon kurz hinter Dasburg hielt er an, sprang aus dem Wagen, öffnete die Ladefläche und zog die Statuette zwischen den Laken hervor. Nicht auszudenken, wenn sie in einer Kurve herausrutschen und auf dem Blech des Wagenbodens zerschellen würde.

Anton fuhr sanft mit den Fingern über die raue Oberfläche der Götterfigur. »Du bist mein Glück«, flüsterte er ihr zu. »Du bist meine Zukunft.« Beinahe zärtlich legte er sie auf den Beifahrersitz, holte von hinten die Laken und wickelte seinen Janus darin ein. Nun konnte ihm nichts mehr geschehen.

Sein größter Traum war nun doch noch Wirklichkeit geworden.

Glaubte er.

2. Kapitel

Anton freute sich auf Karla. Vor allem freute er sich auf die Verblüffung, die sie zeigen würde, wenn er ihr die Statuette des Janus unter die Nase hielt. Damit hatte er sicherlich einen besseren Fang als all seine Konkurrenten gemacht. Er hatte ja nicht einmal etwas für dieses einzigartige Relikt bezahlt! Doch er wollte noch ein wenig warten mit seiner Enthüllung; er musste erst eine Weile für sich sein, bevor er seinen Triumph mit Karla genoss.

Anton bremste den alten VW kurz vor Bettenfeld ab und bog in die schmale Straße ein, die zum Parkplatz unterhalb des Windsbornkraters führte. Dort stieg er aus und atmete tief durch. Die kalte Oktoberluft drang ihm geradewegs in den Kopf und verschaffte ihm ein Gefühl der Leichtigkeit. Er schaute den Hang hoch, hinter dem der Kratersee lag, der einzige nördlich der Alpen. Auch hier hatte einst eine römische Villa gestanden. Wo das Götzenbild des Janus wohl gefunden worden sein mochte? Egal, völlig egal. Wichtig war nur sein Wert.

Antons Blick glitt über die Flammenfarben der Bäume, über die schillernde Verwesung an den Ästen und Zweigen, die sich im Wind bogen – Gesten der Verneinung. Als würden die Bäume ihre Kronenköpfe schütteln angesichts des kleinen, unwürdigen Menschen, der da zu ihnen aufschaute.

Anton schloss den Transporter ab und lief den steilen Pfad hinauf und in den Wald. Der Weg führte um den Mosenberg und den Windsborn herum, einen vulkanischen Doppelkegel mit bizarren Lava-Formationen, zwischen denen sich ein regelrechter Urwald aus Buchen, Fichten und Eichen eingenistet hatte. Überall brannte der Herbst, überall loderte es gelb, rot und braun, überall lagen die Schatten des nahenden Winters. Gefallene Blätter raschelten unter Antons Schuhen, als er nachdenklich die Kegelberge umrundete. Er konnte noch nicht nach Hause gehen. Er musste zuerst mit sich ins Reine kommen.

Er war zum Dieb geworden.

Er, der sich in seinem ganzen Leben noch nie etwas hatte zuschulden kommen lassen, hatte etwas gestohlen. Etwas Wertvolles. Etwas ungeheuer Wertvolles. Etwas, das ihm zu leben helfen würde. Ihm und Maximilian, seinem Sohn. Und auch Karla, obwohl sie es eigentlich nicht nötig hatte, denn ihr kleiner Laden in Wittlich warf durchaus einiges ab. Zu wenig aber, um davon zu dritt angenehm existieren zu können.

Doch nun würde alles anders werden. Janus würde ihnen zumindest eine hohe vierstellige Summe bringen, vielleicht sogar mehr, wenn er den richtigen Käufer dafür fand.

Anton blieb stehen. Den richtigen Käufer ... Würde jemand, der so viel Geld für eine römische Antiquität ausgab, nicht deren Herkunft kennen wollen? Er konnte sie nicht offenbaren, ohne seine Tat zu verraten. Außerdem wusste er gar nicht, woher der Verstorbene die Statue hatte. Die beiden Brüder konnte er nicht danach fragen. Seltsam, dass sie gerade dann das Haus verlassen hatten, als Anton auf das Götzenbild gestoßen war. Und dass sie in dem Augenblick wiedergekommen waren, als er es zwischen den Laken versteckt hatte. Als ob sie gewollt hätten, dass er genau das tat.

Dass er sich schuldig machte.

Der Wald raunte und wisperte. Der Wind blies von Osten und trieb abgerissene Blätter vor sich her. Allmählich rutschte die Sonne hinter die Wipfel und glomm rot zwischen den dunklen Stämmen. Es wurde noch kälter; der Wind brachte die erste Ahnung von Frost mit. Anton atmete mehrmals tief durch. Wenn die beiden Brüder gewusst hatten, was er tat, dann war es kein Diebstahl. Aber warum hatten sie es zugelassen?

»Ja ... ja ... jaaa ...«

Anton zuckte zusammen. In einer Eiche vor ihm zappelte und flatterte es, und ein Schauer aus Blättern ging zu Boden nieder. Ein schwarzer Umriss erhob sich in den samtenen Himmel.

»Ja ... kraa ... kraah ...«

Nur ein Rabe.

Anton musste lächeln. Du bist nun mal kein geborener Verbrecher, sagte er sich. Ob er die Statuette zurückgeben sollte? Er hatte eine große Dummheit begangen, das wurde ihm allmählich klar. Langsam ging er weiter, bis er den Wald hinter sich gelassen hatte und das Land nach Westen hin in einer Weite vor ihm lag, als würde es geradewegs in den Himmel schweben. Langsam fraß es die dunkelrote Sonne, die den blauen Samt des Firmaments in Brand setzte, bis es genauso loderte wie der Wald.

Scheiterhaufen.

Anton setzte seinen Weg fort und kam schließlich, nach einer weiten Schleife, zu den Wiesen vor Bettenfeld. Erste Lichter glommen wie ferne Sterne in den Fensteraugen des kleinen Dorfes und kämpften gegen die rasch sich senkenden Schatten. Von hier aus konnte Anton das große Bauernhaus sehen, das erste im Ort, wenn man vom Tal der kleinen Kyll heraufkam – sein Haus. Sein Zuhause. Hier war er geboren worden, hier hatte er als Kind gespielt, hierher hatte er seine Frau geführt, hier war sein Sohn geboren worden. Ein Haus des Beginns, der Geburt, des Neuanfangs.

Anton blieb abermals stehen und schlang die Arme um seinen Körper. Der Hof mit der zum Antiquitätenlager umgebauten Scheune lag unter der einsetzenden Nacht. In seinem Haus brannte ein Licht, Karla war bereits da und sicherlich auch Maximilian. Sie beide erfüllten das Gebäude mit einem Leben, das es dringend benötigt hatte. Es war ein Haus des Neuanfangs, nicht aber eines des Todes. Sein Vater war nach einem Herzinfarkt im Dauner Krankenhaus gestorben, seine Mutter im Altersheim in Manderscheid, und seine Frau auf der Krebsstation des Mutterhauses in Trier. Damals war Maximilian erst sieben Jahre alt gewesen, und nur er hatte Anton durch seine bloße Gegenwart am Leben gehalten. Er hatte für seinen Sohn sorgen müssen, hatte ihm Vater und Mutter sein müssen, auch wenn das wegen Antons unsicherem Einkommen und seinen unregelmäßigen Arbeitszeiten oft schwierig gewesen war, doch diese Pflichten hatten Anton in winzigen Schritten aus dem Morast der Trauer herausgeführt. Ohne Maximilian hätte er nie wieder Freude am Leben erfahren, das wusste er.

Und er wäre niemals Karla begegnet.

Anton ging weiter, in Richtung des Dorfs und seines Hofs – in Richtung des einladenden Lichts und des Lebens, das es versprach. Doch der Weg führte ihn wieder vom Ortseingang fort, hin zu dem Parkplatz, auf dem sein alter, kleiner Transporter stand. Er ging beinahe an seinem Haus vorbei, war froh, dass die Schatten des Abends ihn einhüllten und er sicherlich auf dem Feldweg fast unsichtbar war, denn wie hätte er erklären sollen, dass er, anstatt nach Hause zu gehen, in der immer bedrängender werdenden Dunkelheit herumspazierte? Er kehrte zu dem VW zurück, startete seufzend den Wagen, wendete ihn und fuhr nach Hause. Er freute sich auf Karla. Und besonders freute er sich auf seinen Sohn.

* * *

»Wow! Das ist ja geil! Kann ich das mit in die Schule nehmen? Wir machen gerade Rom.«

Maximilian war begeistert von der Statuette des Janus. Anton hielt sie ihm hin und drehte sie langsam, gab sie ihm aber nicht. Wie leicht konnte der Stab oder der Schlüssel abbrechen! Sein Sohn und Karla saßen im Wohnzimmer auf dem Sofa, und Anton stand vor ihnen wie jemand, der eine Ware anpreist.

»Nein, Maximilian, dieses Stück ist zu wertvoll. Von seinem Erlös werden wir eine Weile leben können«, meinte er, während er die Figur mit seinen langen, dünnen Fingern sanft streichelte und das Gefühl des rauen, sandigen Tons genoss. So fühlte sich Erfolg an.

Er sah, wie Karla die Stirn runzelte. Sie strich sich eine blonde Haarsträhne hinter das Ohr und blinzelte. Dann streckte sie die Hand nach dem Götzenbild aus. Anton zog es spielerisch weg und grinste, doch es war mehr als ein neckisches Spiel. Erstaunt stellte er fest, dass ihm der Gedanke nicht gefiel, seine Frau könnte die Statuette anfassen. Sie gehörte ihm, sie war sein Fund, sie war sein Erfolg. Karla zog die Hand wieder zurück.

»Ich will sie dir nicht stehlen«, sagte sie. Ihre Worte hatten scherzhaft wirken sollen, doch in Antons Ohren klangen sie ganz anders. Karla sah ihn aus ihren großen blauen Augen an. Sah bis in sein Innerstes.

Wie sehr war er damals von ihrem Blick verzaubert gewesen, als sie sich zum ersten Mal begegnet waren. Es hatte so viel darin gelegen: Neugier, Leidenschaft, Nachdenklichkeit, Wärme. Es war vor vier Jahren gewesen. Damals hatte er die Wohnung ihrer verstorbenen Mutter entrümpelt und dabei sogar ein paar nette Antiquitäten gefunden, für die er Karla Wagner viel Geld gegeben hatte. Zu viel. Er hatte sie keineswegs übervorteilen wollen, hatte sie vielmehr wiedersehen wollen, von der ersten Minute an. Und er hatte sie wiedergesehen.

»Hat dich jemand ausgeschaltet?«

Karlas Stimme holte ihn in die Gegenwart zurück. Es lag eine Schärfe in ihren Worten, die er von ihr nicht gewöhnt war. Und plötzlich bellte es unter dem Tisch. Pünktchen, der Langhaardackel, regte sich. Vermutlich hatte ihn Karlas bissige, schneidende Bemerkung ebenso aufgestört wie Anton.

»Wie viel hast du denn dafür bezahlt?«, wollte Karla wissen.

Anton stellte seinen Janus auf den niedrigen Tisch aus Walnussholz und dachte fieberhaft nach. Was sollte er ihr sagen? Die Wahrheit? Karla befand sich in einer seltsam gereizten Stimmung und würde ihm Vorwürfe wegen seiner Tat machen. Bestimmt würde sie verlangen, dass er das kleine Standbild zurückbrachte. Und das durfte auf keinen Fall geschehen! Also nannte er eine Summe, von der er hoffte, dass sie niedrig genug war, um Karlas Hochachtung zu erringen, und hoch genug, um nicht ihren Argwohn zu schüren.

Sie sagte gar nichts darauf.

Unter dem Tisch hatte sich Pünktchen wieder beruhigt und seine bevorzugte Schlafposition, eng zusammengeringelt, eingenommen. Die meiste Zeit des Tages war Karlas Hund kaum zu bemerken. Angenehm. Anton mochte Hunde nicht besonders.

»Und wie viel kannst du dafür bekommen? Was ist das Ding wert?«, fragte Maximilian.

»Ein Vielfaches, aber genau weiß ich es noch nicht«, antwortete Anton, setzte sich in den Sessel vor dem Tisch und zog die Statue so nahe an sich heran, dass weder sein Sohn noch seine Frau sie erreichen konnte. Er beugte sich vor und drehte sie hin und her. Andauernd.

»Kannst du damit nicht mal aufhören?«, meinte Karla unwirsch.

»Hattest du Ärger im Laden?«, fragte Anton zurück. Was war mit ihr los? Heute war sie nicht seine sanftmütige Karla, mit der er so viele zärtliche und romantische Stunden verlebt hatte, auch noch lange nach ihrer Hochzeit vor drei Jahren. So angriffslustig kannte er sie gar nicht.

»Mit *meinem* Laden ist alles in Ordnung«, sagte sie und lehnte sich in die Kissen des englischen Stoffsofas.

Maximilian schaute sie verwundert an. Auch ihm schien ihre merkwürdige Stimmung inzwischen aufgefallen zu sein. Wortlos stand der Junge auf und verließ das Wohnzimmer.

Anton sah ihm nach. Seine Jeans schlotterte ihm um die Beine. Sein ganzer magerer Körper war wie eine Verneinung jeder Lebensfreude. Maximilian war bereits größer als sein Vater, aber da er immer mit eingezogenem Kopf herumlief, wirkte er kleiner und unscheinbarer. Anton versetzte es einen Stich, als er beobachtete, wie sein Sohn die Treppe hoch zu seinem Zimmer kroch. Maximilian hatte es nicht leicht – nicht zu Hause, da der Junge Antons Begeisterung für Karla nicht teilte, und auch nicht in der Schule, wo er, wie die Lehrer Anton mehrfach mitgeteilt hatten, schwer gehänselt wurde. Doch immer wenn Anton mit Maximilian darüber reden wollte, entzog sich dieser einem klärenden Gespräch. Anton erinnerte sich daran, dass es ihm in seiner eigenen Jugend in der Schule auch nicht viel besser ergangen war. Doch er hatte damals wenigstens bei seinen Eltern Schutz gefunden.

Als Anton hörte, wie Maximilians Zimmertür ins Schloss fiel, seufzte er auf. »Was ist bloß heute mit dir los, Karla?«

Sie hatte den Blick starr auf die Statuette gerichtet und vermied es, ihren Mann anzusehen. »Gar nichts.«

»Nein? Und wegen gar nichts hast du unseren Sohn vergrault und ...«

»Er ist nicht *unser* Sohn.«

»Hatten wir nicht vereinbart, dass du ihm eine Mutter sein willst?«

»Wie könnte ich das je sein?«, brauste Karla auf. »Er akzeptiert mich doch nicht. Ich bin schließlich nicht Petra Wierich, die tollste aller Mütter und die großartigste aller Ehefrauen! Ich bin nur ein müder Abklatsch!« Aus ihren blauen Augen schossen Blitze.

»Du bist ungerecht!«

»Nein, nur realistisch!«

»Hast du heute mal wieder nichts verkauft? Keine Kinkerlitzchen? Keine Väschen oder Deckchen oder Trockenblumensträuße? Keine Tässchen oder Löffelchen? Musst du deinen Frust unbedingt an mir und meinem Sohn auslassen?« Er strich der Statuette über den Kopf, fuhr zuerst die Linien des bösen Gesichts mit den Fingern nach, drehte sie dann um und machte dasselbe mit dem grinsenden Gesicht. Plötzlich musste er lächeln. »Ah, jetzt verstehe ich.« Schützend legte er die Hände um das Götzenbild. »Du bist neidisch.«

»Neidisch? Warum sollte ich neidisch sein?« Um Karlas Mund herum zeigte sich ein unvertrauter, harter Zug. Unwillkürlich sah er seine verstorbene Frau vor sich. Petra hatte nie so grausam dreingeschaut. Petra war ...

»Antworte mir gefälligst! Warum sollte ich neidisch sein?«

»Weil ich heute einen ungeheuren Fang gemacht habe und uns damit lange Zeit über Wasser halten werde.«

»Uns über Wasser halten?«, giftete Karla zurück und schlug die Beine übereinander. Dabei rutschte ihr Rock hoch.

Wie atemberaubend schön sie ist, dachte Anton unvermittelt. Wie erregend. Er bemerkte, wie sich ihr Busen unter der weißen Bluse hob und senkte. Sie wirkte so jung und war doch schon beinahe vierzig. Sie war die aufregendste Frau, die er je gesehen hatte – mit Ausnahme von Petra natürlich. Er spürte, wie er eine Erektion bekam.

»Wer hält hier wen über Wasser?«, fuhr sie fort und verschränkte die Arme unter der Brust. »Du kannst mit deinem Trödel doch kaum die laufenden Kosten bezahlen. Wenn mein Geschenkartikelladen – mein Krimskramsladen mit den vielen Kinkerlitzchen, wie du ihn zu nennen pflegst – nicht wäre, würden du und dein Sohn doch schon lange von der Sozialhilfe leben!«

Das tat weh – vor allem, weil es nicht ganz einer gewissen Wahrheit entbehrte. »Was soll das? Warum bringst du das ausgerechnet jetzt an, wo ich einen riesigen Erfolg zu vermelden habe?«

»Erfolg? Dieses ekelhafte, obszöne Ding da auf dem Tisch soll ein Erfolg sein?«

»Was ist daran ekelhaft oder obszön? Das ist eine ganz normale römische Statuette – allerdings eine seltene und daher sehr wertvolle.«

»Du musst erst einmal einen Käufer finden«, wandte Karla ein.

»Das werde ich; darauf kannst du dich verlassen.«

»Genau wie bei der unglaublich seltenen und wertvollen Kaminuhr im Louis-Seize-Stil, die du vor zwei Jahren für unverschämt viel Geld gekauft hast. Wenn ich mich recht erinnere, steht sie ganz hinten in der Scheune, neben dem Kitsch-Bild mit dem blutenden Herzen Jesu.«

Anton sprang auf. »Jetzt reicht´s mir! Ich lasse mir meinen Erfolg von dir nicht vermiesen! Ich weiß nicht, was heute mit dir los ist, aber bei Petra ...«

Weiter kam er nicht. In seiner Aufregung war er gegen den Couchtisch gestoßen. Die Statuette schaukelte hin und her, wie in Zeitlupe. Anton hielt die Luft an, starrte hinunter, war wie gelähmt. Nun kippte Janus über den Rand der Tischplatte. Aber er fiel nicht auf den Boden.

Unter dem Tisch drang ein Knurren hervor, das unmöglich von dem alten Pünktchen kommen konnte. Dieser friedfertige Hund bellte nur höchst selten und hatte noch niemandem etwas zuleide getan. Doch die Geräusche, die er nun machte, passten eher zu einem angriffsbereiten Wolf. Braunes Fell blitzte auf die Statuette zu, hatte sie umhüllt, bevor sie auf die Holzdielen fallen konnte. Anton und Karla sahen verblüfft zu, wie der Dackel mit dem Götzenbild im Maul aus dem Zimmer schoss.

Als sie sich wieder gefasst hatten, war der Hund verschwunden. Atemlose Stille lag über dem Haus.

3. Kapitel

Anton und Karla sahen sich verwirrt an. Vergessen waren die harten Worte, die vorhin gefallen waren. Anton lief es heiß und kalt über den Rücken. Sein Janus! Der verdammte Dackel hatte sich seinen Janus geschnappt! Wohin war das Mistvieh bloß damit verschwunden? Er hastete aus dem Zimmer und hörte, wie seine Frau ihm folgte. Rasch schaute er in der Küche und im Esszimmer nach, deren Türen offen standen, doch der Hund war nirgendwo zu sehen. Anton verspürte einen beinahe körperlichen Schmerz über den Verlust der Statuette. Er hatte eine Straftat für sie begangen, er hatte sie gegen seine Familie verteidigt, und nun hatte dieser Köter sie zwischen seinen Zähnen!

Anton sah, dass die Haustür einen Spaltbreit geöffnet war. Dunkelheit floss von draußen ins Haus. Er huschte hinaus, ohne auf Karla zu warten.

Irgendwo tiefer im Dorf bellte ein Hund. Das war nicht Pünktchen, das war ein großes Tier, ein Schäferhund vielleicht. Es war ein wütendes, rasendes Bellen wie von einem Wesen in rasender Angst. Unvermittelt brach es ab.

»Pünktchen? Pünktchen!«, rief Karla hinter ihm. Weder kam der Dackel angelaufen, noch war er irgendwo zu hören. Inzwischen war der Mond aufgegangen und machte alles Vertraute fremd. Der VW sah aus wie ein kauernder Elefant, Karlas kleiner Renault daneben wie ein hingestrecktes Kalb, die Scheune wie ein gewaltiges Tier aus einer Welt dunkelster Gedanken, und Karla, die nun an Anton vorbeilief und ihren Hund verzweifelt lockte, wirkte auf Anton wegen ihrer abgehackten Bewegungen wie eine Schaufensterpuppe mit verborgenem Räderwerk, die unter dem weißen Licht des

Mondes immer wieder gegen unsichtbare Hindernisse zu stoßen schien und daraufhin wahllos die Richtung änderte.

Aus der Scheune drang ein Brummen, das seltsam mechanisch klang, dann gesellte sich ein Heulen wie das eines Hundes in großer Not hinzu. Karla erstarrte, als wäre ihr unsichtbares Räderwerk zum Stillstand gekommen. Schließlich drehte sie sich um und rannte zur Scheune, deren verzogenes Tor nur angelehnt war und im unteren Bereich einen genügend großen Spalt für den Hund offen gelassen hatte. Sie riss an dem Tor, das quietschend aufschwang, und verschwand in der Finsternis.

Anton folgte ihr. Zuerst konnte er gar nichts sehen. Es dauerte eine Weile, bis sich seine Augen an die dichtere, beinahe stoffliche Dunkelheit hier drinnen gewöhnt hatten. Allmählich erkannte er das Innere der Scheune, in der er seine größeren Antiquitäten sowie all jene Waren stapelte, für die er schon lange keinen Käufer gefunden hatte. Da waren das Jugendstil-Buffet, der fast blinde Rokoko-Spiegel, die riesigen Gartenvasen aus Marmor, das alte Tretrad, die Kaminuhr, und deutlich sah er das Herz-Jesu-Bild an der hinteren Wand lehnen. Davor, auf einem leeren Fleck, der wie das Innere einer voll besetzten Arena wirkte, kniete Pünktchen auf dem Boden.

Er lag nicht, er stand nicht, er kniete.

Die Hinterpfoten hatte er angehoben; die Vorderpfoten hingegen weit ausgestreckt. In Richtung des Mondlichtstrahls, der durch ein stark verschmutztes Fenster in das Innere der Scheune fiel. Und in diesem Mondstrahl badete Janus. Er stand aufrecht, grinste den Hund mit seinem unheimlich heiteren Rückgesicht an, dessen Bedrohlichkeit Anton in dieser Beleuchtung zum ersten Mal wahrnahm, während die andere, unverhüllt bösartige Fratze in die Finsternis und auf das Herz Jesu ausgerichtet war.

Es sah aus, als würde der Hund beten. Das metallische Geräusch war bereits in dem Augenblick abgebrochen, als Karla das Gebäude betreten hatte, doch der Hund winselte immer noch. Sein buschiger Schwanz peitschte wild durch die Luft.

»Hierher, Pünktchen«, rief sie. Der Hund reagierte nicht. Sie ging ein paar Schritte auf das Tier zu. Es drehte den Kopf und knurrte sie an. Karla blieb stehen. Auf ihrem Gesicht zeichnete sich vollständige Verblüffung ab. Ihr Hund war ihr gegenüber noch nie feindselig gewesen.

Anton bekam das nur am Rande mit. Für ihn war etwas anderes wichtiger. Die Statuette schien unbeschädigt zu sein. Es war, als hätte der Hund sie vorsichtig abgesetzt und würde sie nun anbeten. Unsinn, dachte Anton. Er näherte sich dem Götzenbild, doch Pünktchen bellte auch ihn an und bleckte die Zähne.

»Nimm endlich deinen Hund an die Leine!«, rief er Karla zu.

»Ich habe keine! Brüll hier nicht so rum!«

»Du packst ihn am Halsband, und ich schnappe mir den Janus!«

Karla sah ihn widerspenstig an. Schon befürchtete er, sie wolle ihm widersprechen, doch dann trat sie hinter den Dackel und ergriff ihn am Halsband. Anton sprang vor, hob mit einer blitzschnellen Bewegung die Statuette auf und lief nach draußen. Der Hund bellte hinter ihm her; er war erst still, als Anton wieder im Haus stand.

Anton bemerkte, dass ihm die Beine zitterten. Verwundert schaute er den Götzen in seiner Hand an. Das grinsende Gesicht war ihm zugewandt und schien ihn zu verspotten.

Anton ging nach oben ins Schlafzimmer. Aus dem daneben liegenden Zimmer seines Sohnes war kein Laut zu hören;

wahrscheinlich schlief Maximilian schon. Anton öffnete den Kleiderschrank aus Kiefernholz und legte die Statuette hinter einen Stapel mit Bettwäsche. So ähnlich wie in Dasburg, dachte er und musste lächeln. Vielleicht fühlte sich Janus ja nun hier heimisch. Doch möglicherweise war ihm der Schrank zu neu. Anton hatte er auch nie gefallen; er war Karlas Wahl gewesen, die kaum Antiquitäten im Haus duldete.

Von unten hörte er ihre Stimme. Sie schimpfte mit dem jaulenden und wimmernden Hund. Das Jaulen nahm allmählich ab und erstarb schließlich ganz; bestimmt hatte Pünktchen soeben in der Küche einen Wurstzipfel erhalten.

Anton zog sich aus. Es war schon spät, und der Tag war aufregend und ereignisreich gewesen. Doch Anton war noch nicht müde. Wo blieb Karla bloß? Endlich hörte er ihre Schritte auf der knarrenden Holztreppe.

Sie betrat das Schlafzimmer, wirkte erhitzt, atmete schwer. »Was war das vorhin?«, fragte sie. Weiter kam sie nicht.

Anton schlang die Arme um sie. Drückte ihren Kopf gegen den seinen. Quetschte seine Lippen auf die ihren. Fuhr mit der Zunge zwischen ihre Zähne. Zuerst versuchte sie sich zu wehren, doch bald schmiegte sie sich in seine Umarmung und erwiderte seine fordernden Küsse. Er riss ihr die Bluse auf, sodass die Knöpfe absprangen, tastete am Verschluss ihres BHs herum. Karla stöhnte und warf den Kopf in den Nacken. Fuhr mit ihren langfingrigen Händen durch Antons Haar. Presste seinen Kopf gegen ihren Busen. Anton machte sich wieder von ihr frei, schleuderte sie auf das Bett, das unwillig quietschte und knirschte, sprang auf sie, schob ihr den Rock hoch. Dann drang er mit einem heftigen, beinahe grausamen Stoß in sie ein. Karla riss die Augen auf und starrte ihn an. Sie versuchte ihn von sich herunterzuwerfen, doch er packte sie bei den Schultern und stieß sie unbarmherzig.

Sie warf den Kopf hin und her, ob aus Lust oder Schmerz, war ihm egal. Die Welt ertrank vor seinen Augen in einer Welle aus roter Ekstase. Er spürte, wie sich sein Höhepunkt ankündigte, wurde noch wilder, schneller, schrie und tobte. Er verkrallte sich dabei in Karlas Schultern. Ihr Stöhnen drang von fern zu ihm, Lust und Schmerz, Angst und Ekstase.

»Wollt ihr euch umbringen?«

Karla erstarrte unter ihm. Anton wirbelte herum. In der Tür stand Maximilian.

»Raus!«, brüllte Anton ihn an, sprang aus dem Bett und lief auf seinen Sohn zu.

Diesem schossen sofort die Tränen in die Augen; er drehte sich rasch um und rannte fort.

Kurz darauf hörte Anton, wie sich der Schlüssel in Maximilians Tür drehte. Er stand nur da, keuchte schwer, und Entsetzen kroch in ihm empor, nahm Antons Herz in einen eisernen Griff. Was hatte er bloß getan? Langsam wandte er sich Karla zu. Sie hatte das Laken über sich gezogen, starre Anton an, ihre Wangen glühten, sie schien nicht zu wissen, was sie empfinden sollte.

Schließlich flüsterte sie: »Nie wieder vor den Augen deines Sohnes.«

»Er ist nicht nur ...« Anton verstummte. Er stierte auf die Wölbung des Lakens, dort, wo ihre Brüste waren. Das Entsetzen in ihm floss ab. Er trat auf das Bett zu, legte sich leise und behutsam neben Karla und zog langsam das Laken fort. Er hatte noch nicht genug.

Sie auch nicht.

* * *

Das Frühstück am nächsten Morgen war quälend. Maximilian saß am Küchentisch und schaute nur in seine volle Cornflakes-Schale. Er redete nicht, er aß nicht. Pünktchen lag unter dem Tisch und schien ungeheuer erschöpft zu sein. Karla und Anton schwiegen ebenfalls. Jeder hatte Mauern um sich herum errichtet.

Endlich fragte Anton: »Was wollen wir denn heute machen? Das Wetter ist zu schön, um den Sonntag ungenutzt verstreichen zu lassen.«

Zum ersten Mal an diesem Morgen schaute Maximilian seinen Vater an. »Ich wüsste schon, was ihr beide machen könnt«, brummte er, stand auf und verließ die Küche.

Anton spürte, wie er rot wurde. Er sah hinüber zu Karla, die Maximilian mit einer Mischung aus Verärgerung und Verlegenheit nachschaute.

Dann schüttelte sie den Kopf. »Was war gestern Abend mit dir los?«, fragte Karla und lehnte sich auf ihrem Stuhl zurück. »So habe ich dich lange nicht mehr erlebt.«

Anton seufzte und zuckte die Schultern. »Das warst ganz einfach du.« Er erhob sich, stellte sich neben sie und küsste sie auf die Wange. Karla drehte ihm den Kopf zu und spitzte die Lippen. Wie anders war dieser Kuss als der erste am vergangenen Abend! Doch es lag mehr in ihm, beängstigende Hoffnung.

Unter dem Tisch ertönte ein Knurren, dann ein Kläffen. Pünktchen schoss zwischen den Stuhlbeinen hervor und jagte aus dem Zimmer. Die Haustür stand wie meistens offen, und bald war das Bellen draußen im Hof zu hören.

Wenigstens ist die Janus-Statue in Sicherheit, dachte Anton.

Karla machte sich von ihm frei und lief ihrem Hund nach.

Anton ging nach oben ins Schlafzimmer. Er hatte kaum einen Blick für das vollkommen zerwühlte Bett übrig, aus dem alle Laken herausgezogen waren und über die Matratze und den Boden verstreut lagen, sondern ging zielstrebig zum Kleiderschrank und zog das Götzenbild hinter der Bettwäsche hervor. Zärtlich fuhr er mit den Fingern über den Kopf, das Gewand, den Schlüssel, den Stab und den klobigen Fuß. Die Gegenwart dieses Gottes schenkte ihm Ruhe, Zufriedenheit, Glück und Reichtum – bald!

Auf dem Weg nach unten klopfte Anton an der Zimmertür seines Sohnes. Er war zwar da, denn Anton hörte leise Musik, aber er öffnete nicht.

Na gut, dachte Anton, dann würde dies eben einer der verdorbenen Sonntage werden.

Karla kam erst eine Stunde später zurück. Sie hatte Pünktchen nicht gefunden. Seufzend warf sie sich auf das Sofa. »Ich verstehe das nicht«, sagte sie atemlos. »Keine Ahnung, wo er steckt. So etwas hat er ... noch nie gemacht.«

»Vielleicht besucht er nur seine Freundin«, meinte Anton, der es sich mit einem Buch in dem ledernen Ohrensessel bequem gemacht hatte.

»Du meinst Freya, die Schäferhündin?« Karla schüttelte den Kopf. »Das glaube ich nicht. Ich habe zwar nicht auf dem Schulteshof nachgesehen, aber ...«

In diesem Augenblick klingelte das Telefon. Unwillig stand Anton auf und ging in die Diele, wo der uralte Apparat mit der Wählscheibe stand. Karla hatte schon oft über das Ding geflucht, doch wenigstens in diesem Punkt hatte sich Anton durchgesetzt. Das Telefon hatte schon seinen Eltern gehört, und er sah keine Notwendigkeit, es zu ersetzen.

Am anderen Ende der Leitung war Ludwig Scholtes vom gleichnamigen Hof. »Euer Pünktchen ist hier. Kommt ihn abholen«, sagte er nur und legte auf.

Anton kratzte sich am Kinn. Scholtes, der eigentlich ein sehr umgänglicher Mensch war, hatte ziemlich barsch und verärgert geklungen. Was mochte der harmlose kleine Dackel angestellt haben?

Sie nahmen Karlas Renault. Auf der kurzen Fahrt durch den Ort sprachen sie kein Wort miteinander; jeder war in seiner eigenen Welt gefangen. Sie fuhren an der Kirche vorbei, an dem kleinen Laden, dem einzigen des Dorfes, das sich wie eine Schlange über die Hochfläche wand. Hinter der Autowerkstatt am Dorfende lag links der alte, langgestreckte Scholteshof.

Als sie in den Hof einfuhren, sahen sie Ludwig Scholtes bereits vor dem weiß verputzten Haus mit den eifeltypischen Fenstereinfassungen aus rotem Sandstein stehen. Neben ihm im Schlamm lag etwas Braunes, Pelziges mit roten Einsprengseln. Anton und Karla stiegen aus und gingen auf den Bauern zu. Auch er war gesprenkelt; seine graue Weste und seine ockerfarbene Cordhose wiesen ähnliche rote Flecken auf.

»Es tut mir leid, aber er hat mir keine andere Wahl gelassen«, sagte Scholtes und zeigte auf das Pelzbündel.

Mit einem Stöhnen fiel Karla auf die Knie. Sie streckte die Hände aus und zog das tote Tier an sich heran. Blut klebte auf dem Fell des Dackels, und sein Rückgrat war so biegsam, als wäre es gebrochen.

»Er hat unsere Freya besprungen«, fuhr Scholtes fort. »Weiß der Teufel, wie er überhaupt an sie herangekommen ist. Er hatte sich in ihren Nacken verbissen, und als ich ihn von ihr herunterzerren wollte, hat er nach mir geschnappt. Freya hat schrecklich gejault; sie muss furchtbare Schmerzen gelitten haben. Es war, als ob euer Dackel plötzlich wahnsinnig geworden wäre. Da habe ich mir nicht mehr anders zu helfen gewusst und meine schwere Schaufel geholt. Damit hab ich auf den kleinen Kerl eingedroschen. Zuerst hab ich ihm das Rückgrat gebrochen, aber er hat trotzdem nicht aufgehört. Und dann ...«

Pünktchens Schädeldecke war einschlagen.

Karla hob ihn vom schlammigen Boden auf und wiegte ihn in den Armen wie ein Baby. Es war ihr egal, dass ihre Bluse vom Matsch und Blut fleckig wurde. In ihren Augen sammelten sich Tränen, und sie erbebte unter heftigen Schluchzern.

Anton trat neben sie und legte ihr den Arm um die Schultern.

»Warum?«, jammerte sie. »Warum?«

Anton wollte sie enger an sich drücken, doch sie machte sich von ihm los, lief vom Hof und war bald hinter der hohen Umfassungsmauer verschwunden.

Ihr Weinen durchperlte das herbstlich kalte Dorf.

4. Kapitel

Von seinem Fenster aus sah Maximilian die Frau kommen. Sie hielt ein braun-rotes Bündel an sich gedrückt, das er sofort als das arme Pünktchen erkannte. Maximilian rannte aus seinem Zimmer, die Treppe hinunter und blieb vor der Frau, wie er sie für sich immer nur nannte, stehen. Pünktchen sah schrecklich aus. All das Blut, sein Schädel war eingeschlagen, und das Rückgrat war unnatürlich verkrümmt. Maximilian sah der Frau in die verweinten Augen. Dann strich er sanft und zärtlich über das Fell. In seinem Hals bildete sich ein Kloß. Die Frau setzte den Leichnam ab und umarmte Maximilian. Dieser ließ es geschehen. Sie weinten gemeinsam. Es war fast, als hätte ihn seine Mutter in den Arm genommen. Er vergaß die fremde Frau und heulte hemmungslos. Er heulte all seine Frustrationen, seine Ängste, sein Leid heraus, wie er es noch nie seit dem Tod seiner Mutter getan hatte. Maximilian spürte, wie zarte Hände über seinen Rücken und seine Haare strichen. Er schloss die Augen und träumte sich in die Vergangenheit. So hatte seine Mutter ihn immer getröstet, wenn ihn die Nachbarskinder wieder einmal gehänselt oder geschlagen hatten. Doch das hier war nicht seine Mutter. Er versteifte sich und machte sich von ihr los.

Die Frau sah ihn verwirrt an. Ihre Bluse war blutig, und Maximilians Hemd war es nun auch. Er ekelte sich vor diesen Flecken, ekelte sich vor dieser Frau und vor diesem Leichnam, der nicht mehr das liebe kleine Pünktchen war, sondern nur noch ein Klumpen Fleisch, das bald in Verwesung übergehen würde. Anton rannte auf sein Zimmer und schloss sich wieder ein.

Er wartete darauf, dass die Frau ihn verfolgte und mit ihm reden wollte, aber sie kam nicht. Schließlich hörte er einen Wagen in den Hof einfahren und schaute hinunter. Sein Vater stieg aus dem Renault. Für einen Moment sah er diesen Mann so, wie er ihn in der vorherigen Nacht gesehen hatte, nackt und keuchend, wild und ungeschickt.

War das überhaupt noch sein Vater? Was hatte die Frau mit ihm gemacht? Bei Mutter hätte er nie so etwas Widerliches getan. Er war doch der einzige Verbündete in Maximilians Leben. Gewesen.

Maximilian riss das Fenster auf. Sein Vater winkte ihm zu. Maximilian spuckte herunter und schloss das Fenster wieder.

Mit der Reaktion seines Vaters hatte er hingegen nicht gerechnet. Wie ein Wirbelsturm rauschte und polterte es auf der Treppe, dann hämmerte es gegen Maximilians abgeschlossene Tür. Er wagte nicht zu öffnen. Am meisten entsetzte ihn, dass sein Vater kein Wort von sich gab. Wenn es früher zu ähnlichen Szenen gekommen war – was nur sehr selten der Fall gewesen war –, dann hatte sein Vater hinter der Tür gebrüllt und geflucht und war irgendwann abgezogen.

Diesmal trat er stumm die Tür ein und stand wie ein Rächergott mitten im Zimmer. Maximilian bekam feuchte Hände, als er den Wahnsinn in den Augen seines Vaters sah.

»Was war das eben?«, fragte dieser mit vollkommen beherrschter, ruhiger Stimme.

»Ich ... ich ...«

»Ja: du, du. Etwas anderes kennst du nicht. Du kreist nur um dich selbst. Und du kannst nicht ertragen, was du gestern Nacht gesehen hast. Was glaubst du, was deine Mutter und ich im Bett getan haben? Händchen gehalten und Schäfchen gezählt? Akzeptiere endlich die Realitäten. Akzeptiere Karla.«

»Niemals!«, schrie Maximilian. Wut überspülte ihn wie eine Woge. Er ballte die Fäuste und begann zu zittern. »Niemals! Dein Flittchen ist nicht meine Mutter!« Er spürte, wie die Wut ihm die Röte ins Gesicht trieb. Und er sah, wie sein Vater sich veränderte.

Es war, als würde von einem Bild in ein anderes übergeblendet. Der eiskalte, anklagende und bösartige Vater verschwand und wurde durch den sanften, bisweilen zwar aufbrausenden, grundsätzlich aber liebenden und hilfsbereiten, tröstenden und fürsorglichen Vater ersetzt.

Dieser Vater nahm nun seinen Jungen in den Arm, und Maximilian ließ es gern geschehen. Er entspannte sich, das Zittern hörte auf, die kribbelnde Wut floss allmählich ab. »Entschuldige«, sagte der Mann, den er nun wieder kannte. »Ich wollte dir nicht wehtun. Ich weiß, wie schwierig es für dich ist, Karla anzunehmen. Natürlich ist sie nicht deine Mutter, und sie kann es nie sein. Aber sie mag dich wirklich, und sie versucht andauernd, dir gut zu sein. Ich weiß auch nicht, was vorhin in mich gefahren ist. Irgendwie hat mich Pünktchens Tod sehr erschüttert. Der arme kleine Kerl. Du hast ihn doch auch gemocht, oder?«

Maximilian nickte an der Schulter seines Vaters.

»Ich muss jetzt Karla trösten gehen. Sei ein lieber Junge und verzeih mir, ja?«

Maximilian nickte erneut. Sein Vater löste sich behutsam von ihm und trat durch die zerschmetterte Tür. Dabei schüttelte er den Kopf, als könne er nicht glauben, was er vorhin getan hatte.

Als er weg war, drückte Maximilian die Tür so fest wie möglich zu. Doch der Rahmen und das Holz um das Schloss herum waren gesplittert, und die Tür neigte dazu, ins Zimmer hineinzuschwingen. Also stellte er seinen Papierkorb dagegen. Nun hatte er nicht einmal mehr eine Rückzugsmöglichkeit.

Kurz darauf fragte ihn sein Vater vorsichtig und ohne sein Zimmer zu betreten, ob er an der Beerdigung des Hundes teilnehmen wolle. Ja, das wollte er.

Bald darauf standen sie gemeinsam im Garten hinter dem Haus, von wo aus man kilometerweit über die Höhen und das sanft abfallende Land schauen konnte. Sein Vater hatte ein kleines Grab geschaufelt, und die Frau hielt einen braunen, alten Karton in den Händen. Sie küsste den Karton, was Maximilian abscheulich fand, und legte ihn in das Loch. Sein Vater schaufelte Erde darauf, und die Frau pflückte ein paar Gänseblümchen von der Wiese ab und steckte sie in den Erdhügel. Als Maximilian ihre Tränen sah, vergingen ihm seine eigenen. Man merkte, dass sie nie Kinder gehabt hatte. Pünktchen war ein liebes Tier gewesen, mit dem er gern gespielt hatte, aber man trauerte doch nicht um einen Hund wie um einen Menschen! Eine kalte Windbö fuhr ihnen in die Gesichter und brachte eine tröstende Liebkosung des Winters mit.

Maximilian schaute hoch, schaute über das weite Land, bis in den Himmel. Gedämpfte Herbstfarben machten aus den fernen Wäldern bunte Flickendecken, über denen die grauen Wolken wie die Eisgespenster des Winters dahintrieben. Irgendwo schrie eine Krähe einen Abschiedsgruß. Das Schluchzen der Frau übertönte die Krähe, die es schließlich aufgab, den Hund auf ihre Weise zu betrauern.

Ob die Frau auch so weinen würde, wenn nicht der Hund, sondern Maximilian dort unten in der Erde läge? Er drehte sich um und ging zurück ins Haus. Am liebsten hätte er den Wind mitgenommen.

* * *

Als die Frau ihn zum Mittagessen rief, blieb er auf seinem Zimmer. Auch sein Vater, der kurz darauf hochkam und sanft gegen die Tür drückte, bis der Papierkorb von ihr beiseite geschoben wurde, konnte ihn nicht dazu bewegen, zusammen mit ihnen zu essen. Maximilian saß in seinem abgeschabten Sessel und hob den Blick kaum von dem Buch, das er gerade las. Schließlich gab sein Vater es auf und ging. Maximilian sprang aus dem Sessel und sicherte die Tür wieder mit dem Papierkorb. Dann las er weiter und verlor sich in den unheimlichen Werken von H. P. Lovecraft, die ihn ganz in ihren Bann zogen. Er las von weltfremden Anthropologen und anderen Universitätsprofessoren, die die Vergangenheit oder fremde Kulturen erforschten und dabei auf unnennbare, grauenvolle Geheimnisse jenseits von Raum und Zeit stießen, welche ihnen regelmäßig zum Verhängnis wurden. Maximilian stellte sich vor, wie es wäre, wenn er selbst solche Welten erschließen könnte. Würden sie für ihn ebenfalls tödlich sein? Oder würden sie ihm eine Zuflucht bieten, so wie diese Bücher ihm eine Zuflucht boten?

Vielleicht konnte er es herausfinden.

Schließlich gab es in seinem eigenen Zuhause die Statue eines unheimlichen Götzen, auch wenn er nicht so fremdartig war wie die Schöpfungen Lovecrafts. Er hatte keine Tentakel und kam nicht aus den Fernen des Weltalls oder des multidimensionalen Raums, sondern war nichts anderes als ein römisches Überbleibsel, von denen Herr Matuschek, ihr Geschichtslehrer, schon einige mit in den Unterricht gebracht hatte. Maximilian hatte bereits Statuetten der Fortuna, der Kybele und des Dionysos gesehen, jedoch noch keine des Janus. Gern würde er sie sich noch einmal anschauen, doch sein Vater würde es ihm sicherlich verbieten, nachdem er sich so böse aufgeführt hatte – nachdem *sie beide* sich so böse aufgeführt hatten.

Der Gedanke an Janus ließ ihn nicht los und legte sich beständig über die bizarren, lockenden Bilder, die die Lektüre in ihm erschuf.

Am Nachmittag machten sein Vater und die Frau einen Spaziergang. Natürlich fragten sie durch die nur angelehnte Tür hindurch, ob Max mitgehen wollte, und natürlich lehnte er ab.

Als die beiden weg waren, schlich er hinüber ins Schlafzimmer. Wo mochte sein Vater die Statue versteckt haben? Eigentlich packte er immer alles Wichtige und Wertvolle in den Kleiderschrank. Also machte sich Maximilian daran, diesen zu durchsuchen.

Dabei stieß er hinter den Unterhosen seines Vaters auf drei römische Tonlämpchen, hinter den Pullovern auf ein Versehkreuz aus Silber, und hinter der Bettwäsche fand er schließlich das, wonach er gesucht hatte. Unendlich behutsam zog er die Janus-Figur hervor. Sie kribbelte angenehm unter seinen Fingern. Der uralte Ton fühlte sich seltsam lebendig an – beinahe so, als würde Blut durch ihn hindurchströmen. Maximilian drückte sich den rauen Ton gegen die Wange. Fast glaubte er ein fernes Summen zu vernehmen. So musste sich der Chor der Engel anhören. Am liebsten hätte er den Gott nie wieder losgelassen. Plötzlich fühlte er sich stark. Er hatte keine Angst mehr vor dem nächsten Tag, vor den Hänseleien und Anfeindungen in der Schule, vor all den schrecklichen Mitschülern, den Lehrern und den anderen Erwachsenen.

Maximilian hielt sich die Figur dicht vor die Augen. Er erkannte jede Unebenheit in dem grinsenden Gesicht auf dem Rücken, das ihm nun aufmunternd und freundlich erschien. Die wulstigen Lippen waren fast bis zu den Ohren hochgezogen, die Brauen über den starrenden Augen mit ihren winzigen, kreisrunden Pupillen waren ebenfalls breit und stießen über der Nasenwurzel zusammen, und die Wangen waren voll und feist. Maximilian drehte die Gestalt um.

Das böse Gesicht erschreckte ihn. Er hatte es nicht so furchtbar in Erinnerung gehabt. Es schien von innen heraus zu strahlen. Dabei bestand der einzige Unterscheid zum Grinsen auf der anderen Seite darin, dass der Mund nicht nach oben gezogen, sondern leicht nach unten gebogen war. Die Brauen, die Augen, die Wangen waren genauso ausgeführt wie bei dem anderen Gesicht. Schnell drehte Maximilian wieder das Grinsen zu sich heran. Er schloss die Augen und vergaß die Zeit in der Gegenwart des Gottes.

Vom Hof her drang das Geräusch von Schritten zu ihm herauf. Sein Vater und die Frau waren wieder da. Benommen kroch er zurück in die Gegenwart, stellte schnell die Statue in ihr Versteck und verließ das Schlafzimmer. Als unten die Haustür geöffnet wurde, befand er sich bereits wieder in seinem Zimmer. Er warf sich in seinen Sessel, versuchte weiterzulesen, doch andauernd glitten seine Gedanken zu dem im Schrank verborgenen Janus nebenan. Er war besser als jede Geschichte über namenlose Wesenheiten aus den Bereichen zwischen Raum und Zeit. Er war *real*. Und gleichzeitig so *unwirklich*. So verwirrend. Und so aufregend.

Schritte knarrten die Treppe hinauf.

»Max, willst du jetzt etwas essen?«

Sie war es. Nun bemerkte Maximilian, wie hungrig er war. Wortlos warf er das Buch auf den Boden, schob den Papierkorb von der Tür weg und ließ sie aufschwingen.

Da stand sie. Er sah ihr in die blauen Augen, die er wie eine Verhöhnung der blauen Augen seiner Mutter empfand. Außer der Augenfarbe hatten die beiden nichts gemeinsam. Er verstand nicht, was sein Vater an dieser Frau fand.

Sie lächelte ihn an. Es sollte ehrlich wirken, doch das Lächeln des Janus war ehrlicher. »Kommst du mit, Max?«, fragte sie unsicher.

Maximilian nickte. Er hasste es, wenn er Max genannt wurde. Das taten auch seine Mitschüler, falls sie ihn nicht Mäxchen nannten. Aber er sagte nichts; er wehrte sich nicht – nicht hier und nicht in der Schule. Er erwiderte das Grinsen der Frau. So breit, dass er vermutete, seine Mundwinkel würden fast bis zu den Ohren hinaufreichen. Die Frau lächelte nun nicht mehr. Sah er wirklich so etwas wie Entsetzen auf ihrem Gesicht?

Bei Tisch fühlte er sich heute Abend wohler als sonst. Es gab Spaghetti Bolognese mit Apfelkompott, sein Lieblingsessen. Zwar hatte die Frau nie verstehen können, warum er Apfelkompott dazu haben wollte, doch nachdem Vater sie gebeten hatte, den Wunsch seines Sohnes zu respektieren, war ihr nichts anderes übrig geblieben, als in diesem kleinen und unwichtigen Punkt nachzugeben.

Maximilian aß mit herzhaftem Appetit. Er war sehr geschickt mit Gabel und Löffel, ließ nie eine Nudel fallen und schlampfte nicht so unappetitlich wie Vaters neue Frau. Er sah sie von der Seite an.

Sie kämpfte immer noch mit den Tränen. Der Tod ihres Hundes war ihr sehr nahe gegangen. Vielleicht verstand sie jetzt, was der Tod war. Wie er Löcher riss. Löcher, die nie wieder aufzufüllen waren. Und was war ein Tier im Vergleich zu einem Menschen?

Sein Vater versprach ihm mit rotem Gesicht, gleich morgen früh seine Tür zu reparieren; ihm war eindeutig peinlich, was er da getan hatte. Maximilian nickte nur.

»Und morgen Abend gibt es Speckpfannkuchen – wieder mit Apfelkompott«, sagte die Frau in dem deutlichen Bemühen, Maximilian etwas Gutes tun zu wollen.

Beinahe hätte er noch einmal so breit gegrinst wie vorhin. Aber er unterließ es, denn er befürchtete, er sähe dann wie Janus aus, und sein Vater könnte auf den Gedanken kommen, dass er im Kleiderschrank herumgesucht hatte.

So gut hatte ihm schon lange kein Essen mehr geschmeckt.

Maximilian ging früh zu Bett, denn er hatte keine Lust, unten im Wohnzimmer den neuen *Tatort* zu sehen. Er las noch ein wenig, lauschte dem Regen, der vor Kurzem eingesetzt hatte und nun gegen das Fenster prasselte. Schließlich löschte er das Licht und kuschelte sich in sein Bettzeug. Er träumte von Janus.

Es begann damit, dass er die Figur wieder in den Händen hielt. Diesmal hatte sie zwei grinsende Gesichter. Sie wuchs, wurde unerträglich schwer, und er musste sie fallen lassen. Sie stand vor ihm, lächelte ihn an und sagte: »Sei mir willkommen, Jüngling. Lass mich dein Lichtbringer sein. Ich werde dich stark machen. Ich werde dafür sorgen, dass dir Gerechtigkeit widerfährt.« Dann verblasste die Gestalt zusammen mit dem Traum, und Maximilian wachte auf.

Von nebenan drangen gedämpfte Geräusche. Das Stöhnen der Frau. Das Quietschen des Bettes. Das Stöhnen seines Vaters. Maximilian hielt sich die Ohren zu, und als auch das nicht half, steckte er den Kopf unter die beiden Kissen. Nun war wieder alles ruhig. Und der Traum kehrte zurück.

»Ich werde dir eine neue Welt zeigen. Ich werde dich zu meinem Jünger machen. Ich werde dich beschützen. Und du wirst mir huldigen.« Das Gewand des Janus raschelte. Er wollte einen Schritt auf Maximilian zu machen, doch der klobige Kubus, in dem seine unsichtbaren Beine steckten, erlaubte es nicht. Der Gott hob die Arme, drehte den Schlüssel und den Stab hin und her. »Die Tränen verhindern es. Doch die Tränen werden trocknen, und die Augen werden wieder sehen. Dann werden sie die ganze Welt erkennen und in sich aufnehmen. Und die ganze Welt wird ihren Herrn erkennen und sich ihm hingeben.« Es ertönte ein Gong, unter dessen tief brummendem Klang Maximilian erneut aufwachte. Es war noch mitten in der Nacht, doch er fühlte sich ausgeschlafen und so kräftig wie nie zuvor.

Er wusste, was er am nächsten Morgen tun würde. Es würde alles verändern. Alles.

* * *

Das nächste Hotelzimmer, die nächste Spur. Lange hatte es gedauert, bis er herausgefunden hatte, dass Jakob Thaddeus die Wahrheit gesagt hatte. Er war im Besitz der Statue gewesen, und sie war ihm abhanden gekommen. Er hatte mit dem Händler und Hehler gesprochen, der sie dem Dieb abgekauft und weiterveräußert hatte, und er hatte das Leben des Händlers in sich aufgesogen. Auch er war nicht der rechtmäßige Besitzer der Figur gewesen. Niemand war das – niemand außer ihm, dem Suchenden. Nur für ihn war Janus Balsam, war Regen auf das Feuer des Verlangens, war Erfüllung aller Verheißungen, die Menschen je gemacht worden waren. Und es war noch etwas Tieferes um Janus, das hatte er damals gespürt, als er die Statuette in seinem Besitz gehabt und studiert hatte, und er spürte es immer noch. Dieser Gott war ein Symbol für das gewaltigste und schrecklichste Geheimnis, das diese Erde je beherbergt hatte, und er musste es unbedingt enträtseln. Deutlich empfand er die Kraft, die von der Gottheit ausging, und jeder Schritt auf sie zu lud ihn ein wenig mit dieser Kraft auf. Jedes zerstörte Leben, jede vernichtete Existenz war ein Gottesdienst und zugleich ein Wiedererstarken auf seiner langen Reise.

Er fuhr nach Dasburg, hatte das Haus rasch gefunden, doch niemand öffnete ihm. Er spähte durch ein Fenster im Erdgeschoss. Es war leer. Er war wieder einmal zu spät gekommen. Verzweiflung durchtränkte ihn.

»Wollen Sie es kaufen?«

Langsam drehte er sich um. Hinter ihm standen zwei Männer: der eine dick und kahlköpfig, der andere hager und grauhaarig. Vollkommen verschieden und doch gleich, wie er sofort erkannte. Brüder. Er sah es an ihren Bewegungen und an ihrem Blick. Er schaute tiefer in sie hinein, als es ihnen selbst möglich war.

»Vielleicht ...«

»Es ist leider schon verkauft, aber der Vertrag ist noch nicht unterschrieben. Falls Sie mehr bieten sollten, könnten wir vielleicht mit Ihnen handelseinig werden. Sie haben wirklich Glück. Wir sind eigentlich nur zufällig hier ...«

Nein, dachte er, das seid ihr nicht. Er grinste.

Der hagere der beiden Brüder schloss die Tür auf und bat ihn herein. Der Fette folgte ihm.

Als er wieder nach draußen trat, besaß er die Adressen von fünf Antiquitätenhändlern, die in der letzten Zeit Zugang zu diesem Haus gehabt hatten. Sorgfältig zog er die Tür hinter sich zu. Es war bereits dunkel, und niemand hatte ihn gesehen. Wenn man die Überreste der beiden Brüder finden würde, wäre er schon längst wieder fort.

Fort in seiner eigenen Finsternis.

5. Kapitel

Als Maximilian am nächsten Morgen den Schulbus bestieg, setzten die üblichen Hänseleien sofort wieder ein. Der dicke Bernd, der in Maximilians Klasse war, und sein Freund Jan, der einmal sitzen geblieben war, begrüßten ihn wie jeden Tag mit ihrem Kampfschrei: »Mäxchen, Mäxchen, die Pisse tropft von deinem Häxchen!« Es tat ihm immer noch weh, auch wenn er es eigentlich schon gewohnt sein sollte. Ein paar Mädchen weiter hinten im Bus kicherten, und die beiden Jungen, die immer ganz vorn saßen, grinsten ihn frech an.

Heute grinste er zurück.

Und die beiden verstummten. Es war, als hätten sie sich an ihrem dummen Spott verschluckt. Bernd begann gar zu würgen und fuhr sich mit der Hand an den Hals. Maximilian warf einen Blick durch den Bus, während dieser wieder anfuhr. Er setzte sich in eine freie Sitzreihe und schaute aus dem Fenster. Die Mädchen hinter ihm tuschelten miteinander. Er fragte sich, ob sie über ihn redeten, und wurde rot bei diesem Gedanken.

Die Landschaft hinter dem Fenster flog vorbei. Die Farben des Herbstes verschwammen, als der Bus hinunter ins Tal der kleinen Kyll fuhr und jede Kurve wieder neue Ausblicke auf die Herbstschreie des Laubs eröffnete. Maximilian mochte den Wald. Er liebte die Einsamkeit, die Menschenferne, die Ruhe. Dort draußen tat ihm niemand etwas, dort draußen musste er keinen Spott und keine bösen Streiche erdulden, dort draußen durfte er ganz bei sich selbst sein. Und dort draußen konnte er mit seiner Mutter reden, die ihm so fehlte.

Er wandte den Blick von der Scheibe ab und sah, dass Bernd und Jan ihn anstarrten. Er hielt ihrem Starren stand. Es machte ihm sogar Spaß. Heute war es anders. Heute war alles anders.

Der Bus fuhr durch Manderscheid und nahm dort weitere Schüler auf. Manche kannten ihn nicht und schenkten ihm daher keine Beachtung, doch einige, die ebenfalls auf das Thomas-Morus-Gymnasium gingen, grinsten ihn frech an, zeigten mit dem Finger auf ihn, und einer riss an der Kapuze seines Parkas.

»Lass mich«, murmelte er. Einer der neu Zugestiegenen zerrte an seinem Rucksack, den er auf seinen Beinen abgestellt hatte. Maximilian zischte ihn an wie eine Schlange. Verdutzt zog der Junge die Hand zurück und beeilte sich, in den hinteren Teil des Busses zu gelangen.

Maximilian streichelte über die Lasche seines Rucksacks. Vielen Dank, Janus, dachte er. Es ist genau so, wie ich es mir vorgestellt habe und wie du es mir versprochen hast. Du schenkst mir Kraft.

Heute Morgen war sein Vater schon früh aus dem Haus gegangen, weil er einen Ankaufstermin in Prüm hatte, und die Frau war kurz nach ihm aufgebrochen und in ihr Geschäft nach Wittlich gefahren. Maximilian hatte noch ein paar Minuten Zeit gehabt, die er dazu genutzt hatte, die Statuette des Janus aus dem Kleiderschrank zu holen und in seinen Schul-Rucksack zu stecken. Heute würde er in der Geschichtsstunde bei Herrn Matuschek glänzen. Ganz kurz hatte er sich gefragt, was wohl passieren würde, wenn ihm jemand die Figur stahl und sie zerbrach. Sein Vater würde ihm den Kopf abreißen. Aber er wusste irgendwie, dass es nicht soweit kommen würde. Janus war stark.

Der Rest der Fahrt verlief ruhig. Der Weg von der Bushaltestelle in Daun bis zum Thomas-Morus-Gymnasium war für gewöhnlich ein Spießrutenlauf, doch heute hielten sich sowohl Bernd und Jan als auch die anderen, die denselben Weg wie er hatten, auffallend zurück. Es war, als liefe er in einer schützenden, vollkommen durchsichtigen Blase.

Ich bin ein Forscher und auf das Rätsel einer unaussprechlichen Gottheit gestoßen, träumte Maximilian. Ich befinde mich auf dem Weg zu einem wichtigen Kongress, auf dem ich meine Entdeckung vorstellen und der Fachwelt zugänglich machen werde.

Er ging an den kleinen Häusern vorbei bergan, bis die Straße eine scharfe Biegung nach links machte und vor ihm das hinter einer dichten Reihe aus Fichten und Hecken verborgene Schulgebäude auftauchte. Die Horden der anderen Gymnasiasten zogen mit ihm; er sah sie gar nicht.

In der ersten Stunde hatten sie Mathematik bei Frau Grauer. Frau Grauer war so, wie sie hieß. Auch was sie sagte, war grau. Kurvendiskussion. Maximilian verstand wie immer kaum ein Wort. Er versuchte sich Notizen zu machen, konnte aber nicht nachvollziehen, was er da niederschrieb. Zum Glück kam er in dieser Stunde nicht dran. Immer wieder schweiften seine Gedanken ab zu der römischen Gottheit in seinem Rucksack. Er konnte es kaum erwarten, sie dem Lehrer und der Klasse zu präsentieren. Doch damit musste er noch bis zur vierten Stunde warten.

Gregor neben ihm schien zu begreifen, was Frau Grauer da vorn an die Tafel schrieb, er meldete sich sogar einmal und wurde für seine offenbar gute Bemerkung gelobt.

Maximilian mochte Gregor, auch wenn dieser ziemlich hochnäsig war und ihn bei Klassenarbeiten nie abschrieben ließ. Aber wenigstens beteiligte er sich nicht an den Hetzjagden auf Maximilian.

Die zweite Stunde war Deutsch. Herr Hegner sah so aus, wie Maximilian sich einen Künstler vorstellte: wallende graue Haare, ausgebleichtes T-Shirt, Jeans, und die selbst im Winter nackten Füße steckten in Sandalen. In jeder Stunde rannte er hektisch durch die Klasse, redete mit Armen und Beinen und wurde jedes Mal von der Begeisterung für sein Thema fortgerissen.

Bei der Besprechung der Hausaufgaben vom letzten Mal wurde Maximilian sogar lobend hervorgehoben. Sie hatten Stimmungsbilder zu Storms *Schimmelreiter* verfassen müssen, und das von Maximilian war das beste gewesen. Herr Hegner las es vor, und bei einigen besonders gelungenen Passagen kicherten Melinda und Jacqueline, und Bernd prustete los. Er warf einen Blick herüber zu Maximilian – und verstummte.

Ja, heute war es anders.

Sogar Herr Hegner schien es zu spüren. Er war einer der wenigen Lehrer, die immer sehr freundlich zu Maximilian waren, und er gab seinen Schülern das Gefühl, dass diese wirklich etwas konnten. Maximilians Noten in Deutsch waren daher auch immer die besten seines ganzen Zeugnisses. Herr Hegner warf den Mädchen vernichtende Blicke zu, und allmählich beruhigten sie sich. Und aus der letzten Reihe schaute Annette Maximilian bewundernd an.

Er wurde wieder rot, als er es bemerkte.

Er hatte keine Ahnung, was die anderen mit »Liebe« meinten, aber er empfand etwas für dieses stille, zarte und zurückhaltende Mädchen, das ebenfalls nicht viele Freunde hatte. Sie saß allein in der Bank, sie hielt sich ein wenig abseits von den anderen, sie war anders. Besser. Die Beste der Klasse. Geachtet. Aber nicht geliebt.

Maximilian erhielt für seine Hausaufgabe eine Eins.

Die große Pause war furchtbar. Er stand wie üblich im Foyer, weil die meisten anderen – die schlimmsten – für gewöhnlich draußen herumlungerten. Aber heute schienen sie alle drinnen zu bleiben, obwohl es nicht regnete.

»Hallo, Schimmelreiter«, kicherte der große und muskulöse Robert aus seiner Klasse, der von allen nur Bob genannt werden wollte. »Hast dich ja mächtig ins Zeug gelegt mit deinem Stimmungsgeblubber. Bist deshalb aber immer noch keine Stimmungskanone!« Er krähte vor Lachen, und seine Bewunderer, die immer wie Pilotfische um ihn herumschwammen, krähten etwas leiser mit.

»Also, ich fand seine Worte ganz fabelhaft«, mischte sich plötzlich Annette ein, die wie aus dem Nichts gekommen war. »In jedem einzelnen Buchstaben lag mehr Seele und Verstand, als ihr in eurem ganzen Leben haben werdet.«

»Na, wenn das nicht Schwester Neunmalklug ist«, höhnte Bob.

»Besser neunmalklug als neunmaldämlich, Robert«, gab Annette zurück. Die Pilotfische schauten betreten drein, und Bob trat den Rückzug an.

»Danke«, sagte Maxmilian. Er befürchtete, dass sein Gesicht jetzt wie eine überreife Tomate aussah.

»Gern geschehen«, sagte Annette und zwinkerte ihm zu. »Du solltest dich allerdings bald mal selbst verteidigen.« Sie ließ ihn stehen und ging. Maximilian war noch röter geworden. Er war froh, als die Klingel das Ende der Pause verkündete.

Nun kam das Schrecklichste des Tages. Chemie bei Herrn Dr. Fleischmann. Alle in der Klasse fanden ihn toll, und auch er selbst fand sich toll. Nur Maximilian konnte sich dieser herrschenden Meinung nicht anschließen. Leider beruhte seine Abneigung gegen Herrn Dr. Fleischmann auf Gegenseitigkeit.

Sie sammelten sich vor dem Chemielabor im dritten Stock, und nachdem Herr Dr. Fleischmann – wie immer im makellos sauberen Wissenschaftlerkittel, in dem der Mensch fast ganz verschwand – die Tür aufgeschlossen und mit hoch erhobenem Haupt als Erster den Saal betreten hatte, folgte die Klasse ungeordnet und lärmend.

Maximilian stolperte über ein ausgestrecktes Bein und verlor das Gleichgewicht. Er war einer der Letzten gewesen und segelte unter dem Gejohle der anderen, die bereits ihre Plätze in dem hörsaalartigen Raum eingenommen hatten, über den Fußboden bis vor Dr. Fleischmanns Pult.

»Das war für dein blödes Grinsen im Bus heute Morgen«, hörte er Bernd zischen.

Dr. Fleischmann zerrte Maximilian an seinem Rucksack auf die Beine. »Wir haben es heute ja sehr eilig, unsere überragenden Chemiekenntnisse in den Saal zu tragen«, meinte er. »Du brauchst dich nicht vorzudrängeln, Max, du kommst sowieso gleich dran.« Er schleifte Maximilian zum Aufgang am Fenster und gab ihm einen Schubs, so dass er die Stufen hochtaumelte und beinahe wieder gestürzt wäre.

Annette beobachtete ihn und schüttelte den Kopf. Am liebsten hätte sich Maximilian in einem Mauseloch verkrochen. Er nahm in der hintersten Reihe Platz. Kaum hatte er sein Buch und seine Kladde ausgepackt, als Dr. Fleischmann ihn aufrief.

»Max, komm herunter. Ich habe hier Schwefel und Wasserstoff. Mal sehen, was du daraus machen kannst.«

Maximilian ging mit unsicherem Schritt hinunter und nahm die beiden Röhrchen entgegen, die Dr. Fleischmann ihm entgegenhielt. Behutsam goss er den Inhalt des volleren Reagenzglases in das andere. Dämpfe quollen daraus hervor.

Es war ekelhaft. Es roch genau wie eine Stinkbombe – allerdings wie eine von der Größe eines Lastwagens. Aus dem Hörsaal drang Ächzen und Röcheln. »O Max, o Max, das war ja zu erwarten, dass du einen solchen Geruch von dir geben würdest, wenn du hier vorne stehst«, meinte Herr Dr. Fleischmann.

Die ganze Klasse grölte vor Lachen. Der schlechte Geruch schien vergessen zu sein. Herr Dr. Fleischmann hielt sich affektiert die Nase zu, öffnete ein Fenster und gab Maximilian mit einem nachlässigen Handzeichen den Befehl, wieder auf seinem Stuhl Platz zu nehmen.

Vom Rest der Stunde bekam Maximilian durch den leichten Tränenschleier, der sich vor seinen Augen gebildet hatte, kaum mehr etwas mit. Am liebsten hätte er diesen Fleischmann in der Luft zerrissen. Immer wieder wurde hier und da ein Kichern laut, und auch der Lehrer konnte sich bisweilen ein Grinsen nicht verkneifen.

Janus, beschütze mich, dachte Maximilian. Janus, mach mich zu deinem Jünger. Mach mich stark. Sorge dafür, dass mir Gerechtigkeit widerfährt. Du hast es mir versprochen. Ich kann nicht mehr. Ich will nicht mehr.

Maximilian fühlte sich so schwach wie nie zuvor. Verflogen war die Kraft des Morgens, wo er im Bus zum ersten Mal das Gefühl gehabt hatte, er könnte es mit seinen Peinigern aufnehmen. Doch es waren zu viele. Auf allen Seiten. Er schaffte es nicht allein.

Maximilian senkte den Blick, schaute seinen Rucksack an. Es war, als hätte er Röntgenaugen. Durch den bunten Stoff hindurch sah er die gut eingewickelte Statuette des Janus. Sie bewegte sich in der Tasche und drehte ihm das grinsende, rückwärtige Gesicht zu.

»Was grinst du so dämlich, Max?«, drang Fleischmanns Stimme von unten herauf.

Er hatte gar nicht bemerkt, dass er das Lächeln des Gottes erwidert hatte. »Ich ... äh ... also ...«

»Wie lautet die Formel für Wasserstoffsuperoxid?«

»H ... O ... 2 ...«

»Und wie lautet die Formel für Dummheit? MaxO2.«

Wieder hatte Fleischmann alle Lacher auf seiner Seite.

»In der nächsten Stunde bringe ich euch bei, wie man zur Mickey Maus wird. Vielleicht wird das unserem Mäxchen besser gefallen.« Die Pausenschelle verkündete das vorläufige Ende von Maximilians Martyrium. Er drängte zusammen mit den anderen aus dem Hörsaal, erhielt Knüffe und Rempler und war wieder einmal der Mittelpunkt aller Boshaftigkeiten.

Er war froh, als er in der vierten Stunde im Klassenzimmer neben Gregor saß und Herrn Matuschek über das römische Reich reden hörte. Jetzt nahte Maximilians große Stunde. Heute ging es wieder einmal um antike Mythologie, Herrn Matuscheks Lieblingsthema. Er dozierte über Apoll, über Juno und schließlich auch über Janus, den er als den Gott des Neuanfangs bezeichnete.

Wie passend, dachte Maximilian. Alles wird neu. Alles muss neu werden. Nichts darf bleiben, wie es ist.

Maximilian hielt den Atem an. Jetzt war der richtige Zeitpunkt gekommen! Jetzt musste er die Figur aus der Schultasche holen und dem erstaunten Lehrer sowie der verblüfften Klasse vorhalten. Doch was war, wenn man ihm die Figur zerschlug? Heute war die Stimmung in der Klasse schrecklich. Alle waren gegen ihn – alle außer Annette. Nicht auszudenken, wenn er mit den Bruchstücken des Götzenbildes nach Hause kam. Er erinnerte sich daran, wie sein Vater gestern die Tür eingetreten hatte. Inzwischen schien er zu allem fähig. Schuld daran war nur diese Frau. Sie hatte seinen Vater in ein Untier verwandelt. Hexe! Er hatte von den Scheiterhaufen gehört, die man in der frühen Neuzeit errichtet hatte. Diese Frau wäre bestimmt als Hexe verbrannt worden. Und er, Maximilian, hätte sie höchstpersönlich beim Gericht angezeigt, weil sie seinen Vater verhext hatte.

Herr Matuschek war schon bei der nächsten mythologischen Gestalt, bei Charon, dem Fährmann der Unterwelt. Maximilian hatte den rechten Zeitpunkt verpasst. Wenn er nun mit seiner Statuette ankam, würden ihn alle wieder auslachen, weil er zu spät dran war. Er seufzte und wartete auf das Ende der Stunde. Er hätte seinen großen Auftritt haben können, aber er hatte es gründlich vermasselt. Wie immer.

Und er war froh darüber, wie er erstaunt feststellte.

Es war nicht nur die Befürchtung, jemand könnte die ungeheuer wertvolle Figur beschädigen. Es war auch eine gewisse Art von Eifersucht. Janus war *sein* Gott. Niemand sonst in der Klasse sollte ihn sehen. Nur ihm hatte Janus Hilfe versprochen, nur er sollte sein Jünger werden. Er musste dieses Geheimnis hüten, das wurde ihm nun klar. Er atmete auf. Wie gut, dass er den richtigen Augenblick verpasst hatte. Es sollte so sein. Es war göttliche Fügung.

In der nächsten großen Pause ging Maximilian wie immer zu der kleinen Cafeteria, um sich eine Bockwust mit Brötchen zu holen. Meistens ging er allein, denn die anderen hatten entweder ihre Pausenbrote, oder sie entfernten sich unerlaubterweise vom Schulgrundstück und holten sich bei *Diederichs Imbiss* am Busbahnhof an der Trierer Straße Gyros, Spaghetti oder etwas Ähnliches. Das hätte Maximilian auch gern getan, aber einerseits traute er sich nicht, das Schulgelände ohne Erlaubnis zu verlassen, und andererseits wollte er nicht bei den anderen sein. In der Cafeteria hingegen, wo meist nur die jüngeren waren, konnte er relativ unbehelligt etwas essen.

Nicht jedoch heute.

Es war, als hätten sich heute alle seine Feinde verschworen, um ihm einen unvergesslichen Tag zu bereiten.

Er hatte sie nicht kommen sehen. Als er sein Brötchen mit der Bockwurst darin in der linken Hand hielt und mit der rechten die Ketchupflasche darüber schwenkte, legte sich plötzlich eine schraubstockartige Hand um die Flasche und um Maximilians Finger. Der Ketchup quoll in einem langen, dicken Faden heraus. Maximilian drehte den Kopf und sah, dass Bernd es war, der die Flasche festhielt und offenbar bis zum letzten Tropfen auf Maximilians Brötchen leeren wollte. Jan stand hinter ihm und hatte offenbar vor, ihn an der Hüfte zu packen, aber Maximilian reagierte blitzschnell. Er tat etwas, das wohl niemand erwartet hatte.

Er ließ das Brötchen fallen, riss seine Hand aus Bernds Griff und schwang sich zur Seite. Verdutzt stand Bernd da, hatte die Faust noch immer um die Ketchupflasche geballt, und die rote Flüssigkeit tropfte ihm nun auf die Hose.

Und auf Jans Hemd.

Die beiden fluchten, und Bernd warf die Flasche wütend hinter die Theke. Das war dem Hausmeister, der sich auch um die Cafeteria kümmerte, nun endgültig zu viel. Bisher hatte er tatenlos zugesehen, doch nun sprang er mit einem Satz über die Theke, packte Bernd und Jan an den Hemdkrägen und zerrte sie aus dem Raum. Sie würden eine nette Standpauke vom Direx zu hören bekommen.

Hinter Maximilian klatschte jemand in die Hände. Langsam drehte er sich um.

Annette stand inmitten einer Mädchentraube und applaudierte ihm. Die anderen folgten ihrem Beispiel zwar nicht, aber in ihren Blicken lag ebenfalls Hochachtung. Maximilian verbeugte sich etwas linkisch wie ein Schauspieler, der den Schlussapplaus entgegennimmt, und verließ ebenfalls den Raum.

Zum ersten Mal hatten seine Gegner nicht ihn, sondern sich selbst getroffen.

Ich habe einen neuen Freund, dachte er. Danke, Janus.

6. Kapitel

»Ein hübsches Stück. Ich nehme es mit.« Der Mann stellte die silberne Art-Deco-Vase auf Karlas Theke und legte den Kaufpreis abgezählt daneben.

»Soll ich sie Ihnen einpacken?«, fragte Karla, während sie das Geld in ihre altmodische Registrierkasse räumte, die Anton ihr gegeben hatte. Eigentlich hätte sie lieber einen modernen Computer, aber dieses antike Stück war rasch zu einer Art von Sympathieträger geworden, auf den sie bei ihrem leicht rückläufigen Umsatz nicht mehr verzichten konnte.

Der Mann schüttelte den Kopf, nahm die Vase, hielt sie wie ein Zepter und verließ den Laden.

Karla schaute ihm nach. Er hatte gut ausgesehen: schwarze Haare, nicht zu lang und nicht zu kurz, gepflegter Schnitt, kantiges, aber nicht herbes Gesicht, hellgrüne Augen, zarte Hände, schlank. Sie stellte sich seinen Körper unter dem eleganten dunkelgrauen Zweireiher vor. Und schüttelte den Kopf. Solche Gedanken waren ihr beim Anblick eines fremden Mannes noch nie gekommen.

Karla machte sich daran, ihr Schaufenster umzudekorieren. Sie stellte die Vasen in die erste Reihe, dahinter ein paar Trockenblumen, Buchstützen, Töpfe und Blumensäulen. Sie arbeitete konzentriert, doch der Mann ging ihr nicht aus dem Sinn. Dabei brauchte sie sich zumindest in einer Hinsicht über ihren eigenen Mann in letzter Zeit nicht mehr zu beschweren. Sie lächelte in sich hinein, doch sie wurde rasch wieder ernst, als sie an seine manchmal grobe Heftigkeit dachte. Auch das war neu an ihm.

Ihre Gedanken glitten unerbittlich hinüber zu etwas, an das sie sich nicht erinnern wollte. An ihren Hund. Sofort füllten sich ihre Augen wieder mit Tränen. Die wollüstigen Phantasien über den Kunden vorhin hatten sie hervorragend abgelenkt. Sie stellte die letzte Blumensäule ganz rechts ins Fenster, ging zurück zu ihrer Theke und setzte sich in den daneben stehenden Polstersessel. Hoffentlich kam jetzt niemand. Sie hielt es nicht mehr aus. Nichts vermochte sie mehr von ihrer Trauer abzulenken.

Doch ihr Tränenvorrat war nicht unerschöpflich. Bald saß sie da und rang nach Luft. Und dachte darüber nach, wie Pünktchen gestorben war. Auch er war wild und gefährlich geworden, auch er hatte seinen Lüsten freien Lauf gelassen. Er hatte Freya, die Schäferhündin, besprungen. Wie war dem kleinen Kerl das bloß gelungen? Er war früher so oft um die unnahbare Hundedame herumscharwenzelt, hatte aber nie einen ernsthaften Versuch unternommen, mit ihr anzubandeln. Was für eine Energie musste plötzlich in dem kleinen Tier gesteckt haben!

Karla sah, wie draußen in der Fußgängerzone der Neustraße die Leute vorbeiliefen. Es war windig und regnerisch heute; Schirme wurden hin und her gerissen und nickten wie Riesenhäupter, wurden von Böen beiseite geschleudert und enthüllten andere, kleinere Häupter unter ihnen, die sich hektisch himmelwärts reckten und nach Schutz suchten. Blätter trieben die gepflasterte Straße hinunter, der graue Himmel lief wie von Tinte voll, und das erste Donnergrollen eines späten Gewitters rollte über Wittlich hinweg. Die Passanten verschwanden in Hauseingängen und Geschäften – aber leider nicht in Karlas Laden. Heute Morgen würde sie wohl kaum mehr etwas verkaufen. In einer halben Stunde würde sie schließen und ihr Mittagessen im *Indian Garden* einnehmen. Dort kannte man sie schon seit Langem, man war sehr freundlich, und das Essen war ausgezeichnet. Es war für sie immer einer der Höhepunkte des Tages.

Sie hatte den Eindruck, als würde sich die Zeit ausdehnen und immer langsamer dahinkriechen. Natürlich war niemand mehr in ihren Laden gekommen, als sie ihn endlich zur Mittagspause verließ. Das Gewitter war inzwischen abgezogen, doch noch immer fegten launische Windstöße um die Häuser, und es regnete. Sie war froh, als sie das Restaurant erreicht hatte.

Heute war sie der einzige Gast. Der Inhaber wechselte ein paar Worte mit ihr, erkundigte sich nach ihrem Wohlbefinden und schimpfte über das Wetter, das seinem Geschäft sehr zusetzte. Die letzten warmen Sonnentage lagen schon eine Weile zurück. Karla bestellte ein Mango-Lassi und Chicken Palak mit Blattspinat.

Während des Essens beschlich sie eine verwegene Idee. Warum sollte sie heute Nachmittag überhaupt noch öffnen? Es kam ja doch niemand. Stattdessen konnte sie nach Hause fahren. Anton würde früh von seinem Termin zurück sein, und sie sehnte sich so nach ihm. Er würde ihr helfen, die traurigen Gedanken an Pünktchen zu verdrängen. Ja, genau das würde sie tun. Plötzlich schmeckte ihr das Essen noch besser.

* * *

Es war hart, nach Hause zu kommen, ohne dass Pünktchen sie begrüßte. Sechs Jahre hatte sie den kleinen Dackel gehabt, und es war schwer für sie, sich ein Leben ohne ihn vorzustellen.

»Anton? Bist du schon zurück?«, rief sie durch das stille Haus. Niemand antwortete ihr.

Karla schaute im Wohnzimmer nach, in der Küche und schließlich oben im Schlafzimmer. Offenbar war Anton noch nicht von seinem Termin in Prüm zurückgekehrt. Und Maximilian würde erst gegen drei Uhr aus der Schule kommen. Warum war Karla eigentlich hier? Sie hatte so gehofft, sie könnte sich in Antons Arme schmiegen. Sie brauchte Liebe und Verständnis, gerade jetzt. Sie wollte nicht allein sein.

Karla sah sich im Schlafzimmer um. Das Bett war noch von der vergangenen Nacht zerwühlt. Sie legte sich hinein. Ein wenig Wärme glaubte sie noch immer in ihm zu spüren. Es roch ganz leicht nach Anton, nach Liebe, nach Geborgenheit.

Geborgenheit?

Karla stand wieder auf. Anton war nicht sonderlich stark, weder körperlich noch seelisch, und er konnte kaum seine Familie finanziell unterhalten, auch wenn er sehr viel arbeitete. Nein, Geborgenheit war es nicht, was er ihr bieten konnte. Dafür aber seine ungeteilte, aufrichtige Liebe. Er brachte sie dazu, dass sie sich selbst akzeptieren konnte.

So war es in ihrem Leben nicht immer gewesen. Anton war Karlas erster Ehemann; vorher hatte sie Liebschaften und Beziehungen gehabt, die nur selten länger als drei Jahre gedauert hatten. Manchmal war sie verlassen worden, manchmal hatte sie selbst ihren Partner verlassen. Es war immer dasselbe gewesen. Anfänglicher Liebesraserei waren Alltag, Eintönigkeit und im schlimmsten Fall sogar Gewalttätigkeiten gefolgt. Und genau das war bei Anton so anders. Zwar hatte Karla in der letzten Zeit den Eindruck, dass auch ihre Beziehung mit Anton allmählich zu versanden begann, doch er war weiterhin aufmerksam und begehrte sie so, dass sie sich immer noch mit beinahe der gleichen Intensität wie zu Beginn geliebt fühlte. Und er war eine Seele von Mensch.

Bis gestern.

Karla erinnerte sich daran, wie er sich seinem Sohn gegenüber verhalten und sogar dessen Tür eingetreten hatte, die noch nicht repariert worden war. Gestern – und auch schon vorgestern – war er so wild und impulsiv wie nie zuvor gewesen. Seine Art hatte sie erregt, aber auch geängstigt. Er war so, seit ... seit er diesen Janus mit nach Hause gebracht hatte, wenn sie es sich recht überlegte.

Karla hatte beobachtet, wo Anton die Statuette aufbewahrte – dort, wo er all seine wertvolleren Antiquitäten versteckte. Sie öffnete leise, als ob jemand sie hören und erwischen könnte, den Kleiderschrank und tastete hinter der Bettwäsche nach der Figur. Sie war nicht da.

Was Karla am meisten überraschte, war das ungeheuer starke Gefühl der Enttäuschung, das sie nun bestürmte. Matt und leer schloss sie die Schranktür und setzte sich auf die Bettkante. Sie hatte sich darauf gefreut, das Götzenbild wiederzusehen, es in der Hand zu halten, mit den Fingern seine raue Oberfläche zu streicheln und seine beiden Gesichter zu betrachten.

Nein.

Das war unmöglich. Sie konnte sich nicht darauf gefreut haben. Sie hatte die Figur abscheulich gefunden, als Anton sie ihr vorgestern gezeigt hatte. Sie hätte sie am liebsten aus dem Fenster geworfen. Diese bösartige Fratze! Und dieses höhnisch grinsende Gesicht auf der anderen Seite. Nein, sie hatte sich nur noch einmal von der Ekelhaftigkeit dieser Darstellung überzeugen wollen, das war alles. Dieser Janus war keineswegs der tiefere Grund dafür, dass Karla heute ihren Laden früher geschlossen hatte und nach Hause gekommen war.

Wo mochte die Statue sein? Hatte Anton sie etwa mitgenommen, um sie einem Sammler zu zeigen? Dann wäre sie bald aus diesem Haus verschwunden. Gut.

Wirklich?

Ein letzter Blick darauf wäre durchaus interessant gewesen, denn schließlich bekam man eine solche Kostbarkeit nicht alle Tage zu sehen.

Karla saß noch immer gedankenverloren auf dem Bett, als sie hörte, wie Antons VW tuckernd in den Hof einfuhr. Sie lief zum Fenster und beobachtete ihren Mann beim Aussteigen. Er hatte sie sofort bemerkt und winkte ihr freudig zu. Dann lief er ins Haus, hastete die Treppe hoch und rauschte in das Schlafzimmer. Er umarmte Karla und küsste sie. Wild, aber nicht so wild wie gestern. Fast erwartete sie, dass er sie aufs Bett werfen würde, doch nach dem Kuss machte er sich von ihr los und sah sie glücklich an.

»Das war ein sehr lohnender Ankauf«, meinte er und erzählte ihr in ermüdender Ausführlichkeit von dem Jugendstil-Esstisch, der kleinen Anrichte, den drei Gallé-Lampen und den vielen anderen Sachen, die er sehr günstig hatte erwerben können. Der ganze VW-Bus war voll.

»Und den Janus hast du ebenfalls schon verkauft?«, fragte Karla.

Anton sah sie verwirrt an. »Verkauft? Wieso?«

»Weil er ... weil er nicht mehr da ist.« Damit hatte Karla indirekt zugegeben, dass sie nach der Figur gesucht hatte, was ihr ein wenig peinlich war, doch das schien Anton gar nicht zu bemerken.

»Nicht mehr da?« Er ließ sie einfach stehen, riss die rechte Kleiderschranktür auf und fuhr mit der Hand hinter die Bettwäsche. Als er das Götzenbild nicht fand, wirbelte er herum und zischte seine Frau an: »Wo ist er?«

»Woher soll ich das wissen? Glaubst du etwa, ich hätte dich darauf aufmerksam gemacht, dass er weg ist, wenn ich ihn selbst genommen hätte?«

Das schien Anton einzuleuchten. Er atmete tief durch und versuchte sich zu beruhigen.

In diesem Augenblick hielt draußen vor dem Hoftor der Schulbus, und kurz darauf betrat Maximilian pfeifend das Haus.

Er hatte noch nie pfeifend das Haus betreten, wenn er aus der Schule kam.

»Maximilian!«, donnerte Anton und rannte aus dem Zimmer. Karla hörte seine Schritte die Holztreppe hinunterpoltern. Sie trat auf den Treppenabsatz. Unten stellte sich Anton vor seinen Sohn. »Hast du den Janus genommen?«

Maximilian hörte auf zu pfeifen und senkte schuldbewusst den Blick, sagte aber nichts.

»Antworte mir!«

»Ich wollte nur ...«

»Hast du ihn genommen?!«

»Ja.«

»Gib ihn mir.« Nun war Antons Stimme ruhiger geworden, aber sie klang eiskalt.

Maximilian setzte seinen Rucksack ab, kramte darin herum und holte den in weißes Leinen gehüllten Janus hervor. Anton riss ihm die Statuette aus der Hand.

»Warum hast du das getan?«

Immer noch diese kalte Stimme. Sie fuhr Karla wie mit eisigen Fingern über den Rücken.

»Ich habe gedacht ... in der Schule ... ich könnte ...«

»Hast du ihn jemandem gezeigt?«

»Nein«, flüsterte Maximilian.

Anton wickelte die Statuette aus und betrachtete sie eingehend. Als er festgestellt hatte, dass sie intakt war, steckte er sie mit der linken Hand in sein Hosentasche, und mit der rechten versetzte er seinem Sohn eine so starke Ohrfeige, dass dessen

Kopf ruckartig zur Seite schlug. Dann prügelte Anton mit beiden Fäusten wie ein Verrückter auf ihn ein. »Ich werd dich lehren, meine Sachen zu stehlen! Ich werde dir ...«

Karla flog die Treppe hinunter. Die Schläge prasselten auf Maximilian ein, der nun noch zusammengesunkener als sonst dastand und nicht an Gegenwehr dachte.

Karla drängte sich zwischen die beiden und brüllte Anton an: »Hör auf! Hör sofort auf damit! Was fällt dir ein?«

Anton gefror mitten in der Bewegung und sah sie an, als wäre er aus einem tiefen Traum erwacht. Maximilian wich einen Schritt nach hinten zurück, drehte sich um und schoss aus der Diele, aus dem Haus. Anton und Karla standen einander gegenüber, bis Maximilians Schritte verhallt waren.

»Was hast du nur getan?«, fragte Karla bestürzt. »Was hast du deinem Jungen angetan?«

Gemeinsam liefen sie hinaus in den Hof. Maximilian war nirgendwo zu sehen. Hinter dem großen Tor, das wie immer offen stand, lag verlassen die stille Straße. Sie schauten hinauf und hinunter. Keine Spur von Maximilian.

»Er wird schon wiederkommen«, sagte Anton. »Er ist halt in einem schwierigen Alter.«

»Das gibt dir aber noch lange nicht das Recht, ihn zu schlagen«, fuhr Karla ihn an.

Anton zuckte die Achseln wie ein erwischter Missetäter. »Und es gibt ihm nicht das Recht, mich zu bestehlen.«

»Willst du ihm nicht hinterherlaufen?«

»Ich habe doch keine Ahnung, wo er ist. Er wird durch den Wald streifen, bis er sich abgekühlt hat, und dann wird er wieder nach Hause kommen.« Anton ging zurück in den Hof und ins Haus. Er setzte sich im Wohnzimmer auf das Sofa, holte den Janus aus der Hosentasche und stellte ihn vor sich auf den niedrigen hölzernen Tisch.

Karla nahm ihm gegenüber im Ledersessel Platz. Sie wollte sich nicht neben ihn setzen – nicht, solange er in dieser seltsamen Stimmung war. Früher hatte Maximilian alles für ihn bedeutet, doch jetzt schien er beinahe so etwas wie ein Konkurrent oder gar ein Widersacher für Anton zu sein. Er hatte den Blick starr auf die Gestalt des Janus gerichtet, dessen bösartiges Gesicht Karla anschaute. Jetzt, da sie das Götzenbild sah, konnte sie sich nicht mehr vorstellen, warum sie es unbedingt hatte berühren wollen. Sie hob den Blick und sah ihren Mann an. Er hatte sie nicht einmal gefragt, warum sie schon zu Hause war. Es hatte fast den Anschein, als ob sie für ihn gar nicht vorhanden sei. Er sah nur die kleine Skulptur – und lächelte.

Wer war dieser Mann, der ihr da gegenübersaß? Sie schien ihn nicht zu kennen. Er war reglos, nahm sein Grinsen nicht ab und stierte den Götzen an, als gäbe es nichts anderes mehr auf der Welt. Am liebsten wäre Karla aufgesprungen, hätte die kleine Figur ergriffen und sie gegen die Wand geschleudert oder sie mit dem Hammer in Scherben geschlagen.

Aber der Gedanke an eine solche Tat verursachte ihr Übelkeit.

Hatte Anton den Janus gedreht? Nun zeigte er Karla sein grinsendes Gesicht. So mochte jemand grinsen, der soeben seinen Feind in eine Schlangengrube gestoßen hatte. Karla war angewidert – und fasziniert zugleich.

Schweigend saßen sie einander gegenüber, ohne Blickkontakt, jeder in seiner eigenen Welt. Sie waren wie abgeschaltet, leblos. Der Einzige, der hier zu leben schien, war der Gott in ihrer Mitte.

Endlich erhob sich Karla und schaute auf ihre Armbanduhr. »Maximilian ist schon über eine Stunde weg. Es ist mir egal, was du tust, aber ich werde ihn jetzt suchen.«

Anton schaute auf zu ihr und öffnete langsam den Mund. Es war, als müssten sich seine Gedanken durch tiefen Schlick nach oben kämpfen. »Suchen ...«

Karla ließ ihn einfach sitzen und rannte hinaus. Auf der Straße überlegte sie, wo sie mit der Suche beginnen sollte. Sie wusste, dass Maximilian gern um den Windsborn und den Mosenberg herumwanderte. Zu seinen Lieblingsorten gehörte allerdings auch die Wolfsschlucht tief unten im Tal. Unschlüssig lief sie auf den hohen Kegel des Windsborn zu, denn erst hinter ihm teilten sich die Wege, die Maximilian genommen haben konnte.

Der erloschene Vulkan mit dem tiefen Kratersee ragte vor ihr in den grauen Himmel, der schon von den ersten Schleiern der Dämmerung verhangen war. Die der Nacht vorauseilende Traurigkeit lag bereits schwer über dem Land.

Sie hätte niemals so lange warten dürfen. Sie hätte sich sofort auf die Suche nach ihm machen müssen. Hoffentlich kam sie nicht zu spät.

7. Kapitel

Allein.

Karla weg. Maximilian weg. Nur Janus noch da.

Nicht allein. Niemals mehr allein. Nicht am hellen Tag, nicht in der einsetzenden Dunkelheit. Janus grinste ihn aufmunternd an. Nie mehr allein.

Versprochen.

Alles andere unwichtig. Alle anderen unwichtig. Das Bild des Janus durch die geschlossenen Lider hindurch. Andere Bilder davor. Das Bild von Petra. Wie sie am Mosenberg auf der Bank gesessen hatten, eng umschlungen, und Maximilian hatte neben ihnen mit seinen kleinen Autos gespielt. Bis zur Abenddämmerung hatten sie da gesessen. Frühling. Sie hatten ihn in sich selbst gespürt. Aber es war schon der Herbst gewesen. Ein paar Wochen später hatte Petra den Knoten in ihrer Brust ertastet. Und im Herbst war sie gestorben.

In einem Herbst wie diesem.

Kalte Windstöße, regnerisch, doch das Laub hatte in Flammen gestanden wie lange nicht mehr. Tropfen an den Blättern, Tau und Regen, in ihnen hatte sich der Wald, hatte sich die ganze Welt gespiegelt, wenn man nur genau genug hinsah. Eine Welt ohne Petra.

Eine Welt mit Karla. Später. Viel später.

Eine Welt ohne Karla. Ohne Maximilian. Jetzt.

Allein.

Anton sprang auf, als hätte ihn ein Stromstoß durchzuckt. Was saß er hier herum und grübelte und wälzte sinnlose Gedanken, während sein Sohn und seine Frau irgendwo da draußen waren? Er schüttelte den Kopf. Was war bloß mit ihm los? Mit einer raschen, kaum bewussten Bewegung steckte er die Statuette wieder in die Hosentasche und lief nach draußen. Das Tuch der Nacht senkte sich tiefer. Schwarz lag der Windsborn links hinter den Feldern; das Gipfelkreuz stach in den Himmel, als wollte es ihn aufschlitzen.

Anton spürte die klobige Figur bei jedem Schritt; sie drückte sich wie aus eigener Kraft gegen seinen Oberschenkel. Er hatte sie mitgenommen, weil er sie nicht allein und ungeschützt im Haus hatte zurücklassen wollen. Sie war zu wertvoll, um möglichen Gefahren ausgesetzt zu werden. Sie war sein Lebensunterhalt für ... für lange. Beinahe hätte sein Sohn ihn arm gemacht. Was hatte Maximilian bloß dazu veranlasst, seinen Vater zu bestehlen?

Anton rannte den asphaltierten Weg neben der Straße entlang, bis er zum Aufstieg auf den Windsborn gelangte. »Maximilian!«, rief er.

Ein leises Säuseln antwortete ihm. Der Wind. Blätter trieben im Gebüsch umher, sogar in der Dämmerung waren sie wie Feuerzungen, die das bizarre, vulkanische Gestein in Brand setzten und die Kälte des Herbstabends verhöhnten.

Anton lief zum Kratersee, der still wie ein Spiegel die Schwärze des Himmels in sich trug. Niemand war am Ufer zu sehen. Dort, wo die Bäume sich noch in ihr Laub verkrallt hatten, schlief bereits die undurchdringliche Nacht.

»Maximilian!«

Anton lief den Uferweg um den See herum. Die Blätter raschelten unter seinen hastigen Schritten, stoben wie aus eigener Kraft davon. Als würden sie vor ihm fliehen.

Er kam zum Ausgangspunkt am See zurück, kämpfte sich den schmalen, steilen Pfad durch das zerklüftete Lavagestein hoch zum Gipfelkreuz. Dort war einer von Maximilians Lieblingsplätzen. Sicherlich hockte er da oben und schaute versonnen auf den abendlichen Kratersee hinunter.

Als Anton keuchend den Kamm erreicht und auch ein mehrmaliges Absuchen der Felsen nichts ergeben hatte, krampfte sich seine Brust wie unter dem Druck eines eisernen Reifs zusammen. Er machte sich Vorwürfe, weil er den Jungen geschlagen hatte. Es war das erste Mal gewesen. Aber Maximilian hatte auch zum ersten Mal etwas so Schreckliches getan.

»Das ist kein Grund«, raunte eine Stimme in ihm.

Das ist ein Grund, raunte eine andere Stimme.

»Maximilian!«

Nur der Wind und der Wald antworteten ihm.

Jetzt war es schon so dunkel, dass Anton kaum mehr den Weg in den Schatten zwischen den Felsen erkennen konnte. Wenn Maximilian nicht hier war, dann war er vielleicht auf dem benachbarten Mosenberg. Anton stolperte den steinigen Pfad an der anderen Seite hinunter und lief den Weg entlang, der auf halber Höhe um den Berg führte. Er sah kaum den überwältigenden Ausblick auf das Tal der kleinen Kyll und auf die Ausläufer von Manderscheid in der Ferne; seine Gedanken waren jetzt ganz auf seinen Sohn gerichtet.

Und auf Karla.

Wo mochte sie Maximilian suchen? Sie bemühte sich um den Jungen, der ihr hingegen beständig die kalte Schulter zeigte. Obwohl er beim Tod seiner Mutter erst sieben Jahre alt gewesen war, hatte er doch ein klares und deutliches Bild von ihr, das keiner anderen Frau Platz ließ.

Anton keuchte um den Mosenberg herum. Er spürte Seitenstiche; solche körperlichen Anstrengungen war er nicht gewöhnt. Erschöpft musste er stehen bleiben und eine kleine Pause einlegen. Inzwischen hatte er den Berg beinahe umrundet und sah weit vor sich wieder die Lichter von Bettenfeld. Sie glommen wie ferne Sterne in den Fensteraugen des kleinen Dorfs und kämpften gegen die Schatten. Von hier aus konnte Anton das große Bauernhaus sehen, das erste im Ort, wenn man vom Tal aus kam – sein Haus.

Genau wie vor zwei Tagen, als er ebenfalls hier gestanden und in dieselbe Richtung geblickt hatte. Er spürte den Druck des Janus an seinem Bein. Vor nur zwei Tagen ...

Die Statuette brannte.

Wie das Herbstlaub.

Nein, nicht wie das Herbstlaub; sie brannte nicht in seinen Augen, sondern dahinter, in seinem Kopf.

Vor sich sah er zwei Schemen auf dem Pfad, hinten bei den überhängenden Sträuchern, die beinahe einen Hohlweg bildeten. Das mussten sie sein! Er rannte los. Es war, als würde die herannahende Nacht seine Schritte dämpfen, als würde sie diese geradezu in sich aufsaugen. Anton hatte das verwirrende Gefühl, aus der Wirklichkeit hinauszulaufen. Endlich hatte er den kurzen Hohlweg erreicht.

»Maximilian! Karla!«

Sie drehten sich nicht um; jetzt waren sie mitten auf den Feldern. Sie bewegten sich, als würden sie tanzen. Sie hatten sich bei den Händen gefasst. Die Wolkendecke riss auf, und der beinahe volle Mond spähte durch die Ritzen. Bleiches Licht tropfte aus dem Himmel, löste sich auf, breitete sich aus und erschuf eine Nachtwelt aus Blässe und Finsternis, in der das Rot und Gelb des Laubes und das Braun der Äcker zum tiefen Grau und kalten Silber nahender Tode verdämmerten. Auch die Gestalten auf dem Feld bestanden aus dunklem Grau.

»Maximilian! Karla!«

Anton lief quer über das Feld; der Lehm unter seinen Schuhen schmatzte und saugte an ihnen. Das Narbengesicht des Mondes grinste herunter und vertrieb die letzten Wolkenfetzen in seiner Nähe. Ob auch die andere Seite, die dunkle Seite des Mondes, grinste? Oder bösartig dreinschaute?

Er erreichte die beiden. Blieb müde stehen. Stöhnte. Umsonst. Alles umsonst. Es waren nur zwei Vogelscheuchen auf dem abgeernteten Feld, die man offensichtlich zu entfernen vergessen hatte. Sie waren mit dem Rücken zueinander in das Erdreich gerammt worden, und der Wind blies in ihren Hemden und Pullovern, sodass es aussah, als würden sie mit einander abgewandten Gesichtern einen seltsamen Hexentanz aufführen.

Sie hatten tatsächlich Gesichter. Es waren kaum mehr als Stoffballen, auf die Augen, Brauen und Münder aufgenäht waren. Im Glanz des fetten Mondes sah Anton, dass die linke Gestalt spitz zusammenlaufende Brauen und nach unten gebogene Mundwinkel hatte, während die rechte fröhlich zu grinsen schien.

Anton schüttelte den Kopf und drehte den beiden den Rücken zu. Der Pfad, auf dem er hergekommen war, glomm im Mondlicht und schien ihn zurück zum Mosenberg und zum Windsborn zu locken. Er warf einen letzten Blick auf Bettenfeld und auf sein eigenes, hell erleuchtetes und doch totes Haus, dann lief er wieder los.

Es gab noch einen anderen Ort, an dem sich Maximilian gern aufhielt.

Die Wolfsschlucht.

Sie lag tief unterhalb des Mosenberges und mündete in das Tal der Kyll. Unheimlich war es dort unten, wo gegen Ende des neunzehnten Jahrhunderts tatsächlich der letzte Wolf der Gegend gesichtet worden war. Die Schlucht wurde von erstarrter Lava gebildet, die sich vom Windsborn herunter ergossen hatte, und war bereits im Hellen nur schwer passierbar.

Im Dunkeln hingegen war sie gefährlich.

Wenn Anton es sich recht überlegte, so gab es eigentlich keinen besseren Ort für Maximilian, um wieder eins mit sich selbst zu werden.

Er hätte schneller darauf kommen müssen. Nun war es zu spät. Er konnte nicht in der Finsternis den Abstieg wagen und seinen Sohn dort suchen. Doch der Mond schien ihn immer weiter zu locken, um den Mosenberg herum, den breiten Weg hinunter, an dem Wäldchen vorbei, das schwarz wie eine undurchdringliche Mauer aus atmenden, raunenden Bäumen zu seiner Linken aufragte, über die im silbernen Licht badenden Wiesen und Felder, und bevor sich Anton klar machen konnte, wo er war, stand er bereits zwischen den hohen, dunklen Tannen vor dem hölzernen Geländer, hinter dem der Boden steil in die Schlucht abfiel. Anton hielt sich mit beiden Händen an der entrindeten Stange fest und versuchte in der Düsternis unter sich etwas zu erkennen.

Nur wenig Mondlicht drang durch das Gezweig; bleiches Licht sammelte sich hier und da am Boden in silbrigen Pfühlen, die von gewaltigen Lavablöcken umstanden wurden, deren dichter Moosbewuchs im ungewissen Schein des Mondes wie zottelige Bärte wirkte.

Von fern hörte Anton das leise Gurgeln des Flusses im Horngraben und das Wispern des Windes.

Doch der Wind sprach mit zwei verschiedenen Stimmen.

Anton kniff die Augen zusammen und versuchte, dort unten in der Schlucht etwas zu erkennen. Schemen schwammen ineinander, lösten sich auf, setzten sich neu zusammen. Er räusperte sich und wollte abermals nach Maximilian und Karla rufen, doch es drang nur ein Flüstern aus ihm, das sich zu dem Wispern des Windes gesellte. Die Schatten unten wuchsen, wichen voneinander, bewegten sich anders als die

Bäume, deren Gezweig sich im Winde bog. Waren das Menschen? Oder waren es Puppen – Figuren, die nach einem fremden Willen geführt wurden?

Langsam krochen sie die Schlucht hinauf.

* * *

Es hatte nicht lange gedauert, bis er den richtigen Antiquitätenhändler ausfindig gemacht hatte. Schon als er ihn aus der Ferne sah, wusste er, dass er seinem Ziel so nahe wie schon lange nicht mehr war. Er war Anton Wierich nach Prüm gefolgt und hatte ihm dabei zugesehen, wie er einen großen Ankauf in seinen klapperigen VW-Bus geladen hatte. Dieser Blick! Wie erregend, wie wissend er gewesen war!

Er war Wierich nach Bettenfeld gefolgt und hatte aus sicherer Entfernung zugeschaut, wie er ins Haus geeilt war. Dann hatten sich die Ereignisse überschlagen.

Von drinnen hatte er Lärm und Streit gehört, ein Junge war aus dem Haus gelaufen, auf den Bergkegel hinter dem Dorf zu, der sich der Dämmerung hingab, später war ihm seine Mutter gefolgt – oder vielleicht doch nicht seine Mutter, denn sie hatte etwas Zögerliches in ihren Bewegungen gehabt, etwas, das auf eine geradezu unpersönliche Besorgnis schließen ließ, ein angstvolles Zerrissensein. Er hatte sich in den Schatten der Scheune gehalten, hatte mit Vergnügen die vom aufgehenden Mond beschienenen Augen der Frau gesehen und sich die Hände gerieben.

Sollte er ins Haus gehen? Janus war dort drinnen, und mit Anton Wierich würde er ein Fest der Vernichtung feiern, er würde sein Blut, seine Angst und seine Tränen trinken und ihn Janus zum Opfer machen.

Als er noch nachdachte, kam auch Anton Wierich hervor. Er verströmte etwas überaus Verheißungsvolles. Am liebsten wäre er dem

Antiquitätenhändler gefolgt, doch nun war der Weg ins Haus frei. So war es einfacher.

Als er das Gebäude betrat, war es wie eine Heimkehr. Er spürte die aufgeladene Atmosphäre, roch sie wie eine Veilchenwiese oder ein Lavendelfeld. Er betrat das Wohnzimmer, wo der Duft äußerst stark war.

Und er sah das Blut, das beinahe an diesem Sofa, an diesem Tisch, an diesem Teppich geklebt hätte. Er setzte sich auf das Sofa und stöhnte. So viel vergossenes Leben. Es hatte ihn stark gemacht. Und immer tiefer in die Hölle gestürzt. Die Sägen in seinem Blute sangen.

Einen Augenblick lang war ihm, als würde ein Vorhang vor seinem inneren Auge weggezogen, und er sah auf sein früheres Leben. Er sah sich selbst am Altar stehen und die Wandlung vollziehen. Er sah sich eine Trauung vornehmen, den Segen Gottes spenden, er sah sich, wie er die Beichte abnahm und den Sündern mit ihren lächerlichen, alltäglichen Vergehen die Absolution erteilte.

Und er sah sich, wie er in den Besitz des Janus gekommen war. Dann verschwamm das Bild, wurde in ein rotes Licht getaucht, in ein blutrotes Licht, und er sah all seine Opfer – die Opfer des Janus.

Er sank auf die Knie und betete zu Gott, es möge aufhören. Doch er wusste, dass es nicht aufhören würde. Nicht, bevor er nicht in den Besitz des Janus gelangt war und ihm sein letztes Geheimnis entrissen hatte. Vielleicht gelang es ihm, ohne weitere Morde zu begehen.

Vielleicht auch nicht.

Gott jedenfalls würde ihn nicht erhören.

8. Kapitel

Nachdem Karla kurz auf dem Gipfel des Windsborn nachgesehen und Maximilian dort nicht gefunden hatte, war sie sofort in die Wolfsschlucht gelaufen, solange es noch hell genug dazu war. Trotzdem war der Abstieg schwierig gewesen. Die Schatten der Nacht waren aus dem Horngraben hochgekrochen und hatten sich bereits zwischen den Blöcken und Felsen aus Basalt eingenistet, und der Mond verbarg sich noch hinter den dichten Wolken. Nirgendwo war Maxmilian zu sehen. Karla rief nicht nach ihm, denn sie wollte ihn nicht aufscheuchen.

Vorsichtig schritt sie von einem der bemoosten Steine hinunter zum nächsten und bemühte sich, nicht auf der vom Regen glitschigen Oberfläche auszurutschen. Bald musste sie die Stelle erreicht haben, wo der Junge oft zwischen den Felsen saß und auf das tiefe Tal des Horngrabens hinunterblickte. Sein Hang zur Einsamkeit und Abgeschiedenheit war ihr unheimlich. Auch sie hatte in ihrer Jugend und Pubertät eher zurückgezogen gelebt, allerdings hatte sich Karla nie so sehr hinter Büchern und in der Natur verkrochen wie Maximilian. Sie empfand es als ungesund und hatte schon oft mit Anton darüber geredet, aber ihr Mann hatte immer abgewinkt und gesagt, das sei bloß eine vorübergehende Phase. Doch zusammen mit den Schwierigkeiten, die Maximilian in der Schule und vor allem mit seinen Mitschülern hatte, ergab sich ein recht beunruhigendes Bild. Es war leider nicht einmal so, dass man seine Leistungen als überragend oder auch nur gut beschreiben konnte. Er war keineswegs dumm, aber ein unverbesserlicher Träumer und vollkommen ohne Ehrgeiz. Karla hatte den Eindruck, dass er in einer anderen

Wirklichkeit lebte. Umso mehr hatte sie die Tatsache verblüfft, dass Maximilian die Janus-Figur aus dem Schrank seines Vaters genommen hatte.

Sie sah, wie sich zwischen den hohen Baumstämmen etwas regte. Ein Schatten, fester als die anderen, wandte sich ihr zu. Wie erstarrt blieb sie stehen. Da brach der Mond durch die Wolkendecke und tauchte die Gestalt vor ihr in mattes Silberlicht. Es war Maximilian, und gleichzeitig war er es nicht. Dieser Mensch war größer als Max; er hielt sich gerader, wirkte nicht so unterwürfig und hatte dabei doch etwas Kauerndes, Lauerndes an sich. Seine Bewegungen, die noch vor Kurzem so schlaksig gewesen waren, waren nun fließender und kündeten von unterdrückter Kraft und großem Selbstbewusstsein. Wer immer das war, es war nicht Maximilian.

Karla blieb stocksteif stehen und sah zu, wie sich die Gestalt ihr näherte. Etwa zwei Meter vor ihr hielt sie inne.

»Was willst du?« Es war Maximilians Stimme, aber sie war fester als je zuvor.

»Ich habe mir Sorgen um dich gemacht«, flüsterte Karla.

»Sorgen? Um mich?« Maximilians Stimme war laut und deutlich, und doch schien sie eins zu sein mit dem Raunen des Windes in den Zweigen.

»Das hätte dein Vater nicht tun dürfen.«

»Nein.«

Nichts Weinerliches, aber auch nichts Anklagendes lag in diesem einfachen Wort. Es war lediglich eine Feststellung.

»Kommst du trotzdem zurück nach Hause?«

Das Mondlicht war Maximilian auf seinem kurzen Weg die Wolfsschlucht hinauf gefolgt; nun wurde es von einer treibenden Wolke geschluckt, und nichts als ein Schatten stand vor Karla.

»Warum sollte ich nach Hause gehen? Wo ist mein Zuhause?«

Karla spürte, wie die Starre von ihr abfiel. Sie machte einen vorsichtigen Schritt auf Maximilian zu, dessen Schatten sofort zurückwich. Karla blieb wieder stehen. »Dein Vater liebt dich über alles, Maximilian«, sagte sie und fügte nach einer kurzen Pause hinzu: »Und ich mag dich auch sehr.«

»Das glaube ich dir nicht.«

»Es ist aber so. Ich wünschte mir, du würdest mich akzeptieren. Ich weiß, dass ich dir nicht die Mutter ersetzen kann, und ich weiß auch, dass es schwer für dich ist, eine andere Frau an der Seite deines Vaters zu sehen ...«

»Gar nichts weißt du.« Nun schwangen Verzweiflung, Trotz und Schwäche in Maximilians Worten mit. Es war, als würde sein Schatten schrumpfen. Die Wolke gab den Mond wieder frei, und durch die gelichteten Wipfel fiel das Silber der Nacht. »Du hast mir meinen Vater weggenommen, und jetzt hast du ihn sogar dazu gebracht, dass er mich schlägt!« Er begann zu schluchzen.

Karla näherte sich ihm ein wenig. Diesmal wich der Junge nicht zurück; er schien Karlas fließende, verstohlene Bewegung gar nicht mitbekommen zu haben. Er tat ihr so leid. Wie gern wäre sie für ihn die Mutter, die sie sonst für niemanden sein durfte. Nun stand er mit hängenden Schultern da und hatte die Hände vor das Gesicht gelegt. Sein Körper zuckte im Takt mit seinen Schluchzern. Am liebsten hätte Karla ihn nun in den Arm genommen und getröstet, aber sie traute sich nicht.

Plötzlich beruhigte sich Maximilian wieder. Er nahm die Hände vom Gesicht – und lauschte.

Verwundert sah Karla ihn an. Er hielt den Kopf leicht schräg, und sein Gesicht verzog sich zu einem Lächeln.

Entsetzt wich Karla vor ihm zurück. Sie rutschte auf einem der glitschigen Steine aus, ruderte mit den Händen, versuchte sich irgendwo festzuhalten, doch es gab nichts, was in ihrer Reichweite gewesen wäre. Schwer schlug sie auf den steinigen Untergrund. Dabei ließ sie Maximilian nicht aus dem Blick.

Sein Lächeln galt nicht ihr; ja er schien sie gar nicht mehr wahrzunehmen. Karla empfand dieses Lächeln als widerwärtig. Zuerst wusste sie nicht, warum, doch dann begriff sie es. Es war das Grinsen des Janus.

Mühsam kämpfte sie sich wieder auf die Beine. Maximilian hatte sich nicht mehr bewegt. Obwohl er im Mondlicht stand, hatte es für Karla den Anschein, als bestünde er nur noch aus Schatten. Lediglich das Grinsen war deutlich sichtbar.

Wie aus weiter Ferne drang ein Wispern an ihre Ohren, das nicht vom Wind oder den Blättern verursacht zu sein schien. Es wurde kalt hier in der Schlucht. Karla fröstelte. Sie trug nur eine Bluse, hatte in der Eile vorhin nicht daran gedacht, eine Jacke mitzunehmen. Bisher hatte sie die Kälte kaum bemerkt, doch nun kroch sie von unten an ihren Beinen hoch, zu ihrem Körper, der Brust, dem Hals, dem Kopf. Ihre Hände fühlten sich an, als wären sie in Eis gelegt.

»Maximilian ...«

Hatte *sie* gerade seinen Namen genannt? War es nicht vielmehr der Wald hinter ihr gewesen?

»Karla ...«

Sie schaute sich um. Dort oben, am Ende der Schlucht, auf dem hohen Felsvorsprung, stand jemand. Auch nur ein Schatten, genauso körperlos wie Maxmilian, vielleicht von einem Baum oder einer hohen Basaltsäule, bekrönt von Moos, das wie Haar wirkte.

Maximilian ging langsam darauf zu; das Grinsen war nicht aus seinem Gesicht gewichen. Als er an Karla vorbeischritt, ohne sie zu beachten, hörte sie, wie er murmelte: »Vater ... Vater ... Vater ...«

Sie folgte ihm. Die Gestalt dort oben begann mit dem Abstieg in die Wolfsschlucht. Karla kniff die Augen zusammen, während sie hinter Maximilians Silhouette herlief. Sie tauchten ein in den Mondschatten, kamen wieder daraus hervor, wurden erneut von der Finsternis verschluckt.

Und in dieser Finsternis kamen sie zusammen.

Es war tatsächlich Anton. Karla erkannte sein blondes, wie immer leicht zerzaustes Haar, das lange und schmale Gesicht, die römisch gerade Nase, die im Silberlicht badenden langfingerigen Hände – nur seine Augen erkannte sie nicht.

Unter den Brauen nistete Schwärze. Und in der Schwärze glitzerte etwas, wie ein Widerschein aus unendlicher Ferne.

Vater und Sohn standen sich gegenüber. Die Spannung, die zwischen ihnen herrschte, war beinahe mit Händen zu greifen. Es fiel kein Wort der Entschuldigung. Sie waren wie Gegner, die einander abzuschätzen versuchten und Erstaunliches im anderen entdeckten. Dann beugte sich Maximilian zu seinem Vater vor und zog ihm etwas Unförmiges aus der Hosentasche.

Karla wich ein paar Schritte zurück, als sie den verfluchten Janus erkannte. Ein Mondstrahl fiel wie ein Scheinwerfer auf die Statuette; das grinsende Gesicht war dem Glanz zugewandt, als würde es darin lustvoll baden. Am liebsten hätte sie Maximilian die Figur aus der Hand genommen und sie auf den Steinen zerschmettert, bis nur noch Staub von ihr übrig war.

Nur ein wenig gebrannter Ton, sagte sie sich. Warum regst du dich so darüber auf? Diese Gestalt ist bloß ein Symbol – ein Symbol für die Spannungen zwischen Vater und Sohn, die vollkommen natürlich sind. Du verwechselst Ursache und Wirkung.

Sie versuchte Anton anzulächeln, doch er beachtete sie kaum. Nun erkannte sie, dass er seinen Blick starr auf die Figur gerichtet hatte. Er hielt die Luft an. Befürchtete er, Maximilian könnte sie fallen lassen? Jetzt sah sie seine Augen.

Das waren nicht Antons Augen. Das waren die Augen eines Fremden. Eines vollkommen Fremden.

Sie brannten in einem höllischen Feuer.

Natürlich war nur das Mondlicht dafür verantwortlich. Als Anton endlich den Blick auf Karla richtete, war er leer.

Maximilian stellte die Statuette des Janus neben dem Weg auf einen Basaltblock, der fast wie ein antiker Altar aussah. Die Figur schien aus sich selbst heraus zu leuchten. Maximilian ergriff die rechte Hand seines Vaters und zog ihn sanft zu dem Block. Mit der Linken fasste Anton Karlas Hand und leitete sie ebenfalls zu dem römischen Götzen. Sie umstanden Janus, bildeten einen kleinen Kreis und legten die Arme auf die Schultern des anderen.

Was tun wir hier, dachte Karla. Die Worte stiegen in ihrem Kopf wie aus großer Tiefe auf, wollten aber nicht bis zur Oberfläche ihres Verstandes durchdringen.

Der Götze hatte ihr das boshafte Gesicht zugewandt. Er sah sie an. Sein Blick drang durch. Durchdrang alles. Karla spürte, wie ihr warm wurde. Vergessen war die kalte Schlucht, vergessen war das eisige Licht des Mondes, das Raunen und Wispern der Nacht. Karla dachte daran, wie Anton an dem Abend, als er die Statuette heimgebracht hatte, über sie hergefallen war. Und sie dachte an den Kunden in ihrem Laden. Sie dachte an eine Welt der nicht enden wollenden Ekstase. An ein Vergessen in unaufhörlicher Lust, die alles tilgen würde: die Trauer um Pünktchen, die sie nun wieder mit der

Macht einer Flutwelle überspülte, ihren armseligen Laden, ihr kleines und begrenztes Leben, ihre Eingefahrenheit, ihren Stiefsohn, vielleicht sogar ihren Mann.

Sie keuchte auf und nahm die Arme von Maximilians und Antons Schultern. Es war, als hätte sie soeben ein Phantom dieser Lust bereits gespürt. Es löste sich in der Nacht auf wie ein schlechter Traum.

Doch jetzt wusste sie, dass der wahre Albtraum noch auf sie wartete.

9. Kapitel

Maximilian hatte es nicht länger nötig, seinen Janus bei sich zu haben. Er brauchte die Statuette nicht mehr. Gestern Abend in der Wolfsschlucht hatte er die Kraft getrunken, und nun erfüllte sie ihn vollkommen. Sogar die Erinnerung an die Schläge seines Vaters machte ihm nichts mehr aus. Er hatte seinen Sohn nicht um Verzeihung gebeten, nicht in der Wolfsschlucht und auch nicht später, auf dem gemeinsamen Heimweg, als er den Janus wieder in der Hosentasche bei sich getragen hatte. Maximilian hätte sich über eine Geste der Entschuldigung sehr gefreut, aber er konnte auch ohne sie leben.

Als er den Schulbus bestieg, bemerkte er, dass sein Spiegelbild in den Scheiben anders geworden war. Er ging aufrecht und mit hoch erhobenem Kopf. Die anderen erkannten es ebenfalls. Niemand machte eine dumme Bemerkung. Besonders Bernd und Jan waren still und sahen bemüht weg, als er an ihren Sitzen vorbeiging. Maximilian lächelte kühl und überlegen.

Als er sich wie immer eine freie Sitzreihe gesucht hatte, hörte er, wie hinter ihm einige Mädchen tuschelten. Doch er hörte nicht ihr charakteristisches Kichern. Ihre geflüsterte Unterhaltung klang beinahe ehrfürchtig. Sicherlich sprachen sie nicht über ihn.

Er schaute aus dem Fenster, sah die Landschaft an sich vorbeiziehen, die weiten Felder und Hochflächen, den fernen, schwarzen Wald und schwelgte in Erinnerungen an den vergangenen Abend. Als sie in der Wolfsschlucht um Janus herumgestanden hatten, hatte er ein ungeheuer starkes Gefühl von Geborgenheit und Kraft verspürt. Es hatte ihn so gefreut, dass auch sein Vater und die Frau in den Kreis getreten waren und diesen zusammen mit Maximilian geschlossen hatten. Der gestrige Abend hatte sein Leben verändert, das spürte er. Von nun an gab es keine Erniedrigungen mehr, keine Beleidigungen, keine Demütigungen.

Von den vorderen Sitzen aus schaute Bernd zu ihm zurück, wandte den Blick sofort wieder ab und kratzte sich verlegen am Kopf. Ja, es hatte begonnen, Janus sei Dank.

* * *

»Warte nur bis nach der Stunde. Dann stech´ ich dich ab, darauf kannst du einen lassen.« Robert, der von allen Bob genannt werden wollte, grinste ihn wölfisch an. »Ich weiß, was du mit Bernd und Jan gemacht hast, du Schwein. Damit kommst du nicht durch.«

»Mach dich nicht lächerlich, Robert«, sagte Annette.

»Du hältst dich da raus«, zischte Robert sie an. »Es geht hier ausnahmsweise mal nicht um dich.«

»Bernd und Jan haben nur das bekommen, was ihnen zusteht«, wandte Annette ein und steckte die Hände in die Taschen ihrer Jeansjacke. Ihre blonden Locken zitterten wie vor unterdrückter Wut. Die Pilotfische, die sich wie immer um Robert versammelt hatten, wichen ein wenig zurück, als fürchteten sie ein Donnerwetter. Sie standen vor dem Klassenzimmer, in dem gleich Herr Hegner die Deutschstunde geben würde. Noch war er nicht zu sehen, obwohl die Glocke bereits geschlagen hatte.

»Wenn er nicht kommt, mache ich dich gleich hier fertig, vor den Augen aller«, zischte Robert und trat einen Schritt auf Maximilian zu. Dieser wich nicht zurück, wie er es früher getan hätte. Er sah Robert tief in die Augen, und der große, stämmige Junge hielt mitten in der Bewegung inne.

Doch dann näherte er sich Maximilian wieder, bis er ganz dicht vor dem dünnen, schlaksigen Schüler stand. »Respekt«, brummte Robert. »Du zeigst zum ersten Mal Mut. Aber er wird dir nicht helfen.«

»Mach ihn fertig, mach ihn fertig, mach ihn fertig, Bob«, drang es von den Pilotfischen, die eine menschliche Wand hinter Robert gebildet hatten. Zwei von ihnen hielten Annette fest, die Maximilian zu Hilfe hatte kommen wollen.

Robert zog ein Klappmesser und ließ die Klinge aufspringen. »Jetzt hat dein letztes Stündchen geschlagen, Maxe«, höhnte er.

Maximilian wich noch immer nicht zurück. Erstaunlicherweise wagten die Pilotfische es nicht, ihn festzuhalten. Er hätte fliehen können, denn er stand nicht mit dem Rücken zur Wand. Doch er floh nicht. Er wusste, dass Janus ihm beistehen würde.

Robert hob das Messer, wollte zustechen.

»Achtung! Der Hegner!«, rief jemand.

Maximilian sah an Robert vorbei, wie der Deutschlehrer aus dem Lehrertreppenhaus kam. Sofort klappte Robert das Messer zusammen und steckte es zurück in seine Hosentasche. Annette entwand sich den Griffen der anderen Jungs und schüttelte sich. Sie ging auf Maximilian zu und drückte Robert beiseite, dem sie dabei zuflüsterte: »Wenn du das noch einmal versuchst, wirst du es bitter bereuen.«

»Ach, bist du jetzt Mäxchens Aufpasserin?«, spottete er, während er ein paar Schritte zur Wand machte. »Wie süß. Kann der Kleine nicht auf sich selbst aufpassen?«

»Doch, das kann er inzwischen«, raunte Maximilian. »Das wirst du noch sehen.«

»Gern. Nach dieser Stunde, wie ich es von Anfang an vorgehabt habe. Das eben war nur ein kleiner Vorgeschmack.

Nach der Deutschstunde steche ich dich ab, das verspreche ich dir. Man wird dich auf der Bahre aus der Schule tragen.«

Die Pilotfische kicherten in Vorfreude.

Maximilian bekam dann vom Unterricht kaum etwas mit. Zuerst überlegte er fieberhaft, wie er Robert am Ende der Stunde entkommen konnte. Es dauerte eine Weile, bis er bemerkte, dass er eigentlich gar nicht entkommen *wollte*. Er wollte den Spieß umdrehen, zunächst so tun, als wäre er der Gejagte, und dann selbst zum Jäger werden.

Immer wieder schaute Robert zu ihm herüber und grinste ihn wölfisch an.

Maximilian tat so, als habe er Angst. Wart´s ab, dachte er dabei, du wirst heute noch dein blaues Wunder erleben. Allmählich formte sich in seinem Kopf ein Plan.

Kurz vor Ende der Stunde stand er plötzlich auf und ging nach vorn zu Herrn Hegner, der gerade dabei war, die Bauweise der norddeutschen Deiche sowie die Aufgabenbereiche der Deichgrafen zu erläutern. Herr Hegner schaute ihn mit großen Augen an.

»Was ist los, Maximilian?«, fragte er verblüfft. Er wirkte, als würde er seinen Schüler zum ersten Mal sehen.

Maximilian glaubte eine gewisse Unsicherheit im Blick des Lehrers zu entdecken. Und Angst. Das tat ihm leid. Er mochte Herrn Hegner. »Mir ist nicht wohl«, sagte er und hielt sich die Hände vor den Bauch. »Ich glaube, ich muss mich übergeben. Darf ich auf die Toilette?«

Herr Hegner kniff die Augen zusammen. Maximilian war noch nie im Unterricht aufgefallen, er hatte noch nie etwas verlangt oder gewünscht. Maximilian sackte in sich zusammen und stieß ein unterdrücktes Stöhnen aus. »Bitte.«

»Soll ich nicht den Arzt rufen?«, fragte Herr Hegner langsam, als würde er aus einem tiefen Traum aufwachen.

»Nein, nein, nicht nötig. Ich will nur auf die Toilette.«

Herr Hegner nickte knapp.

Maximilian spürte Roberts bösen Blick und schaute sich kurz nach ihm um. Höllenflammen schlugen aus den Augen des stämmigen Jungen. Maximilian schluckte. Es war deutlich zu sehen, dass Robert sein Vorhaben nach dieser Stunde in die Tat umsetzen wollte. Einen solch teuflischen Hass hatte er noch nie in den Augen eines Menschen gesehen. Mit einem Ruck riss er die Klassentür auf. Als er draußen auf dem Flur stand, atmete er tief durch. Er durfte keine Zeit verlieren.

Nach der Deutschstunde war große Pause. Robert und seine Anhänger würden ihn zuerst auf den Toiletten suchen, doch dort würden sie keinen Erfolg haben. Von der Lehrertreppe aus würde er ihnen dabei zusehen, wie sie die Jungentoiletten durchstöberten; dann würde er sich ihnen zeigen und Robert nach oben locken. Und dann ... dann würde Janus die Arbeit übernehmen.

Maximilian versteckte sich hinter einer breiten Informationstafel im Lehrertreppenhaus; wie durch ein Wunder wurde er dort von niemandem bemerkt. Es war, als hätte Janus ihm eine Tarnkappe übergestülpt.

Dann kamen Robert und seine Freunde. Sie stürmten in die Jungentoilette und wüteten wie die Berserker.

Als sie wieder herauskamen, zog Maximilian die gläserne Tür einen Spaltbreit auf und rief: »Robert! Hier bin ich! Komm, wenn du dich traust!« Sofort ließ er die Tür wieder zufallen und hastete die Treppe hinauf.

Robert und die anderen standen unschlüssig da, denn das Betreten des Lehrertreppenhauses war verboten. Schließlich setzte Robert Maximilian nach – allein, wie dieser gehofft hatte. Maximilian rannte bis auf den obersten Absatz. Von hier aus führte eine Tür auf das Dach. Maximilian betete darum, dass sie nicht verschlossen war. Er rüttelte an dem Knauf. Sie ließ sich nicht aufziehen. Er zerrte und riss an ihr. Sie bewegte sich nicht.

Robert hatte ihn beinahe erreicht. Maximilian hörte sein Schnaufen und Keuchen. Jetzt saß er in der Falle. Er hatte vorgehabt, auf das Flachdach der Schule hinauszulaufen und Robert in die Tiefe zu stürzen.

In die Tiefe zu stürzen. Ihn zu töten.

Wie ein Blitz durchfuhr Maximilian die Erkenntnis, was er zu tun beabsichtigt hatte. Er hatte einen Mord begehen wollen! Das Blut schoss ihm in den Kopf. Nein, das konnte nicht sein. Er konnte keinen solchen Plan gefasst haben. Nicht er, der nie jemandem etwas zuleide tat. Nicht einmal seinen ärgsten Feinden.

»Hast dich wohl verrechnet, Mäxchen, was? Jetzt sitzt du in der Falle«, höhnte Robert hinter ihm.

Maximilian wirbelte herum. Robert hatte sein geöffnetes Klappmesser in der Hand; die silberne Klinge glitzerte im Schein der Neonröhre.

»Hier oben willst du also sterben?«, fragte Robert und grinste breit. Spielerisch warf er das Messer von einer Hand in die andere. »Ich habe deine dämliche Fratze so satt! Jeder hier hat sie satt! Du hinterhältiges Schwein! Schleimer!« Er redete sich in immer größere Wut.

Packte das Messer fester.

Und stürmte auf Maximilian zu.

Maximilian drehte sich zur Seite. Das Messer verfehlte ihn nur knapp.

Oh Gott, oh Gott, er macht ernst, dachte Maximilian. Oh Gott. Hilf mir. Oh Gott Janus!

Robert kam kurz vor der verschlossenen Tür zum Stehen, drehte sich um und krümmte den Rücken, als wollte er sich zum Sprung bereit machen.

Jetzt hatte Maximilian nicht mehr Tür und Wand im Rücken, sondern konnte die Treppe hinunterfliehen. Er hätte es gekonnt. Wenn er nur gewollt hätte.

Er spürte, wie ihn die Macht durchströmte. Das war nicht mehr er selbst. Das war Janus. Maximilian grinste, dann machte er ein boshaftes Gesicht.

Ein so boshaftes Gesicht, dass Robert eindeutig erschrak. Er blinzelte, als ob er nicht glauben könnte, dass da noch immer Maximilian vor ihm stand.

Das war es.

Macht.

Die Macht eines anderen.

Die Macht über andere.

Maximilian stand nur daneben und sah zu, was geschah. Wie Janus für ihn handelte. Er beobachtete, wie Robert auf ihn zuschoss, wie er selbst den Arm des Angreifers packte, ihn nach hinten drehte. Robert schrie vor Schmerz auf. Ein Gefühl ungeheurer Befriedigung durchströmte Maximilian. Die Klinge polterte zu Boden.

Nun stand Maximilian hinter Robert und hielt dessen Arm noch immer gegen seinen Rücken gedrückt.

»Au! Aua! Du brichst mir den Arm! Bist du verrückt? Lass mich los!«

Niemals.

Niemals ließ Janus einen Feind los. Nur durch die Vernichtung des Feindes konnte es zu einem Neubeginn kommen. Und Janus war der Gott des Neubeginns.

»Lass mich endlich los!«

»Ich halte dich doch gar nicht fest.«

»Was?«

»Du hast es nicht mit mir zu tun, dem dummen kleinen Maximilian, sondern mit jemandem, der viel mächtiger und stärker ist als ich. Und dem man nichts befehlen kann. Tut mir leid.«

Er drückte Robert über das Geländer, sodass dieser in die Tiefe des Treppenhauses schauen konnte.

»Sieh genau hin. Gleich wirst du dort unten liegen«, sagte er. Da unten war ein Schatten – als wäre etwas von Robert bereits in die Tiefe gestoßen worden. Maximilian blinzelte. Der Schatten war verschwunden.

»Mach keinen Quatsch! Du kannst mich doch nicht hier runterstoßen!«

»Nein? Warum nicht? Hast du mich denn vorhin nicht umbringen wollen?«

»Lass mich los!«

»Damit du mich dann abstichst? Nein, mein Lieber, solche Gelüste werde ich dir ein für allemal austreiben.«

Mit starrem Griff schob er Robert weiter über das Geländer. Schon baumelten seine Füße in der Luft. Maximilian genoss das Gefühl der unbegrenzten Macht. Ganz kurz, wie ein Blitz aus einer schwarzen Gewitterwolke, durchfuhr ihn ein Gedanke, der ihm gar nicht gefiel.

Mörder.

Nein, Janus war der Mörder. Janus schuf Gerechtigkeit für ihn, Maximilian, seinen Anhänger. Der Gott zeigte seinen Feinden die Fratze der Bosheit, nur die Guten und Gläubigen lächelte er an.

»Nein! Nein!« Roberts Stimme klang immer kreischender, weibischer. Nun lag er mit dem Bauch auf dem Geländer und schlug wild mit den Füßen aus. Maximilian ließ ihn los und trat zurück, damit er nicht von den strampelnden Beinen getroffen wurde.

Robert verlor das Gleichgewicht und stürzte in die Tiefe. Erstaunlicherweise fiel er ganz leise, ganz still. Als er unten aufschlug, hörte es sich an, als falle ein Sack mit Kartoffeln zu Boden. Maximilian beugte sich über das Geländer.

Robert bewegte sich noch.

Es war, als wachte er aus einem tiefen Traum auf. Aus einem Albtraum. Er flog die Treppe hinunter, nahm immer zwei Stufen auf einmal. Hoffentlich lebte Robert noch. Es war Notwehr gewesen. Nur Notwehr. Er hatte das nicht gewollt. Vergessen war das Gefühl der Macht, das Gefühl des Danebenstehens, während Janus diese schreckliche Tat ausgeführt hatte.

Jetzt war Maximilian bei Robert angekommen und kniete sich neben ihn. Robert atmete noch. Schlug die Augen auf. Sie füllten sich mit Entsetzen.

»Mördermäxchen.«

Maximilian sprang auf. Drehte sich um. Die Stimme war hinter ihm ertönt. Er kannte sie.

»Ich habe alles gesehen. Jetzt wollen wir erst einmal den Krankenwagen für diese kleine Kröte da rufen. Und dann wirst du durch die Hölle gehen, Mäxchen.«

10. Kapitel

In der Nacht war Anton wieder in der Wolfsschlucht gewesen. Diesmal hatte er allein vor Janus gestanden, der auf einem bemoosten Stein gehockt hatte – wie ein Götze auf einem heidnischen Altar. Und Anton hatte ihn angebetet. Janus hatte ihm sein lächelndes Gesicht zugewandt. Und eine glänzende Zukunft versprochen. Er war aufgewacht und hatte Karla stöhnen gehört. Sie schien einen erotischen Traum zu haben. Zuerst wollte er sie wecken und mit ihr schlafen, doch eine bleierne Müdigkeit lag über ihm. Er hörte ihr zu; ihre leise, verzerrte Stimme schien durch eine Falte der Wirklichkeit aus einer Region außerhalb von Raum und Zeit zu dringen.

Anton stand auf, öffnete den Kleiderschrank und holte die römische Statuette hervor. Wieder war er überrascht, wie sanft sie sich unter seinen Fingern anfühlte. Und wie warm und geschmeidig. Als er sie liebkoste, stöhnte Karla im Traum heftiger. Es war, als würde er seine Frau streicheln. Stärker, stärker. Fordernder. Er sah zu Karla hinüber. Sie bäumte sich unter der Daunendecke auf, stieß einen letzten Seufzer aus, drehte sich zur Seite und war wieder ganz ruhig. Anton stellte die Figur zurück in den Schrank, hinter die Bettwäsche, und ging leise zur Treppe. Er zog sich die Schuhe an und streifte seinen warmen Wintermantel über den Pyjama, dann schlich er hinaus in die Herbstnacht.

Als er den Hof betrat, glaubte er hinten bei der Scheune einen Schatten in die tiefere Finsternis huschen zu sehen. Morgen würde Vollmond sein. Das kalte Licht tropfte vom Giebel der Scheune und sammelte sich in glitzernden Pfühlen am Boden.

Anton kniff die Augen zusammen. Was war da vorn, neben der Scheune? Wirklich nur ein Schatten, vielleicht ein Reh? Noch nie waren Rehe bis hierher gekommen, nicht einmal im härtesten Winter. Er zog den Kragen seines Mantels enger und spürte, wie die Kälte durch den dünnen Stoff seines Schlafanzugs kroch.

Er hatte keine Ahnung, warum er hier war.

Plötzlich hatte er es in dem engen Schlafzimmer nicht mehr ausgehalten. Er sehnte sich wieder nach der Nähe des Janus. Anton schüttelte den Kopf. Er sollte diesen Janus verkaufen, gleich morgen. Natürlich konnte die Götzenstatue nicht der Grund für die seltsamen Vorkommnisse der letzten Zeit sein, aber ... aber ...

Was wollte er da tun?

Janus verkaufen? An den erstbesten Kunden? Womöglich noch zu einem Schleuderpreis? Niemals!

Die Herbstkälte umschmiegte ihn wie ein Leichentuch. Er drehte sich um und ging ins Haus zurück. Nein, da war kein Schatten bei der Scheune gewesen. Er hatte nicht am Rande seines Blickfeldes gesehen, wie sich etwas bewegt hatte. Wie es gierig auf das Haus zugeschlichen war, als Anton die Tür geschlossen hatte.

Doch zum ersten Mal in seinem Leben legte er den Riegel vor.

* * *

Als sein Sohn den Schulbus bestiegen hatte und kurz darauf Karla nach Wittlich zu ihrem Laden gefahren war, telefonierte Anton mit einem Sammler römischer Antiquitäten in Trier. Ja, dieser war an weiteren Artefakten interessiert; Anton könne gegen Mittag bei ihm vorsprechen.

Anton kramte aus dem Kleiderschrank ein paar kleinere Tongefäße römischen Ursprungs hervor, dazu drei Öllampen, und aus der Scheune holte er eine Statuette, die eindeutig eine Fälschung war, wenn auch eine sehr gute. Der Ton war eine Spur zu dunkel, zu feinkörnig, und es waren kaum Verwitterungsspuren zu erkennen, doch auf den ersten Blick hätte man die Venusfigur für eine spätantike Meisterleistung halten können. Wenn Anton nicht dabei gewesen wäre, wie ein entfernter Bekannter von ihm diese Statuette selbst hergestellt hatte, so wäre er vermutlich auch auf den Schwindel hereingefallen.

Er sah sich kurz in der Scheune um, entdeckte aber nichts Auffälliges. Danach schritt er sie von außen ab. An einer Stelle glaubte er einen Abdruck im Boden zu erkennen, doch ob er von einem Menschen oder einem Tier – oder etwas anderem – verursacht worden war, vermochte Anton nicht zu sagen. Er begab sich zurück ins Haus.

Vorsichtig wickelte er die Gegenstände in Luftpolsterpapier ein und holte schließlich auch die Figur des Janus aus dem Kleiderschrank. Es fiel ihm schwer, sie ebenfalls zu verpacken, und es dauerte lange, bis er sie zu einem unerkennbaren, verborgenen Ding gemacht hatte. Er betastete die genoppte Folie und verspürte den starken Drang, sie wegzureißen und wieder den rauen und doch so wundervoll sanften Ton zu fühlen. Aber er widerstand.

Damit er nicht abermals schwach wurde, verließ er sofort das Haus, legte seine Ware, die er in einem Leinenbeutel verstaut hatte, auf den Beifahrersitz des VW und fuhr los, obwohl er viel zu früh in Trier sein würde.

Die Straße schraubte sich hinunter ins Tal. Das Laub schien nicht mehr so flammend zu sein; es war, als hätte sich ein Schleier aus dunklem Grau darübergelegt. Der Morgen war wolkenverhangen, es drohte zu regnen. Anton lenkte den alten VW vorsichtig um die engen Kurven, erreichte den schmalen Fluss und die Brücke und fuhr bergan in Richtung Manderscheid. Der Motor trompetete angestrengt im Heck, und das letzte Stück musste Anton im ersten Gang zurücklegen. Es war beinahe so, als wollte sich der Wagen nicht vom Wald trennen.

Erste Wandergruppen streiften durch den Ort oder warteten an der Bushaltestelle. Antons Wagen knatterte die stille Kurfürstenstraße entlang, bog in die Grafenstraße ein und stürzte sich hinunter ins Liesertal, vorbei an den Burgen, dahinter wieder hoch in Richtung Trier.

Als Anton endlich die Autobahn erreicht hatte, ließ er den Wagen dahinrollen und verlor sich in seinen Gedanken. Heute würde er Janus verkaufen. Heute würde er reich werden. Der Trierer Sammler war ein Fabrikant; ihm gehörte eines der schönsten und größten Häuser der Stadt, und er zahlte Unsummen für gute Ware.

Bei dem Gedanken, Janus wegzugeben, krampfte sich Antons Magen zusammen. Vielleicht sollte er selbst anfangen, römische Altertümer zu sammeln; die Statue des Janus wäre ein wunderbarer Grundstock. Sie war ein Kunstwerk, um das ihn jedermann beneiden würde.

Nein, sie war eine Geldmaschine. Nichts anderes. Entschlossen trat Anton aufs Gaspedal. Der Motor heulte unwillig auf. Je schneller er Janus los war und das Geld für ihn bekam, desto besser.

In Trier stellte er den Wagen in der Tiefgarage am Viehmarkt ab, nahm seinen Beutel mit den römischen Altertümern und ging zur Stadtbibliothek. Vor dem Termin mit seinem Kunden wollte er versuchen, noch ein wenig über die Statuette des Janus herauszufinden; dann würde er sie umso teurer verkaufen können.

Die Dame an der Pforte des Lesesaals wollte ihn zuerst mit seinem Beutel nicht durchlassen, doch er zeigte ihr den Inhalt und weigerte sich heftig, diese wertvollen Antiquitäten aus der Hand zu geben. Schließlich durfte er eintreten.

Er ging zu dem Regal mit den historischen und mythologischen Nachschlagewerken, die ihm schon oft weitergeholfen hatten.

Er las ein wenig im Lampriere, im großen Pauly, in anderen Büchern, die allesamt nur sehr allgemeine Informationen gaben, doch in Hederichs *Gründlichem mythologischen Lexicon* von 1770 fand er unter dem Stichwort *Janus* einen seltsamen Eintrag:

Zuweilen sind beyde Köpfe gekrönet oder bekränzet; zuweilen tragen sie eine Bluhme, die sie voneinander absondert. Doch wird auch von solchen berichtet, welche ein lachend und ein grimmig Gesichte tragen; ein schrecklich Geheimniß soll in ihnen schlummern.

Mart. Delrio Disqu. Mag. L. I Cap. IV Qu. IV De Malo.

Anton schlug das alte Lexikon zu. Am liebsten hätte er Janus aus seiner Tasche geholt, doch er wollte nicht, dass jemand ihn sah. Das lachende und grimmige Gesicht schienen nicht typisch zu sein, aber bisweilen vorzukommen, was Antons Statuette noch seltener und wertvoller machte. Kurz überlegte er, ob er die betreffende Stelle im Hederich fotokopieren sollte, doch dann würde der Kunde auch von dem »schrecklich Geheimniß« lesen. Um was es sich dabei wohl handeln mochte? Anton war versucht, das angegebene Zitat nachzuschlagen, doch ein Blick auf die Uhr sagte ihm, dass es allmählich Zeit wurde, sich zu Dr. Rainer Brotmann, dem Fabrikanten und Sammler römischer Antiquitäten, zu begeben. Es war besser, das »schrecklich Geheimniß« auf sich beruhen zu lassen.

Er war schon öfter in Dr. Brotmanns Haus bei Nells Park gewesen, doch immer wieder beeindruckten und faszinierten ihn die vielen Antiquitäten: die gewaltige griechische Vase mit der Darstellung von Olympioniken in der Halle, die fast lebensgroße Statue des Apoll neben dem Treppenaufgang, die Bruchstücke von Freskomalereien, die sich die Wände zum Obergeschoss entlangzogen, die vielen Vitrinen mit römischem Glas – Dr. Brotmann war der einzige ihm bekannte Sammler, der ein Diatretglas besaß – und die unzähligen kleinen und größeren Statuen, die überall in den hohen, stuckgeschmückten Räumen herumstanden.

»Was haben Sie denn diesmal für mich?«, fragte Dr. Brotmann, nachdem er Antons Hand in seiner fleischigen Pranke beinahe zerquetscht hätte.

»Etwas ... ganz Besonderes.«

Dr. Brotmann geleitete Anton in seine Bibliothek, die ebenfalls nur die erlesensten Stücke aufwies – meist Werke über antike Mythologie und Archäologie. Zwischen ihnen standen etliche römische und griechische Kunstwerke auf den Regalen und in den Vitrinen. Eine grünliche Jugendstil-Deckenlampe ergoss dunkles Licht in den Raum, der von einer gewaltigen Linde vor dem Fenster verfinstert wurde. Die Blätter der Linde leuchteten gelb wie die Sonne, doch dem Zimmer spendeten sie nur herbstliche Düsternis.

Dr. Brotmann ließ sich in einen abgeschabten Ledersessel fallen und deutete auf ein kleines Mahagonitischchen vor ihm. »Breiten Sie Ihre Gaben aus.«

Es war immer dasselbe. Anton holte Stück für Stück aus seinem Stoffbeutel und entfernte das Luftpolsterpapier von den Antiquitäten. Dr. Brotmann warf einen raschen Blick auf jedes Stück, das neu zum Vorschein kam, und runzelte die Stirn. Nur bei der Venus hob er fragend die Brauen.

Als Letztes stellte Anton die Statuette des Janus auf das inzwischen schon recht volle Tischchen.

Dr. Brotmann riss die Augen auf. »Phänomenal«, murmelte er, strich sich eine silberne Haarsträhne aus dem breiten Gesicht und beugte sich vor. »Ganz phänomenal. Eine überaus seltene Janus-Darstellung.« Er ergriff sie, und Anton wunderte sich wieder einmal, wie zart und zärtlich diese fleischigen, kräftigen Hände sein konnten. »Sehen Sie nur das boshafte und das grinsende Gesicht. Einzigartig. So etwas habe ich noch nie gesehen.« Er schüttelte den Kopf, hielt sich die Statue dicht vor die Augen und drehte sie langsam herum. »Ich muss sie haben. Was kostet sie?«

Nur ein Wort trennte Anton nun noch von einer großen Geldsumme. Er hatte den Blick starr auf den Janus in Dr. Brotmanns Händen gerichtet und sagte: »Gar nichts. Sie ist unverkäuflich.«

* * *

In diesem Augenblick betrat jemand Karlas kleinen Laden in der Wittlicher Neustraße.

Sie war noch ganz benommen. Auf der Fahrt hierher hatte sie unablässig an ihren Traum gedacht und sich dabei wohlig im Polster ihres kleinen Renault geräkelt. Es war so wild gewesen, so ekstatisch – so ganz anders als mit Anton. Sie wusste nicht, wer der Mann gewesen war, dem sie sich hingegeben hatte, doch er hatte sie zu Höhen der Lust getrieben, die sie nie für möglich gehalten hätte. Diese Lust hatte alles fortgespült: ihre Trauer um Pünktchen, das seltsame Verhalten ihres Mannes, ihren ekelhaften Stiefsohn.

Und jetzt sah sie ihn wieder. Ihr erster Kunde an diesem Tag war der Mann aus ihrem Traum, das wusste sie sofort.

Und sie kannte ihn. Er hatte schwarze Haare, nicht zu lang und nicht zu kurz, ein kantiges, aber nicht herbes Gesicht, hellgrüne Augen, zarte Hände, und er war sehr schlank. Es war derselbe Mann, der am Morgen des Vortags bei ihr die silberne Vase gekauft hatte.

Karla spürte, wie ihr heiß wurde. Bildete sie es sich nur ein, oder versuchte er wirklich, sie mit seinen Blicken auszuziehen?

»Ich war gestern bei Ihnen ...«, begann er. Seine Stimme war sanft, aber sie hatte nichts Intimes, Verführerisches an sich. Sie war vollkommen normal, zwar freundlich, aber unbeteiligt.

Karla nickte. »Sie haben die silberne Art-Deco-Vase gekauft«, sagte sie leise.

»Ja. Man hat sich übrigens sehr darüber gefreut. Und nun suche ich etwas, das ... wie soll ich mich ausdrücken? Etwas, das zu ihr passt.«

»Ein paar ... künstliche Blumen vielleicht?«, schlug Karla vor und rieb sich die schweißnassen Hände an ihrer Jeans ab.

»Nein, mir wäre etwas Eleganteres lieber.«

»Natürlich«, meinte Karla und spürte, wie sie rot im Gesicht wurde. »Vielleicht ... vielleicht ...«

»Darf ich mich einfach etwas umschauen?«, fragte der Mann.

»Selbstverständlich ... nur zu gern ... bitte ...«

Er lächelte sie kurz an und hatte dann nur noch Augen für die Dinge in Karlas Laden.

Verstohlen beobachtete sie ihn. Er trug einen grauen, eleganten Mantel aus feinstem Kaschmir-Stoff, und als er einen Kerzenleuchter anhob, um ihn von allen Seiten betrachten zu können, sah sie, dass seine schmalen, langen Finger perfekt manikürt waren. Seine schwarzen Haare wurden an den

Schläfen allmählich ein wenig grau, was ihm eine Aura der Weisheit und Überlegenheit verlieh. Alles an ihm war elegant: seine Kleidung, seine Bewegungen, ja sogar die Haltung seines Kopfes und das sanfte, bewundernde Lächeln, mit dem er den Kerzenleuchter wieder auf den Tisch stellte.

Ihr wurde schwindlig. Sie musste sich an der Anrichte festhalten, die hinter ihr stand. Noch nie hatte sie sich von einem Mann so angezogen gefühlt. Sie war glücklich mit Anton, eigentlich, durchaus ... Aber dieser Fremde ...

Er schien seine Wahl getroffen zu haben. Es waren die beiden Empire-Kerzenleuchter aus getriebenem Silber – die teuersten Stücke, die sie im Laden hatte. Er kam mit ihnen in der Hand auf Karla zu und blieb dicht vor ihr stehen. Sie roch sein Aftershave. Herb und gleichzeitig ungeheuer frisch. Der Schwindel in ihrem Kopf wurde stärker.

»Ist Ihnen nicht gut?«, fragte der Mann besorgt.

»Nein ... nein ... alles in Ordnung.«

Der Fremde stellte die beiden Leuchter auf die Anrichte hinter Karla. Dabei berührte er mit der einen Hand ihren Arm. Durch ihre weiße Bluse hindurch spürte sie seine Wärme. Und sein Verlangen. Er fasste sie an den Schultern.

»Sie sehen so blass aus. Sie sollten sich setzen.«

»Hinten ...«, stöhnte Karla. »In meinem Büro.« Sie deutete mit dem Kopf auf die offen stehende Tür neben der alten Registrierkasse. »Ich weiß auch nicht ...«

Er half ihr in das Hinterzimmer. Dort setzte er sie auf einen Stuhl, der vor einem einfachen, mit allerlei Papieren überwucherten Schreibtisch stand. Sie schmiegte sich beinahe in seine Arme. Wünschte sich, er würde härter zugreifen, würde sie streicheln, fordernd, würde seine Hände auf Erkundigung unter ihre Bluse schicken, doch er tat nichts dergleichen. Sie stöhnte unwillig auf, als er sie losließ. Es war, als ob ein Stück aus ihrer Seele gerissen worden wäre.

»Kann ich etwas für Sie tun?«, fragte er, nachdem er einige Schritte von ihr zurückgetreten war.

»Wenn Sie vielleicht ...« Sie seufzte. Er hielt den Kopf schräg und schaute sie eingehend an. »Wenn Sie vielleicht das Schild an der Tür herumdrehen würden, damit jeder sehen kann, dass geschlossen ist. Ich mache sowieso gleich Mittagspause.«

Er nickte und verließ das Büro.

Du bist wahnsinnig, Karla, schrie sie sich zu. Aber sie hörte sich nicht. Sie knöpfte ihre Bluse so weit auf, dass man den Ansatz ihrer vollen, wunderbaren Brüste erkennen konnte.

Er kam zurück. Sah, wie sie sich mit den Händen über den Busen fuhr. Und machte sich daran, seinen teuren Kaschmirmantel aufzuknöpfen.

11. Kapitel

Ja, Mäxchen, die Hölle wartet auf dich. Und jetzt verschwinde. Ich erwarte dich in einer Stunde im Chemieunterricht.« Nachdem Dr. Fleischmann mit seinem Handy einen Krankenwagen gerufen hatte, scheuchte er Maximilian fort, dann rieb er sich die Hände.

Wie in einem Traum glitt Maximilian aus dem Lehrertreppenhaus. Hinter sich hörte er Getrappel und Stimmen, die aufgeregt durcheinander redeten; es war auch der eine oder andere Entsetzensschrei darunter. Und ein herzzerreißendes Stöhnen, das nur von Robert stammen konnte.

Die nächste Stunde – Mathematik – ließ Maximilian ausfallen. Er schloss sich auf der Toilette ein, und als er niemanden mehr in dem stinkenden Schachtelraum hörte, weinte er los. Er hockte auf einem gesprungenen Deckel, hatte den Kopf in die Hände gestützt, und sein ganzer schmächtiger Körper zuckte unter den Schluchzern, die aus der Tiefe seiner Brust aufstiegen. Was hatte er da bloß getan? War er wahnsinnig geworden? Er hätte Robert beinahe umgebracht. Und vielleicht war er jetzt für den Rest seines Lebens gelähmt. Nein, das durfte alles nicht wahr sein.

Der Gedanke an die Kraft, die ihn bei seiner Tat durchspült hatte, glomm wie ein Leuchtfeuer durch die Schwärze seines Entsetzens. Dann stieg das Bild des Janus vor ihm auf – das Bild der kleinen Statue mit dem Schlüssel in der einen und dem Stab in der anderen Hand. Das Bild des grinsenden Gesichts.

Lass mich dein Lichtbringer sein. Ich werde dich stark machen. Ich werde dafür sorgen, dass dir Gerechtigkeit widerfährt.

Es waren genau die Worte, die Janus vor ein paar Tagen in seinem Traum gesprochen hatte. Vor ein paar Tagen? Maximilian schien es eine Ewigkeit her zu sein. Janus hatte Wort gehalten. Maximilian war Gerechtigkeit widerfahren; ein weiterer Peiniger war ausgeschaltet. Vermutlich für immer.

»Aber doch nicht so!«, rief Maximilian verzweifelt.

Jemand klopfte an die verriegelte Toilettentür. »Brauchst du Hilfe?«

Maximilian war so verwirrt, dass er zunächst glaubte, Janus hätte zu ihm gesprochen. Hatte der Gott überhaupt eine Stimme? Oder hatten sich die Worte einfach so in Maximilians Kopf gebildet? Diese Stimme hier war dunkel und sanft. Er kannte sie.

»Wer ist da drin? Mach bitte die Tür auf.«

Es war Herr Hegner. Der einzige Lehrer, dem Maximilian vertrauen konnte. Er schluckte, wischte sich die Tränen aus den Augen, stand auf und öffnete die Tür.

Herr Hegner trat einen Schritt zurück. In seinen Augen spiegelten sich Unglauben und Erschrecken. »Was ... was ...?«, stammelte er.

Maximilian sah ihn an. Diesen freundlichen Menschen. Er brauchte nur den Mund aufzutun und ihm sein ganzes Elend zu offenbaren.

Wird er dir glauben?, fragte Janus. *Wird er glauben, dass du durch eine fremde Macht zu deiner Tat bestimmt wurdest, ja, dass die Tat in Wirklichkeit durch diese fremde Macht allein ausgeführt wurde?*

»Nein«, sagte Maximilian.

»Nein?«, fragte Herr Hegner verständnislos und unsicher.

Du bist nicht verantwortlich für das, was geschehen ist. Die Verantwortung trägt Robert. Und auch ich trage die Verantwortung, denn ich bin dein Lichtbringer und sorge dafür, dass dir Gerechtigkeit widerfährt.

»Hast du nicht jetzt Mathematik?«, fragte Herr Hegner und wich noch einen Schritt zurück.

Er spürt es.

Mir ist nicht gut, wollte Maximilian sagen.

Nein, das sagst du nicht. Dir ist so gut wie jemandem, der gerade einen wichtigen Kampf gewonnen hat. Nein! Ich habe einen Menschen zum Krüppel gemacht. *Nein, ich habe einen Menschen zu Krüppel gemacht. Du hast nur dabeigestanden und mir zugesehen. Du bist nicht verantwortlich. Du hast mich um Hilfe gebeten, und ich habe dir geholfen..*

Maximilian wagte ein scheues Lächeln. Er spürte, wie ihm eine Zentnerlast von der Seele wich. »Mathematik?«, fragte er wie aus den Tiefen eines Albtraums. Er roch den Gestank des Toilettenraums – den Urin, die Desinfektionsmittel, einen leicht säuerlichen Geruch von Erbrochenem, Zigarettenrauch. Unterwelt. Nebenwelt. Götterwelt. »Nein.« Er schüttelte den Kopf. »Ich bin für diese Stunde freigestellt, weil ich ein Experiment im Chemieraum vorbereiten soll. Aber ich habe nicht einmal den Schlüssel, und ich weiß nicht, wo die Sachen sind, die ich dazu brauche.« Er weinte wieder.

Du weinst gut. Du solltest Schauspieler werden. Du würdest ein göttlicher Schauspieler sein.

»Ich kann dir den Chemieraum aufschließen, aber bei deinem Experiment kann ich dir nicht helfen, denn ich war damals sehr schlecht in Chemie.« Herr Hegner lächelte ihn aufmunternd an.

Keine Angst, ich werde dir helfen. Ich bin sehr gut in Chemie.

Maximilian erwiderte Herrn Hegners Lächeln und folgte ihm aus dem Toilettenraum. Draußen sog er sich gierig die Lunge mit frischer Luft voll. Dann ging er mit seinem Deutschlehrer zum Chemielabor. Er wusste genau, was er wollte, und er wusste, dass er nur das Werkzeug war. Mickey Maus würde sich wundern ...

* * *

Während Maximilian langsam die Treppe in den zweiten Stock der Schule hochschritt, ließ sich sein Vater behaglich in dem Sessel vor Dr. Brotmann nieder.

»Unverkäuflich?«, fragte dieser soeben und stellte die Figur des Janus zurück auf den kleinen Mahagonitisch neben die anderen Antiquitäten, die Anton mitgebracht hatte.

Bist du verrückt?, fragte sich Anton. Aber als er die Statuette in den Händen des Doktors gesehen hatte, war ihm der Gedanke zuwider geworden, sie hierzulassen.

Außerdem kannst du mehr verlangen, wenn du erst seine Begehrlichkeit weckst und sie anstachelst, bis er bereit ist, einfach jeden Preis dafür zu bezahlen.

Seltsame Gedanken. Sie entsprachen eigentlich nicht Antons Berufsethos. Er hatte noch nie einen Preis künstlich hochgeschraubt oder einen Kunden übervorteilt. Doch er fühlte sich erstaunlich wohl bei der Vorstellung, Dr. Brotmann bluten zu lassen.

»Ich habe den Janus nur mitgebracht, damit Sie ihn sich einmal ansehen können. Vielleicht verkaufe ich ihn später, aber jetzt noch nicht.«

»Warum nicht?«, fragte Brotmann verdutzt und starrte Anton aus seinen dunklen, stechenden Augen herausfordernd an.

Das herbstliche Licht der Deckenlampe verschmolz mit dem Glanz der gelben Lindenblätter vor dem Fenster und tauchte das Zimmer in ein kühles Licht des Sterbens und Verwesens.

»Ich habe es noch nicht nötig«, erklärte Anton und schlug die Beine übereinander. Der Anblick des verdutzten Fabrikanten gefiel ihm. Da saß er in seinem teuren Zweireiher, seinem genauso teuren weißen Hemd und mit seinen italienischen Maßschuhen. Er gebot über viele Menschen, die für ihn arbeiteten, und er herrschte über ein großes Vermögen, doch all das reichte nicht aus, um eine kleine Tonstatue zu kaufen. Anton grinste genauso wie Janus, der ihm vom Tisch aus zuzuzwinkern schien.

»Ich möchte Ihre Aufmerksamkeit auf die wunderschönen Öllämpchen richten«, sagte Anton, beugte sich vor und rückte sie mit seinen schmalen Fingern sanft zurecht. »Es ist eine außergewöhnliche Kollektion, die ...

»Pah! Schrott, allesamt! Packen Sie das Zeug ein und verschwinden Sie!« Brotmanns Kopf wurde rot, und eine Ader an seiner Schläfe pochte. So hatte Anton ihn noch nie erlebt. Rasch ergriff er die Figur des Janus und wiegte sie wie einen winzigen Säugling vor seiner Brust. Nicht auszudenken, wenn dieser Mensch ihr plötzlich etwas antun sollte.

»Ich glaube, es gibt einen Weg, wie wir doch noch zusammenkommen können«, sagte Anton.

»Das glaube ich nicht!«

»Schauen Sie sich doch einmal diese wunderschöne Darstellung der Venus an. Ist sie nicht einen Blick wert?« Mit einer Hand schob er das Götzenfigürchen auf Brotmann zu, mit der anderen hielt er noch den Janus umkrallt.

»Schrott, wie die Lämpchen. Dutzendware.«

»Vielleicht können wir eine Paketlösung anstreben«, meinte Anton.

Brotmann sprang aus seinem Sessel auf und lief in der Bibliothek umher. Schließlich blieb er stehen, hielt sich an der hohen Rückenlehne seines Sessels fest und kniff die Augen zusammen, während er Anton ansah. »Was schwebt Ihnen vor?«

»Sie kaufen zuerst die Lämpchen und die Venus, dann sehen wir weiter. Damit würden Sie sozusagen eine Option auf den Janus erwerben.« Jetzt wusste er endlich, warum er die gefälschte Venus eingesteckt hatte, die er vor langer Zeit seinem betrügerischen Kollegen abgenommen hatte ...

»Sie wollen mich also erpressen.«

Ja, ich will dich erpressen.

Das bin doch nicht ich, dachte Anton entsetzt.

Nein, das bist du nicht.

* * *

Was mache ich hier, dachte Karla im selben Augenblick, während sie sich wie eine läufige Hündin auf ihrem Bürostuhl im Hinterzimmer ihres Ladens räkelte. Der Fremde legte den Mantel ab. Darunter trug er einen maßgeschneiderten grauen Anzug, ein weißes Seidenhemd und eine dunkelrote Seidenkrawatte, die zwar unmodisch schmal war, aber äußerst teuer wirkte. Karla hatte sich erträumt, dass er sich ganz ausziehen würde, doch dazu kam es nicht.

Nachdem der Fremde den Mantel zu Boden hatte gleiten lassen, trat er auf sie zu. Er sagte kein Wort. Er kniete sich vor sie und vergrub den Kopf zwischen ihren vollen Brüsten. Die Berührung durch den Stoff erregte sie so sehr, dass sie aufkeuchte und Sterne sah. Dann stand er auf, beugte sich zu ihr herunter und küsste sie. Seine Zunge drang in ihren Mund ein und verursachte ein unlöschbares Feuer. Sie erwiderte seinen Kuss, fuhr mit den Händen über sein Hemd, knöpfte es auf, streichelte seine behaarte Brust. Tausend Funken schlugen in ihre Handflächen ein. Er nahm ihren Kopf zwischen seine Hände und hielt ihn so sanft und zugleich fest, dass sie sich wie für alle Zeiten geborgen fühlte. Es war so schön, dass ihr die Tränen in die Augen schossen.

Er spürte es offenbar, denn er ließ ihren Kopf los und machte sich von ihr frei. »Warum weinst du?«, fragte er leise. »Tue ich dir weh? Tue ich etwas, das du nicht willst?«

Sie schüttelte heftig den Kopf. »Im Gegenteil«, schluchzte sie. »Lass es nie aufhören!«

Er küsste sie wieder. Sie roch sein herbes und frisches Aftershave. Es war der schönste Geruch der Welt. Er überlagerte alles andere. Nun wanderten seine Hände tiefer, nachdem er zärtlich ihr Haar gestreichelt hatte. Sie fuhren am Hals entlang, hinterließen eine prickelnde Spur, kamen zu den Schultern und glitten in den weiten Ausschnitt ihrer halb geöffneten Bluse. Sie stahlen sich unter den BH, und als sie die Brustwarzen fanden und sie leise drückten, bäumte sich Karla auf. Sie stöhnte in den Mund des Fremden und war maßlos enttäuscht, als dieser seine Hände wieder wegzog. Sie wollte den Kopf abwenden, doch sein Kuss endete noch nicht. Seine Zunge wirbelte in ihrem Mund herum und setzte alles, worauf sie traf, in Brand. Sie wusste nicht, ob der Stuhl unter ihr schwankte oder ob die ganze Welt in einen ekstatischen Tanz verfallen war.

Seine Hände tasteten an ihrer Hüfte entlang, an den Schenkeln hinunter, an den Beinen. Sie konnte es nicht erwarten, bis kein hindernder Stoff mehr zwischen ihrer Haut und seinen Liebkosungen war, und suchte blind nach dem Knopf und dem Reißverschluss ihrer Jeans.

Er ergriff ihre Hände und führte sie an die richtige Stelle. Der Knopf löste sich wie von selbst, und sie spürte kaum den Reißverschluss zwischen ihren Fingern. Ohne in seinem verzehrenden Kuss innezuhalten, streifte er ihr die Hose von den Beinen. Nun legte er ihr einen Arm hinter den Rücken und drückte sie an sich. Und verhalf ihr zu Gefühlen, von deren Existenz sie zuvor nur eine Traumahnung gehabt hatte.

Ein Teil von ihr hatte sich jedoch aus ihrem Körper gelöst, befand sich außerhalb ihrer selbst und schaute ihr verwundert zu.

* * *

Ein Teil von ihm schaute bewundernd und verständnislos zu, während Maximilian die beiden Stahlflaschen aus dem geöffneten Schrank zog. Herr Hegner war so freundlich gewesen, ihm den Schlüssel zum Chemikalienschrank zu besorgen, damit er sich gebührend auf die Stunde vorbereiten konnte. Und das würde er tun.

Hier stand die Flasche mit dem Helium, die Herr Dr. Fleischmann sicherlich dazu benutzen würde, um seine Stimme wie die von Mickey Maus quieken zu lassen. Er brauchte nur das Etikett der Flasche mit dem der Wasserstoffflasche zu vertauschen. Dann würde Fleischmann statt Helium Wasserstoff einatmen, was ihm nicht gut bekommen würde. Puff!

Mit Hilfe eines feuchten Lappens, der auf der Tafel gelegen hatte, gelang es ihm, die beiden Etiketten abzulösen, und ein wenig Klebstoff, den er im Giftschrank gefunden hatte, half ihm dabei, sie auf die jeweils andere Flasche zu kleben. Er stellte alles wieder an seinen Platz, verschloss sorgfältig den weißlackierten Schrank mit den Glastüren, der neben dem Pult in die Wand eingelassen war, und steckte den Schlüssel ein. Er würde ihn verschwinden lassen und leugnen, dass er ihn von Herrn Hegner bekommen hatte. Niemand würde ihn mit der Explosion in Verbindung bringen.

Maximilian schaute hoch zu den steil ansteigenden Stuhlreihen. Gleich würde er wieder da oben sitzen und das Schauspiel seines Lebens dargeboten bekommen. Er wollte es nicht, aber es gab keine andere Möglichkeit. Fleischmann hatte sich selbst sein Grab geschaufelt, als er Maximilian neben dem zerschmetterten Robert entdeckt hatte. Angeblich hatte dieser Teufel alles mitangesehen. Es würde Aussage gegen Aussage stehen, doch es war nicht sicher, ob Maximilian damit durchkommen würde, wenn er behauptete, dass Fleischmann alles erlogen hatte.

Er stellte sich vor das Pult und stützte sich mit den Armen ab.

»Meine Damen und Herren«, sagte er in die Leere hinein. Ein Gefühl der Kraft durchpulste ihn. »Heute werden Sie einem einzigartigen Experiment beiwohnen. Herr Dr. Fleischmann, unser allseits hochgeschätzter Chemielehrer, hat sich bereit erklärt, seine Lungen mit Wasserstoff zu füllen. Ja, Herr Hegner? Sie haben eine Frage? Selbstverständlich ist das zwingend mit dem Tod des Herrn Dr. Fleischmann verbunden, dieses Abschaums, der es nicht wert ist, die gleiche Luft zu atmen wie Sie und ich. Doch es wird nicht eigentlich eine chemische Reaktion sein, die Herrn Dr. Fleischmann den Garaus machen wird, sondern ein Gott. Ja, Sie haben richtig gehört. Ein Gott aus dem alten Rom, der es auf sich genommen hat, die Entrechteten zu beschützen und Vergeltung für erlittene Schmach zu üben. Er steckt hinter jener Reaktion, ja er steckt hinter jeder Tat der Gerechtigkeit. Wir alle werden nur bewundernd dabeistehen und zusehen, wie das Schicksal seinen Lauf nimmt.«

Die Tür zum Chemielabor wurde aufgerissen. Die Klasse strömte herein, angeführt von diesem Fleischmann. Als er Maximilian am Dozentenpult stehen und mit den Händen ins leere Auditorium zeigen sah, schritt er sofort auf ihn zu.

Maximilian wich zurück und zog den Kopf ein. Plötzlich war er wieder der rundrückige, unsichere Junge mit den schlaksigen Armen und Beinen, in denen keinerlei Kraft steckte. In diesem Augenblick konnte er nicht glauben, was gleich im Unterricht geschehen würde. Und dass *er* all das vorbereitet hatte.

Schon wollte er etwas darüber sagen, wollte er Herrn Dr. Fleischmann warnen, doch dieser raunte ihm zu: »Das war deine letzte Vorstellung, Schwächling. Komm nach der

Stunde zu mir. Dann unterhalten wir uns darüber, wie es mit dir weitergehen soll. Jetzt troll dich auf deinen Platz.«

Maximilian gehorchte. Verstohlen schaute er auf seinem Weg die Klasse an. Alle waren ungewöhnlich still, zwei oder drei Mädchen weinten, niemand machte einen dummen Scherz. Natürlich hatten sie von Roberts Unfall gehört. Und offenbar brachte niemand Maximilian damit in Verbindung. Fleischmann hatte geschwiegen. Was würde der Lehrer nach der Stunde von ihm wollen?

Ein müßiger Gedanke. Es würde für ihn keine Zeit nach der Unterrichtsstunde mehr geben.

Wie mochte es Robert gehen? Maximilian ertappte sich dabei, dass er darum betete, er möge überlebt haben und wieder ganz gesund werden. Er betete darum zu seinem persönlichen Gott. Zu Janus. Es kam ihm so vor, als würde das Kaninchen zur Schlange beten, sie möge es nicht verschlingen. Er begriff noch immer nicht vollständig, was er da getan hatte.

Nichts. Das war ich allein.

Aber ich habe es gewollt.

Wünsche sind nicht strafbar. Nur Taten sind es.

Fleischmanns Stimme riss ihn aus seinen Gedanken. »Ich habe euch versprochen, heute die Mickey Maus zu machen. Ich habe lange überlegt, ob ich überhaupt den Unterricht abhalten soll, weil ihr alle jetzt bestimmt an Robert denkt, genau wie ich, aber ich bin sicher, er hätte gewollt, dass das Leben für euch wie geplant weitergeht. Und ich bin sicher, dass er überleben und auch wieder zur Schule kommen wird.« Er ging zum Chemikalienschrank, schloss ihn auf und nahm die Wasserstoffflasche mit dem falschen Etikett heraus, auf das er, wie Maximilian zufrieden bemerkte, nur einen kurzen Blick warf.

»Ich brauche einen Assistenten.« Fleischmann suchte nach Freiwilligen, doch niemand zeigte auf. »Also gut, dann werden wir einen von euch zu seinem Glück zwingen.« Er betrachtete die Reihen; sein Blick blieb an Maximilian hängen.

Nein! Bitte nicht! Janus! Das kannst du nicht wollen.

Vertrau mir.

Ich will da nicht hinuntergehen!

Geh.

Er ging. Nach unten. Stufe für Stufe.

Mit zitternden Knien.

Stand endlich neben dem Lehrer. Ließ in einem unbemerkten Moment den Schlüssel zum Chemikalienschrank in Fleischmanns wie immer makellos weiße Kitteltasche gleiten. Schaute sich unbeteiligt um. Sah zu, wie Fleischmann den Hahn an der Wasserstoffflasche öffnete und damit einen sehr großen, rosafarbenen Ballon füllte, den er unter dem Pult hervorgezogen hatte.

»Stell schon mal den Bunsenbrenner an, Mäxchen, du kannst mir auch gleich beim nächsten Versuch assistieren.«

Dr. Fleischmann hielt sich nun die Öffnung des Luftballons an den Mund und atmete den Wasserstoff ein. Nichts geschah. »Nanu?«, sagte er mit vollkommen normaler Stimme und nahm noch eine Lunge voll Wasserstoff.

Inzwischen hatte Maximilian den Brenner angezündet; die kleine Stichflamme loderte weiß und zischend. Auch er war erstaunt. Der Wasserstoff schien Dr. Fleischmann nichts auszumachen. Als Maximilian die weiße Flamme betrachtete, fiel es ihm ein. Man musste den Wasserstoff in Brand setzen. Wie gut, dass er hier unten war!

Vielen Dank, Janus. Warum habe ich nur an dir gezweifelt? Du führst mich immer auf den richtigen Weg.

Maximilian tat so, als zuckte er plötzlich zusammen. Er riss den Bunsenbrenner hoch in Richtung des rosafarbenen Luftballons. Und sprang blitzartig zurück.

* * *

Blitzartig streckte Anton den Oberkörper vor und hielt Dr. Brotmann die Hand entgegen, mit der Innenfläche nach oben.

Dr. Brotmann zählte die Scheine hinein. Dabei fragte er: »Und die Statuette der Venus ist tatsächlich antik?«

»Wieso zweifeln Sie daran?«, erwiderte Anton, während er still mitzählte.

»Weil sie so ... wenig verwittert wirkt. Und so fein.«

»Ich gebe Ihnen mein Wort darauf. Ausgrabung bei Sankt Matthias. Perfekter Erhaltungszustand«, log er.

»Und wann bekomme ich den Janus?«

»Sehr bald. Ich will nur noch eine Kleinigkeit über ihn herausfinden. Das dürfte auch für Sie als Sammler interessant sein. Die Informationen erhalten Sie natürlich kostenlos dazu.«

Dr. Brotmann verabschiedete ihn mit einem grimmigen Gruß.

Als Anton wieder auf der Straße stand, begriff er kaum, was soeben geschehen war. Benommen kletterte er in den VW-Kastenwagen, den er nach seinem Besuch in der Stadtbibliothek vor Dr. Brotmanns Haus abgestellt und der dort so unpassend wie ein Krebsgeschwür gewirkt hatte, und zählte die Scheine nach. Er hatte für die wertlosen Lampen und die Fälschung mehr erhalten, als er für den Janus zu bekommen gehofft hatte. Und das Geschäft mit Janus stand noch aus! Heute war sein Glückstag.

Heute war der erste Tag in seinem Leben, an dem er jemanden nach allen Regeln der Kunst betrogen hatte. Wie einfach es ihm gefallen war! Wie erschreckend einfach. Es machte ihm Angst. Er tastete nach Janus, streichelte ihn, fuhr mit der Fingerspitze den klobigen Schlüssel in der einen Hand und den Stab in der anderen nach und atmete auf. Dr. Brotmann war reich. Es tat ihm nicht weh. Es war gut so.

Du bist auf einem guten Weg.

Wer hatte das gesagt? Anton schaute sich in der engen Kabine um. Natürlich war er allein. Er drehte den Zündschlüssel herum, fuhr aus der Ausfahrt des herrschaftlichen Gebäudes in der Nähe von Nells Park und bog am Verteilerkreis Nord auf die Autobahn ab. Dann klingelte sein Handy.

Willkommen in einer anderen Welt.

* * *

Er zeigte ihr eine Welt, die sie noch nicht kennen gelernt hatte. Zuerst war sie wieder enttäuscht, als er die Hand von ihrem Schoß nahm, doch dann richtete er sich auf und öffnete den Reißverschluss seiner Hose. Der Mann stöhnte und streichelte Karlas Haar, während sie allmählich aufstand und sich auf ihren Schreibtisch legte. Sie spürte die Blätter und Stifte im Rücken, doch diese Gegenstände stachelten Karla nur noch mehr an. Sie spreizte ihre Beine. Er stellte sich zwischen sie und drang langsam in ihre feuchte Wärme ein. Zuerst war er ganz sanft, dann wurde er allmählich schneller. Sie riss sich die Bluse auf, und er umfasste ihre Brüste, während er kraftvoll zustieß.

Karla schrie, sie konnte sich nicht mehr beherrschen. Das war übermenschlich. Instinktiv schien er genau zu wissen, was sie wollte. Er stieß sie in immer schnellerem Rhythmus. Sie konnte es nicht länger zurückhalten.

Der Höhepunkt schoss sie geradewegs zwischen die Sterne. Ihre Lustschreie, vermischt mit dem ekstatischen Stöhnen des Mannes, waren wie Sphärenklänge. Die Welt kippte.

Karla trieb selig auf ihrer eigenen Lust dahin.

In eine andere Welt.

* * *

Die Explosion zerriss Fleischmann, machte blutige Klumpen aus ihm. Fetzen seines weißen Kittels segelten durch die Luft. Fetzen seiner Haut folgten. Fetzen seines Fleisches. Rosig schillernd, schwarz verbrannt. Maximilian stand etwa einen Meter von Fleischmann entfernt und starrte ungläubig und mit offenem Mund auf das Inferno.

Das Stehpult, an dem er vorhin noch seine Rede geschwungen hatte, wurde in Stücke gerissen. In spitze, gesplitterte Stücke. Eines davon, geformt gleich einer Lanze oder einem Stab, schwebte wie in Zeitlupe auf Maximilian zu und fuhr ihm mitten ins Herz. Er starrte hinunter auf seinen Brustkorb, aus dem das Blut sickerte. Er empfand keinen Schmerz. Nur Entsetzen. Schock. Ein schwarzer Punkt raste auf ihn zu. Wurde größer. Verschluckte den Raum. Verschluckte auch Maximilian.

»Das Böse«, flüsterte er.

Finsternis.

12. Kapitel

Karla bemerkte nicht, wie der Mann ihren Laden verließ. Sie lag noch immer mit dem Rücken auf dem Schreibtisch und kam erst wieder ganz zu sich, als sie die Kälte am entblößten Unterleib spürte. Entsetzt schaute sie an sich hinunter, taumelte vom Tisch, zog sich Schlüpfer und Jeans an und knöpfte ihre Bluse zu. Nein, das war unmöglich, das konnte sie nicht getan haben!

Doch, sie war fremdgegangen. Nie zuvor in ihrem Leben hatte sie ihren Partner betrogen – und dazu noch mit einem Mann, von dem sie nicht einmal den Namen kannte. Sie ließ sich auf den Bürostuhl fallen und stützte den Kopf in die Hände. Es durfte einfach nicht wahr sein. Welche Teufel hatten sie geritten? Sie spürte, wie sich ihre Augen mit Tränen füllten.

Es war so unvergleichlich schön gewesen.

Nie zuvor hatte sie solche Empfindungen gehabt. Trotz ihres schlechten Gewissens ertappte sie sich bei dem Gedanken, den Fremden wiedersehen zu wollen.

Sie stand auf und ging in ihren Laden. Der Mann war fort, natürlich, aber er hatte etwas hinterlassen. Auf der Theke neben der altertümlichen Registrierkasse lagen einige Geldscheine.

Die silbernen Kerzenleuchter waren nicht mehr da, und das Geld entsprach genau ihrem Preis. Trotzdem hatte sie den Eindruck, für den Sex entlohnt worden zu sein. Wütend knüllte sie das Geld zusammen und schleuderte es in den Papierkorb hinter der Theke.

Und holte es doch gleich wieder hervor.

Sie konnte es sich nicht leisten, eine so große Summe einfach wegzuwerfen. Doch sie durfte es ihrem Selbstwertgefühl nicht zumuten, sie zu behalten.

Als sie unschlüssig dastand, zerrissen und zweifelnd, traurig und befriedigt, schellte das Telefon. Sie seufzte auf, steckte die zerknitterten Geldscheine in die Tasche ihrer Jeans, nahm den Hörer ab und meldete sich matt.

»Karla? Karla? Bist du das? Du klingst so anders. Du musst sofort kommen. Sofort, hörst du?«

»Wer ... wer ist da?«

»Erkennst du mich denn nicht? Ich bin's, Anton!« Seine Stimme war schrill und kratzend, fast wie die eines Automaten.

»Was ist los?«, fragte Karla verwirrt.

»Komm nach Daun, in die Schule. Schnell!«

Am anderen Ende wurde aufgelegt. Daun? Schule? Welche Schule? Maximilians? Sie starrte noch lange den Hörer an.

Als sie sich endlich auf den Weg machte, verspürte sie Angst. War das wirklich Anton gewesen? Seine Stimme ... so fremd ... Sie lief die Neustraße hinunter. Der Wind trieb tote Blätter vor ihr her, die in einem verrückten Tanz miteinander herumtollten. Am Platz an der Lieser glaubte sie den Fremden wiederzusehen. Ihren Liebhaber. Sie sah einen grauen Mantel in einen grauen Mercedes älteren Baujahrs einsteigen, wollte schon auf ihn zulaufen, doch ein launischer Windstoß trieb ihr das in der Eile nicht zugeknöpfte Cape vors Gesicht, und als sie sich von dem Kuss des Stoffes freigemacht hatte, war der große Wagen verschwunden. Sie schaute die Straße hinauf und hinunter; alles war still – so still wie zur Mitternacht. Nur das Pfeifen und Jaulen des Herbstwindes hastete an den Häusern entlang, drang in Eingänge und Kamine und erfüllte die tote Stadt mit seltsamem, verneinendem Leben. Rasch lief sie zum großen Parkplatz auf der anderen Seite der Lieser. Nur weg, weg von hier.

Auf der Fahrt versuchte sie ihre Gedanken zu ordnen, die wie der Wind in ihr jaulten und pfiffen. Ein Notfall. Max? Ihr

Liebhaber. Die Explosion des Orgasmus'. Die Kälte an ihren Oberschenkeln, als sie auf dem Tisch gelegen hatte. Das Geld. Pünktchen. Wieso Pünktchen? Verlust. Verlust wie der des Fremden. Der alte Mercedes. Fort. Verlust. Anton? Würde sie ihm in die Augen sehen können? Was war mit ihm? Was war mit Max?

Was war mit ihr?

Weg, alles wegdrücken, in die hintersten Ecken, in die Vergangenheit, als alles noch einen Sinn gehabt hatte, als alles noch klar gefügt, wenn auch schwierig gewesen war. Liebe. Anton. Max. Keine Liebe. Höchstens Mitgefühl. Einseitig. Kein Gefühl auf der anderen Seite. Schuldbewusstsein. Sie war schuld. Schuldig. Schlechte Mutter. Keine Mutter. Keine Petra. Noch lebendig. Falsch.

Karla ertappte sich bei dem Gefühl, dass Max ihr gleichgültig war.

Sie gab Gas, raste die Straße in Richtung Minderlittgen entlang, bis die erste scharfe Linkskurve kam. Die Reifen ihres Renault jaulten auf. Der Wagen begann zu schwanken. Erschrocken nahm sie den Fuß vom Gaspedal, bremste. Das Auto schaukelte noch stärker. Das Heck brach aus. Der Vorderwagen schoss auf die Leitplanke zu. Karla hielt den Atem an, biss sich heftig auf die Lippe und versuchte, den Renault wieder auf die Straße zu lenken. Es gelang ihr nicht.

Das knirschende Geräusch von Metall gegen Metall fuhr ihr durch Mark und Bein. Es gab einen erschüttenden Schlag, der sie in den Gurt drückte.

Nicht auch das noch! Ein Wagen kam ihr entgegen, hupte, bremste, wich aus, beschleunigte wieder, war fort. Gott sei Dank, wenigstens hatte sie nicht auch noch ihn gerammt. Ihr Auto kratzte ein paar Meter an der Leitplanke entlang, dann kam es zum Stillstand.

Karla öffnete den Gurt und stieg mit zitternden Knien aus. Ihr Wagen lag halb in der Böschung; die rechte Seite war arg eingedrückt, und das rechte Vorderrad stand in einem seltsamen Winkel von der Karosserie ab. Wie ein gebrochenes Bein. Hektisch kramte sie in ihren Taschen nach dem Handy, aber sie schien es entweder im Laden oder zu Hause liegen gelassen haben.

Das ist die Strafe, dachte sie. Die Strafe für alles. Was immer in der Schule geschehen sein mochte ... Sie musste unbedingt den nächsten vorbeikommenden Wagen anhalten.

Doch es kam kein Wagen. Normalerweise war diese Strecke recht befahren, aber heute, zur Mittagszeit und bei dem dunklen, stürmischen Herbstwetter lag die Straße wie eine schlafende, satte Schlange da, die nichts stören konnte. In der Ferne sah Karla einen Hof, aber es würde lange dauern, bis sie ihn endlich erreicht hätte. Verdammt, es musste doch jemand von Wittlich aus nach Minderlittgen, Manderscheid oder Daun fahren! Sie lauschte angestrengt. Zu hören waren nur der unablässig zischelnde Wind und die treibenden Blätter, die ein leises, schabendes Geräusch auf dem Asphalt verursachten. Der Wald stand wie erstarrtes Feuer am Berg vor ihr. Er fraß die Straße, er fraß die Laute, das Leben.

Hilflos drehte sie sich mehrfach um die eigene Achse. Ihr wurde kalt, und sie streifte sich das Cape über.

Da! Ganz hinten kam von Wittlich ein Auto! Karla atmete tief durch. Es würde nicht lange dauern, bis der Wagen die erste ansteigende Kurve erreichte, in der sie ihren Unfall gehabt hatte. Sie beobachtete das Fahrzeug, das langsam und wie an einer Schnur gezogen über die Straße glitt. Es war ein großes Auto, ein graues.

Als es näher gekommen war, erkannte Karla, dass es sich um einen Mercedes handelte. Um einen Mercedes älteren

Baujahrs. Er wurde langsamer, als der Fahrer den Unfall bemerkte, und blieb schließlich neben Karlas Renault stehen. Ein Mann in einem eleganten grauen Mantel stieg aus. Bei seinem Anblick durchrieselte es Karla. Er war es.

Er richtete den Blick seiner sanften grünen Augen auf sie und fragte besorgt: »Kann ich helfen?«

»Ja. Ich muss unbedingt nach Daun, zur Thomas-Morus-Schule.«

»Ich fahre Sie hin.«

Kein Wort über ihr heftiges Liebesspiel, seit dem kaum eine Stunde vergangen war. Kein Wort des Wiedererkennens, geschweige denn ein Kuss oder eine Umarmung. Stattdessen ein unpersönliches Sie. War er es wirklich? Und sollte sie tatsächlich in seinen Wagen einsteigen?

Sie musste unbedingt zu Anton, er hatte am Telefon so schrecklich geklungen und machte sich bestimmt bereits Sorgen um sie. Also nahm sie auf dem Beinfahrersitz Platz. Der Mann schloss die Tür für sie, lief um den Kühler herum, stieg ein und fuhr los.

Er sagte kein Wort; er fragte nicht einmal, wie es zu dem Unfall gekommen war. Vorsichtig steuerte er den großen Wagen durch den Wald, durch die engen Kurven, durch die kleinen Dörfer, vorbei an abgeernteten Feldern und dürren Wiesen. Einmal warf Karla einen kurzen Blick auf den Rücksitz, weil sie aus den Augenwinkeln dort etwas aufblitzen gesehen hatte.

Es waren die beiden silbernen Empire-Kerzenleuchter, notdürftig eingewickelt in ein weißes Leinentuch.

Nun gab es keinen Zweifel mehr. Karla dachte daran, wie dieser Mann sie geliebt hatte, wie er sie geküsst und gestreichelt hatte, wie er sie die Berge der Lust hochgepeitscht hatte. Und nun saß er wie ein Fremder neben ihr. Und sie war zu ihrem betrogenen Mann unterwegs. Am liebsten wäre sie aus dem Wagen gesprungen und hätte sich in einem Erdloch verkrochen.

Das Schweigen stand wie eine Mauer zwischen ihnen. Bäume flogen an den Wagenfenstern vorbei, lodernden Fackeln gleich, die vom Wind immer wieder angefacht wurden. Regen setzte ein, prasselte gegen die Windschutzscheibe, lief in Schlieren an den Seitenscheiben herunter, trommelte auf das Blech des Daches. Schloss die beiden einsamen Menschen im Wageninneren ein.

Schließlich hielt Karla es nicht mehr aus. Sie sagte: »Danke.«

»Wofür?«

»Für alles.«

Der Mann wandte ihr kurz den Kopf zu, bevor er wieder angestrengt auf die Straße schaute. In seinen grünen Augen hatte eine ungeheure Traurigkeit gelegen. Und ein unausgesprochenes Verlangen. Sein Blick hatte sie in einer einzigen Sekunde am ganzen Körper berührt.

Hinter Manderscheid gab er Gas. Die Straße führte über eine Hochfläche nach Bleckhausen und dahinter durch das Tal der Lieser bis nach Daun. Der graue Mann fuhr nun immer schneller, beinahe so schnell wie Karla vorhin, und die Reifen des alten Mercedes quietschten genauso unwillig wie die ihres Renault vor dem Unfall. Karla hielt sich am Türgriff fest. Der graue Mann schien es nicht zu bemerken.

Erst im Ort wurde er langsamer. Er hielt einige hundert Meter von der Schule entfernt an. »Es ist besser, wenn Sie hier aussteigen.«

Karla nickte und kletterte aus dem Wagen. Sie beugte sich noch einmal kurz in das Innere und sagte: »Vielen Dank.« Dann hielt sie inne und setzte schließlich nach: »Werde ich Sie wiedersehen?«

»Wenn Sie es wollen ...«

Sein Blick schien sie zu fesseln, auszuziehen, auf das Polster zu werfen, in sie einzudringen. Und doch lächelte er sie nur traurig und freundlich an. Karla drückte sich von dem grauen Wagen ab und sah hinter ihm her, als er anfuhr und langsam um die Ecke bog. Dann ging sie mit klopfendem Herzen zur Schule.

Sie schritt durch das Tor, das von den dunklen Bäumen bewacht wurde, und vor ihr lag das dreigeschossige, aus Bruchsteinen und Beton errichtete Gebäude aus den Fünfzigerjahren, dessen Fassade von keinerlei Graffiti verunziert wurde.

Als sie die Krankenwagen und die Polizisten vor dem Haupteingang sah, sank ihr das Herz. Bevor sie sich weitere Gedanken über das machen konnte, was hier geschehen war, schoss plötzlich ihr Mann an einem der Polizisten vorbei und lief auf sie zu. Er blieb vor ihr stehen, packte sie am Arm und zerrte sie an dem verdutzten Polizisten vorbei ins Gebäude. »Maximilian! Maximilian!«, rief er dabei immer wieder. Karla stieg der Geruch von Verbranntem in die Nase.

»Da! Da!«, rief Anton, als zwei dunkel gekleidete Männer mit einem geschlossenen Zinksarg aus einem der Schulzimmer kamen. »Bleiben Sie stehen. Machen Sie den Sarg auf! Karla, schau hinein!«

Ihr blieb nichts anderes übrig. Nachdem die Träger widerwillig den Sarg abgestellt und den Deckel beiseite geschoben hatten, warf Karla einen Blick in das Innere. Sofort schlug sie die Hände vor das Gesicht.

Maximilian sah aus, als würde er schlafen; am Kopf waren keinerlei Verletzungen feststellbar. Doch jede Farbe war aus der Haut gewichen, sie war weiß wie Kreide. Als wäre er ausgeblutet. Karla spürte, wie ihr die Luft aus der Lunge gequetscht wurde. Sie starrte Anton an. Sah ihm in die verweinten, rot geränderten Augen. Erwiderte seinen irren, fassungslosen Blick.

»Das ist nicht mein Sohn«, sagte er. »Hier liegt ein Irrtum vor. Das ist nicht mein Sohn.« Dann fiel er auf die Knie, beugte sich über den Sarg und tobte und schrie.

Karla stand wie betäubt neben ihm und war unfähig, sich zu regen. Die Träger warteten ein wenig abseits; sie schienen nicht zu wissen, wie sie sich verhalten sollten.

Ein Mann in grauem Anzug näherte sich ihnen. Als Karla ihn aus den Augenwinkeln heraus wahrnahm, zuckte sie zusammen. Doch es war nicht der Fremde, nicht ihr Liebhaber. Es war zwar ein schwarzhaariger, aber nur mittelgroßer und untersetzter Mittfünfziger, der ihr unbeholfen die Hand entgegenstreckte.

Er stellte sich als Kommissar Pützborn vor und meinte: »Schreckliche Sache, das. Muss wohl ein Unfall gewesen sein.«

Anton sprang auf und stellte sich zitternd vor den Kommissar. »Das war kein Unfall! Das war ...«

Der Kommissar schaute ihn fragend an und rieb sich dabei über den buschigen Schnauzbart.

Anton sackte in sich zusammen. Karla nahm ihn in den Arm. Die Berührung mit ihm erschreckte sie. Sie erinnerte sie an die Berührung mit einem anderen Mann, vor kaum mehr als einer Stunde – an die Berührung mit einem völlig fremden Mann. Mit dem Mann, der sie hierher gefahren hatte. Mit dem Mann, der sie geliebt hatte. Es war, als stünde sie neben sich und sähe sich selbst zu, wie sie Anton zu trösten versuchte.

»Wir werden eine Obduktion machen. Sobald wir das Ergebnis haben und die Zeugen verhört sind, werden wir die Leiche zur Beerdigung freigeben.«

Anton nickte. Karla streichelte ihm über den Rücken. Er sah sie mit einer Mischung aus Dankbarkeit und unendlicher Trauer an.

»Ich glaube, es ist das Beste, Sie beide gehen jetzt. Wenn Sie wollen, lasse ich Sie mit einem unserer Wagen nach Hause fahren«, sagte der Kommissar und versuchte sich an einem bemitleidenswerten Lächeln.

Anton schüttelte den Kopf. Er machte sich aus Karlas Umarmung frei und sagte: »Wir schaffen das schon allein.« Er sah zu, wie die Träger den Sarg wieder verschlossen und davontrugen. Dann fielen sich Karla und er in die Arme, während sich der Kommissar zurückzog.

Karla fuhr den Kastenwagen; Anton war dazu nicht mehr in der Lage. Er saß zusammengesunken auf dem Beifahrersitz; sein Kopf lag beinahe auf der Brust. Den Leinenbeutel, der auf seinem Sitz gelegen hatte, hatte er an sich genommen und hielt ihn so fest, dass die Knöchel seiner Finger rot aus der weißen Haut hervorstachen. Immer wieder schluchzte er.

Als sie sich schon hinter Weiersbach befanden, meinte er leise: »Sie haben mich angerufen, als ich gerade von diesem Dr. Brotmann weggefahren war. Es muss in dem Augenblick passiert sein, als ich ihm die gefälschte Venus verkauft habe.«

Karla sah ihn von der Seite an. »Du hast ... was? Diese Venus, die einer deiner Kollegen nachgegossen hat?«

Anton nickte. »Ja. Genau in dem Augenblick ist Maximilian gestorben.« Er schnappte nach Luft, schluchzte und wurde plötzlich still. Schließlich sagte er: »Du sollst nicht betrügen.« Er kicherte; es klang unheimlich.

»So etwas hast du doch noch nie gemacht«, wunderte sich Karla. »Du bist die ehrlichste Haut, die ich kenne.« Was auf dich selbst nicht mehr zutrifft, dachte sie verbittert.

»Ich weiß auch nicht, was in mich gefahren ist«, erwiderte Anton. »Aber jetzt habe ich die Quittung dafür bekommen.«

»Das eine hat doch mit dem anderen nichts zu tun«, wehrte Karla ab. In dem Augenblick, als Max gestorben war, da hatte sie ... mit dem Fremden geschlafen. Nein, das eine hat nichts mit dem anderen zu tun.

Anton stierte vor sich hin; er sagte nichts mehr, bis sie Bettenfeld erreicht hatten und in den Hof ihres Anwesens einbogen. Als er aus dem VW kletterte, musste er sich an der Wagentür festhalten. Karla kam ihm rasch zu Hilfe. Sie stützte ihn und führte ihn ins Haus wie einen alten Mann, während er immer noch seinen Leinenbeutel mit grimmiger Entschlossenheit zwischen den zu Klauen gewordenen Fingern festhielt.

Als sie das Haus betraten, sagte er: »Es war jemand hier.«

Karla blieb kurz stehen und sah sich um. Sie erkannte nichts, was seine Aussage bestätigt hätte. In der Diele war alles wie immer, und auch durch die geöffneten Türen zum Wohnzimmer und zur Küche vermochte sie nichts Ungewöhnliches zu erkennen.

»Jemand war hier«, beharrte er und sog hörbar die Luft ein. Seine Nasenflügel bebten. Er machte sich von Karla los und lief durch das ganze Haus. Überall schnupperte er. Schließlich blieb er im Schlafzimmer stehen, öffnete die rechte Tür des Kleiderschranks und steckte den Kopf zwischen die Laken – dorthin, wo er die Statue des Janus aufbewahrte. »Hier ist es am stärksten«, sagte er. »Aber er hat sie nicht gefunden. Er konnte sie nicht finden.« Kichernd öffnete er den Beutel. »Weil ich sie immer bei mir habe.«

Er hielt ihr die Statue des Janus dicht vor die Augen. Sie grinste Karla an. Triumphierend. Karla griff nach ihr, packte sie, holte aus und wollte sie gegen die Wand schmettern.

Antons Blick füllte sich mit Entsetzen. Schneller, als sie es je für möglich gehalten hätte, fiel er ihr in den Arm, entwand ihr die Statue und versetzte Karla eine so gewaltige Ohrfeige, dass sie rücklings auf das Bett fiel.

»Du Wahnsinnige!«, schrie er, drückte die Figur gegen seine Brust und lief aus dem Zimmer.

Karla hatte nicht mehr die Kraft, ihm zu folgen. Sie hörte, wie unten die Haustür schwer ins Schloss fiel; dann senkte sich Schweigen herab. Sie war allein. Allein mit den Schrecknissen und Unglaublichkeiten dieses Tages. Allein in ihrer Hölle voller dunkler, chaotischer Gedanken.

Nein, nicht ganz allein ...

13. Kapitel

Anton lief durch einen Vorhang von Tränen und Trauer und Verwirrung. Er lief weg vor alledem und nahm es doch mit. Er rannte auf den Windsborn, schlug sich den Kopf an den schartigen Lavabrocken wund, bis sich sein Blut mit den Tränen vermischte. Er hastete hinunter zum Kratersee, stand am Rand, bückte sich über das stille, spiegelnde Wasser und spürte dessen Lockung. Er ging in die Knie, beugte sich tiefer hinab und glaubte dort unten seinen Sohn treiben zu sehen.

Etwas stach ihm in den Schenkel. Er sprang auf. Es war der kantige Sockel des Janus. Rasch zog Anton die Figur aus der Hosentasche.

Wenn ich den Schlüssel oder den Stab abbreche, kann ich nicht mehr so viel für sie verlangen, dachte er. Und das ist doch das Wichtigste – viel Geld für sie. Sehr viel Geld.

Etwas stieg aus dem See auf. Eine Blase, wie von einem Taucher. Noch eine. Eine weitere. Sie zerplatzten an der Oberfläche, hauchten ihre Nässe auf die tief herabhängenden Blätter einer Buche, deren Wurzeln geradewegs aus den Schlünden des Kraters heraufzudringen schienen. Anton schaute genauer in den glitzernden Spiegel. Ein Schatten trieb herbei. Ein menschlicher Umriss. Er hatte die Arme ausgestreckt und hielt etwas in den Händen. Einen Stab in der einen, etwas Unerkennbares in der anderen. Schwärze umgab ihn wie Tinte, die sich rasch ausbreitete und bald die gesamte Oberfläche des Sees bedeckte. Dann durchbrach die Gestalt den Wasserspiegel. Es war der bleiche Körper seines Sohnes, in dessen Brust die schreckliche, tödliche Wunde klaffte. Statt Blut trat dort eine schwarze, zähe Flüssigkeit aus.

Anton sprang auf, stopfte sich den Janus in die Außentasche des Cordjacketts, das er sich beim Verlassen des Hauses rasch übergestreift hatte, und rannte davon.

Erst weit hinter dem Windsborn, auf dem Gipfel des Mosenberges, blieb er erschöpft stehen. Hier befand sich eine dunkle Hütte, die Schutz vor Unwettern bot. Anton betrat sie und setzte sich auf eine der Holzbänke im Inneren. Immer wieder sah er seinen Sohn in dem kalten Zinksarg liegen, und er begriff nicht, was geschehen war. Er konnte nicht begreifen, dass sein Sohn nie wiederkommen würde. Dass das Leben nun völlig anders sein würde. Zuerst Petra, und jetzt Maximilian. Wie lange hatte es gedauert, bis er sich mit dem Tod seiner Frau abgefunden hatte? Und nun sein Sohn! Er würde es nicht schaffen. Er würde untergehen. Warum war er vorhin nicht einfach in den Kratersee gesprungen? Das Wasser war tief und kalt; es hätte ihn rasch zu sich geholt.

So einfach ist es nicht.

Anton fuhr zusammen. Hatte er die Stimme wirklich gehört, oder war sie nur in seinem Kopf gewesen? Er spähte in die Finsternis der Hütte, konnte aber nicht einmal die gegenüberliegende Wand erkennen, obwohl die Sonne noch nicht untergegangen war. Die tintenartige Schwärze, die vorhin aus dem See aufgestiegen war, klebte auch hier überall.

Hast du dir schon einmal Gedanken darüber gemacht, was hier vor sich geht?

Es konnte nur eine Stimme in ihm selbst sein. Alles andere war Wahnsinn. Die Schwärze vor seinen Augen schien sich allmählich zu drehen, wurde zu einem Wirbel, zu einem Mahlstrom, und es war, als wolle sich dahinter etwas manifestieren. Anton glaubte einen dünnen, fernen Schrei zu hören. Er hielt den Atem an. Nun wurde die Schwärze wieder ruhiger; sie senkte sich vor seinen Augen wie ein Vorhang.

Willst du, dass noch mehr Unheil geschieht?

»Was kann ich dagegen tun?«, krächzte Anton mit rauer Stimme. Das musste der Wahnsinn sein. Es war zu viel für ihn gewesen. Sein Sohn ...

Sage dich los.

»Wovon?«

Von dem, was dir das Unheil bringt.

»Wer bist du?«

Darauf schwieg die Stimme, die tief aus dem Dunkel gekommen war. Etwas anderes drang nun aus ihm hervor. Es war wie ein Fortsatz, wie ein Tentakel, der in der Luft schwebte und zitterte und nach ihm tastete.

Anton sprang auf und rannte aus der Hütte. Er warf einen Blick zurück und hatte den Eindruck, dass die Schwärze aus dem Eingang hervorquoll.

Und nach ihm suchte.

Allmählich wob sich die Dämmerung durch das gelichtete Blattwerk und dunkelte die aufgeregten Farben. Der Mond, der schon nicht mehr ganz voll war, wartete hinter dem Gitter der Baumstämme wie ein Auge. Anton kam zum Waldrand. Vor ihm lag das Land weit und still unter dem sanften Atem des Abends. In der Ferne sprangen erste Lichter an, durchglommen Tal und Höhe wie gefallene Sterne, die der wolkenlos gewordene Himmel allmählich spiegelte, als er dunkler und samtener wurde.

Du kannst nicht weglaufen.

Anton wirbelte herum. Hinter ihm war nur der Wald. Doch zwischen den Stämmen lagerte eine Finsternis, die seltsam belebt schien. Es war, als pulsiere sie.

Die Stimme war fremdartig, weder männlich noch weiblich, wie ein leises, böses Flüstern und doch von ungeheurer Kraft. Es war die Stimme des Wahnsinns.

Du wirst immer tiefer in die Finsternis hineingehen. Du wirst in ihr versinken. Es gibt nur einen einzigen Weg hinaus.

»Welchen?« Anton kniff die Augen zusammen. Formte sich da nicht etwas in der fast stofflichen Düsternis? Fast glaubte er, seinen Sohn zu sehen – seinen Sohn mit dem durchbohrten Herzen.

Trenne dich von deinem Gott.

»Ich glaube nicht an Gott.«

Du magst zwar nicht an Gott glauben, aber du glaubst an deinen Gott.

»Ich verstehe nicht.«

So schlimm ist es schon?

Anton erkannte, dass es nicht sein Sohn war. Es war jemand anderes – *etwas* anderes. Etwas versuchte durch den Schild der Schwärze hindurchzubrechen. Es war wie ein wirbelnder Kampf in einem pechschwarzen Schlund. Anton starrte gebannt auf die chaotischen, fließenden Formen und versuchte gleichzeitig, die quälende Lähmung von sich abzuwerfen, die ihn seit dem Anblick der Finsternis befallen hatte. Er schloss die Augen und sah seinen Sohn vor sich.

»Was hast du getan?«, rief Anton ihm zu.

Maximilian öffnete den Mund, doch nur Dunkelheit troff aus ihm, befleckte seine totenweiße Brust, breitete sich über seinen ganzen Körper aus, wurde zu einer zweiten Haut, zu einem zweiten Maximilian.

»Ich habe gar nichts getan«, sagte dieses zweite, schwarze Wesen mit den Umrissen Maximilians. »Er hat es für mich getan.«

»Wer?«

»Begreifst du es immer noch nicht?« Es war sowohl die Stimme seines Sohnes als auch die der Finsternis – das androgyne Flüstern.

Die bleierne Schwere fiel von Anton ab. Er rannte weg. Stolperte über den Weg, der an der Flanke des Berges entlang verlief und ein silbernes Band im Mondlicht war. Hinter ihm raschelte und wisperte es. Kurz drehte er sich um. Die Schwärze folgte ihm wie eine Lawine. Nun stürzte sich der Weg ins Tal, vorbei an Wiesen und verlassenen Weiden. Tiefer unten verschwand er zwischen den Bäumen.

Anton lief wie um sein Leben. Erst als er die windumtosten Hochflächen hinter sich gelassen und den Waldrand erreicht hatte, wagte er stehen zu bleiben. Keuchend warf er einen Blick hinauf zum Mosenberg.

Die seltsame Schwärze war nicht mehr zu sehen. Anton schüttelte den Kopf. Bestimmt hatte er sie sich nur eingebildet. Es war zu viel für ihn gewesen. Das Bild seines Sohnes ... Er sackte schluchzend zusammen; die Statuette des Janus fiel ihm aus der Hand. Er bemerkte es kaum. Sie glitt ins hohe Gras, hatte keinen Schaden genommen. So viele Bilder schossen ihm durch den Kopf: Maximilian an der Brust seiner Mutter, die ersten Schritte ihres Sohnes, seine ersten Worte – »Mama, Mama« –, die Einschulung, die erste heilige Kommunion.

Die ersten Überfälle durch andere Kinder, damals in Bettenfeld, dann später in Daun, die ersten Prügel, die er bezogen hatte, weil er das geborene Opfer gewesen war, die maßlosen Enttäuschungen durch seine Mitschüler, seine schlechten Noten, weil er sich so unwohl fühlte ... Anton hatte ihn beschützen wollen, doch er hatte nicht genug Kraft dazu gehabt. Zuerst hatte er mit seinem Antiquitätenhandel alle Hände voll zu tun gehabt, dann war Petra erkrankt, und die andauernden Therapien, die Todesnöte, die langsamen Besserungen hatten ihn vollkommen in Anspruch genommen, sodass wenig Zeit für den armen Jungen übrig geblieben war, der genauso unter der Krankheit seiner Mutter gelitten hatte wie Anton. Schließlich Petras Tod, der Vater und Sohn noch enger zusammengeschweißt hatte, die gemeinsame Trauer, die gemeinsam vergossenen Tränen, der gemeinsame Kampf um die tägliche Normalität und gegen das Abrutschen in Resignation und Hoffnungslosigkeit, und schließlich Karla Wagner.

Karla ...

Anton holte tief Luft. Er sah sich um und bemerkte, dass er auf die Knie gefallen war. Als würde er einen Richterspruch entgegennehmen.

Weiter hinten, den Berg hinauf und hinter dem Waldrand, glomm der breite, gewundene Weg im kranken Schein des Mondauges, doch hier zwischen den Bäumen war es finster. Allerdings war die Finsternis eine andere als oben auf dem Mosenberg. Sie war sanft, ruhig, beruhigend. Liebkosend.

Karla ...

Er hatte sie geschlagen. So wie er seinen Sohn geschlagen hatte. Und dafür hatte er sich nicht mehr entschuldigen können. Er wollte es einfach nicht glauben. Hatte er das wirklich getan? Die Trauer um Maximilian machte ihn verrückt. Aber das war keine Entschuldigung. Und warum war er so grausam gegen Maximilian gewesen? Sein Blick fiel auf die Statue des Janus im hohen Gras. Sie lag auf dem Bauch und hatte ihm das grinsende, hintere Gesicht zugewandt. Kniend nahm er sie auf und streichelte sie. Nein, sie war nicht sein Gott. Er kannte keinen Gott, er hatte keinen Gott. Spätestens seit heute nicht mehr, seit ihm sein Junge genommen worden war. Mühsam kämpfte er sich wieder auf die Beine. Er hatte nichts mehr. Kein Zuhause. Kein Leben. Keine Frau.

Karla ...

Er hatte sie mit aller Kraft geschlagen. Er hatte noch nie ...

Sein Handy schellte. Er fuhr zusammen, war wütend über diesen obszönen Laut, diese krampfhaft lustige, elektronische Melodie, diese Vorgaukelung einer Normalität, die es nicht mehr gab. Er nahm das Gerät aus der Brusttasche seines Hemdes, schaltete es aus und schleuderte es ins Unterholz. Er hörte ein leises Knacken und Knirschen, und ein Vogel flog erzürnt auf. Lange waren seine Flügelschläge noch im stillen Abendwald zu hören.

Anton ging weiter. Er wusste, dass am Ende des Wegs die Heidsmühle lag und hinter ihr die Flanke des Bergs, auf dem Manderscheid, der nächste Ort, thronte. Dorthin wollte er, auch wenn er nicht wusste, was er dort wollte. Er wusste gar nichts mehr. Er wollte nur weg. Weit weg. Weg von Karla, von Bettenfeld, von seinem Leben.

»Du kannst nicht weglaufen«, hatte die seltsame Stimme gesagt. Wessen Stimme? Seine eigene. Oder die seines Sohnes. Was dasselbe war.

Bald hatte er die Heidsmühle erreicht und kämpfte sich hinter ihr auf der steilen Asphaltstraße nach Manderscheid hoch. In einigen Fenstern der Eifelklinik kurz vor dem Ort brannte noch Licht. Klinik für Psychosomatik. Gemütskrank, hatte es früher geheißen. Die Lichter waren wie kleine Sonnen in den dunklen Universen der Zimmer. Ob er hier bleiben sollte? Für immer? Man würde ihn davonjagen. Er war nicht krank.

Nicht?

Anton schritt an der Zufahrt zu dem hohen, kastenartigen Gebäude vorbei, ging weiter auf den Ort zu und sah bald die ersten Straßenlaternen. Immer noch hielt er den Janus wie ein Zepter in der Hand – oder wie eine Wünschelrute, die ihm das Wasser des Lebens anzeigen sollte.

Er durchquerte den Ort, kam an eine Bushaltestelle, doch es war schon zu spät; die letzten Busse in Richtung Daun und

Wittlich waren vor etwa einer halben Stunde gefahren. Er saß fest auf seiner Reise. Seiner Reise – wohin? Weg, weg, weg. Wittlich, Wengerohr, wo der Bahnhof war, dann nach Koblenz oder Trier und von dort aus weit, weit, weit weg. Für immer. Alles sinnlos, alles aus. Weg, weg, weg.

Aber nicht mehr heute Abend. Anton sah sich um. Er brauchte einen Unterschlupf. Es wurde immer kälter, und im Oktoberwind lag die Ahnung von kommendem Frost. Hier im Ort konnte er nicht bleiben. Da kam ihm die Eifelklinik in den Sinn. Auf ihren langen Fluren musste es doch irgendwo Stühle oder Sessel geben, und vielleicht bemerkte ihn niemand. Hinauswerfen konnte man ihn immer noch, doch erst einmal wäre er im Warmen. Er verfluchte sich, weil er keinen Mantel, sondern nur das Jackett mitgenommen hatte, doch als er aus seinem Haus oben in Bettenfeld geflohen war, hatte er nicht gewusst, was er tat. Da war es ihm noch nicht klar gewesen, dass er nicht zurückkehren konnte. Nicht zu einer Frau, die er geschlagen hatte.

Er drehte um und ging zurück in Richtung der Klinik.

Es gelang ihm, unbemerkt in das Gebäude zu huschen, und bald hatte er im vierten Stock eine dunkle Leseecke mit einem Tisch voller Zeitschriften und einigen bequemen grünen Stoffsesseln gefunden. Er setzte sich und bemerkte erst jetzt, wie müde er war. Er hielt Janus im Schoß, krampfte die Finger zusammen und glitt hinüber in den Schlaf.

Natürlich sah er die Leiche seines Sohnes und erwachte tränenüberströmt. Aus einem der angrenzenden Zimmer hörte er leises Stöhnen. Es war eine schwache, männliche Stimme; sie rief wie im Traum nach jemandem. »Komm zurück! Bitte, komm zurück!« Sie wurde immer lauter und beharrlicher, und schließlich flammte im Korridor das Licht auf. Eine weiße Gestalt trat aus einer Tür ganz am anderen Ende.

Anton sah, wie sie auf ihn zukam. Sicherlich war es ein Pfleger oder eine Pflegerin. Und er oder sie würde ihn sehen. Würde fragen, was er hier zu suchen hatte. Würde vielleicht sogar die Polizei rufen, die ihn dann in sein altes Leben zurückbringen würde.

Anton sprang auf, hielt die Statuette wie eine Waffe vor sich und rannte auf die Gestalt in Weiß zu, die plötzlich erstarrte. Anton wurde nicht langsamer, warf sich mit ganzer Kraft gegen die Person. Erst jetzt sah er, dass es eine junge, zierliche Krankenschwester war. Er rannte sie über den Haufen; sie schlug schwer auf dem Boden auf.

Als er schon im Treppenhaus war, hörte er ihre Schreie: »Halt! Halt! Kommen Sie zurück!« Er flog die Treppe hinunter, huschte an der unbesetzten Pförtnerloge vorbei und war bald wieder im Freien.

Die Nacht verbrachte er zitternd und gegen die Kälte kämpfend im Wald hinter der Heidsmühle. Nach ein paar Stunden war ihm der Gedanke gar nicht mehr unangenehm, dass er sich dabei möglicherweise den Tod holte.

* * *

Seit damals, als er die Statue in seinem Besitz gehabt hatte, war er seinem Ziel nicht mehr so nahe gewesen. Und gleichzeitig so fern. Er spürte, wie sich die Finsternis um ihn herum erstickend zusammenzog. Die Waldnacht hielt den Atem an, und die Tiere im Unterholz flohen ihn. Er sah jeden Baum, jeden Zweig, jedes Blatt, sowohl die verwesenden an den Ästen als auch die toten auf dem Boden. Er sah den Steinen bis in die verdorrte Seele. Was er berührte – Zweige, Blätter, Steine – wurde schwarz bis ins tiefste Mark. Doch das, was er berühren wollte – was er berühren musste, um wieder leben zu können – war unendlich weit von ihm entfernt. Er spürte die Macht, so vertraut und doch so fremd. Sie zog ihn an und setzte ihm zugleich eine Grenze, die er nicht zu überwinden vermochte. Niemals hätte er es für möglich gehalten, dass es ihm nicht gelang, einfach die Hand auszustrecken und sie zu ergreifen.

Nachdem er den gegenwärtigen Besitzer beiseitegeräumt hätte.

Er war wie ein Schatten gewesen, als er die Spur einmal aufgenommen hatte. Er war jenem Mann bis in den Wald gefolgt, hatte ihn überholt, ohne dass dieser ihn bemerkte, und hatte in der Schutzhütte auf ihn gewartet.

Um ihn zu töten und endlich wieder mit Janus vereint zu sein.

Doch die Wirklichkeit hatte sich seinem Willen nicht gebeugt.

»So einfach ist es nicht.«

14. Kapitel

Das Schlafzimmer verschwand beinahe hinter dem Schleier aus Tränen und Schmerz. Die Umrisse des Schranks lösten sich auf, und selbst das Bett, auf dem sie lag, schien nicht mehr zu sein als eine Wolke aus Trauer und Trug. Durch all das hindurch stahl sich das Bild des Fremden im grauen Anzug.

Das Bild ihres Liebhabers.

Das Bild ihres Retters auf der Landstraße hinter Wittlich. War es wirklich derselbe Mann gewesen? Die beiden Kerzenleuchter auf dem Rücksitz hatten es bewiesen. Aber warum hatte er mit keinem Wort angedeutet, dass sie sich nur wenige Stunden zuvor geliebt hatten? Und nun hatte sie bereits die Strafe dafür erhalten. Ihr Leben war zerstört, ihr Mann hatte sie geschlagen und war weg. Pünktchen war weg, war tot. Max war tot.

Karla wusste nicht, wie lange sie auf dem Bett gelegen hatte. Wie eine Schlafwandlerin erhob sie sich und ging nach unten, ins Wohnzimmer, in die Küche. Überall hatten sich Schatten und Stille eingenistet, wie Spinnweben durchzogen sie die Räume, klebrig, hartnäckig. Sie trat nach draußen in den Hof.

Der kalte Wind umspielte ihre Haare, ihren Körper. Es war ein eisiger Kuss. Der Kuss ihres Windliebhabers. Flüchtig, schon im Erleben nur noch Erinnerung. Geisterhaft. Sie verließ den Hof, überquerte die Straße und schritt zögerlich einige Meter in die abgeernteten Felder hinein.

Wohin mochte Anton gelaufen sein? Schon kündigte sich die Abenddämmerung an, mit leisen Schatten stahl sie sich herbei und umhüllte den Mosenberg und den Windsborn, die ihr Waldhaar unter den Herbstbrisen schüttelten. Karlas Blick ging weit über das Land, an dem Doppelkegel der Berge vorbei bis zum Horizont, wo die samtfarbenen Wälder und der dunkle Himmel ineinander flossen. Karla warf einen Blick zurück auf den Hof, in dem sie und Anton so glücklich gewesen waren. Vorbei. Er hatte seinen Sohn geschlagen, und nun hatte er sie geschlagen. Es gab keine Zukunft mehr für sie.

Ja, er hatte sie geschlagen, aber befand er sich nicht in einer entsetzlichen Situation? Sein Sohn war durch einen schrecklichen Unfall ums Leben gekommen. Musste sie ihm deswegen nicht verzeihen? Erschüttert stellte sie fest, dass sie nur wenig Trauer für Max empfand. Sie hatte nie eigene Kinder gehabt, und obwohl zuerst der Gedanke, nun einen Sohn zu haben, für sie sehr schön gewesen war, hatte sie doch rasch gelernt, dass sie niemals gegen seine leibliche Mutter würde ankommen können. Max war ihr in den vier Jahren, die sie ihn gekannt hatte, immer ein Fremder geblieben. Und nun empfand sie für ihn wie für einen Fremden. Es war furchtbar, was ihm zugestoßen war, und er tat ihr sehr leid, aber er war nicht ihr Sohn. Deswegen konnte sie sich nicht einmal annähernd vorstellen, wie Anton nun litt.

Karla machte noch ein paar Schritte über das Stoppelfeld, das sich bis in den Himmel zu erstrecken schien. Der kalte Wind krallte sich in ihrer Bluse fest. Sie schlang die Arme um ihren Oberkörper, warf einen letzten Blick auf die in die weiche Dämmerung eintauchende Welt und machte sich widerwillig auf den Rückweg.

Das Haus empfing sie mit eisigem Schweigen. Es war wie eine verdorrte Hülle, aus dem das Leben gesogen worden war. Selbst Janus war nicht mehr da. Karla hätte gern den warmen Ton gestreichelt. Kraft von ihm empfangen.

Oder sie hätte gern die straffe Haut ihres Liebhabers gestreichelt.

Karla ging in die Diele und wählte Antons Handy an. Sie hörte, wie das Freizeichen ertönte. Rasch brach es ab, und die Mailbox sprang an.

Verzweifelt warf sie den Hörer auf die altmodische Gabel.

Ratlos lief sie in der Diele hin und her. Sie konnte doch nicht einfach abwarten, bis er wieder auftauchte – oder auch nicht. Sie musste etwas unternehmen.

Karla wickelte sich in ihren Mantel und verließ abermals das Haus. Inzwischen bedrückte bereits die Nacht das Land. Verzweifelt lief sie in Richtung des Windsborn, rief immer wieder nach Anton, doch nur der Wind antwortete ihr. Als sie vor dem Kratersee stand, wusste sie, was sie befürchtete. Sie lief um den See herum, den Blick starr auf das Wasser gerichtet, das glatt wie Glas war.

»Anton! Anton!«

Hier unten in der Kratermulde antwortete ihr nicht einmal mehr der Wind, den sie nur hoch über sich im sterbenden Laub wispern hörte. Unter dem silbernen Mond lief sie umher, bis sie vollkommen erschöpft war. Sie lehnte sich an eine der bizarren Lavaformationen und rang nach Luft. Dabei schossen ihr die Bilder dieses Tages durch den Kopf.

Der Fremde, wie er im Hinterzimmer ihres Ladens langsam und zärtlich in sie eindrang.

Antons hysterischer Anruf.

Die auf sie zuschießende Leitplanke.

Der Fremde, der ihr geholfen hatte und ihr dabei unendlich fern geblieben war.

Der tote Max mit dem wachsbleichen Gesicht, der Zinksarg, die Polizisten.

Anton, der sie geschlagen hatte und danach weggelaufen war.

Ekstase, Verzweiflung, Gewalt, Trauer, Tod. Liebe. Alles zusammen, alles gleichzeitig an diesem Tag der zwei Gesichter.

Wie sehr sie sich wünschte, der Fremde würde nun aus der Schwärze des Waldes kommen, sie in den Arm nehmen und trösten.

In einiger Entfernung rechts von ihr raschelte etwas. Sie fuhr zusammen und schaute angestrengt in die Richtung, aus der das Geräusch gekommen war. Dort glaubte sie einen menschlichen Umriss zu erkennen.

»Bist du das?«, flüsterte sie und wusste nicht, wen sie damit meinte. Der Schemen bewegte sich einige Meter, dann erstarrte er. War das überhaupt ein Mensch? Ein fauliger Wind hauchte sie an. Er brachte einen Gestank wie aus geöffneten Gräbern mit. »Wer ... wer ist da?«, fragte sie mit zitternder Stimme. Sie erhielt keine Antwort. Lauschte angestrengt. Das Rascheln kam näher, der Schemen allerdings nicht. Karla stieß sich von dem Lavablock ab, gegen den sie sich gelehnt hatte, und lief den Berg so schnell hinunter, wie es die Dunkelheit und das ungewisse Mondlicht zuließen. Auf halbem Weg blieb sie stehen und schaute sich um.

Der Schemen befand sich noch immer in derselben Entfernung von ihr wie vorhin, doch das Rascheln war nicht mehr zu hören. Ihr war, als würde von der nur undeutlich wahrnehmbaren Gestalt eine beinahe körperliche Schwärze ausgehen, einem Pestatem gleich, der das Mondlicht verfinsterte wie Tinte, die in klares Wasser geschüttet wird. Auch der faulige Gestank war noch wahrnehmbar, obwohl er erheblich schwächer geworden war.

Karla lief weiter und kam endlich am Fuß des Berges an, wo der Weg neben der Straße nach Bettenfeld begann. Immer wieder warf sie einen Blick hinter sich, und erst als sie schon beinahe den Ort und ihr Haus erreicht hatte, war der Schemen verschwunden; er war wie ausgelöscht, und der Mond glänzte wieder mit ganzer Kraft. Die Luft war rein und klar.

Rasch huschte sie durch den Toreingang in den Hof, drückte die unverschlossene Haustür auf und hoffte inständig, dass Anton inzwischen zurückgekehrt war.

Sie rief ihn, schaute überall nach, auch in Maximilians aufgebrochenem Zimmer mit den Postern von Ruinen und Fledermäusen und den seltsamen Büchern, doch ihr Mann war nirgendwo. Sie fühlte sich, als hätte sich die Welt an diesem Abend geweitet, als wären alle Begrenzungen von ihr gewichen, sodass sie schutzlos und allein dastand und nirgendwo mehr Halt fand. Sie sehnte sich so nach Anton.

Doch mehr noch sehnte sie sich nach dem Fremden.

Sie zögerte eine Weile, dann rief sie die Polizei an, meldete Anton als vermisst und ließ ihn zur Fahndung ausschreiben.

Gerade als sie das Gespräch mit dem Beamten beendet hatte, klopfte es zaghaft an der Haustür.

15. Kapitel

Die Nacht im Wald war entsetzlich gewesen. Er hatte im Unterholz gehockt, sich gegen den glatten Stamm einer Buche gedrückt und versucht, immer tiefer in sein zu dünnes Cordjackett zu kriechen, doch die Kälte hatte ihn rasch durchdrungen, sich um ihn gelegt, war bis in sein Innerstes geschlichen und nicht mehr von ihm gewichen.

Erst als es hell wurde, traute er sich aufzustehen und langsam zurück zur Heidsmühle zu gehen. Am liebsten hätte er in dem Restaurant gefragt, ob er sich rasch waschen durfte, doch er wollte kein Aufsehen erregen. Er wollte niemanden mehr sehen, nicht in so großer Nähe seines Heimatorts. Er wollte nur noch fliehen, vor allem davonlaufen. Also lief er an der hübschen Fassade der Heidsmühle vorbei, stieg die Asphaltstraße dahinter hoch, kam abermals an der Eifelklinik vorbei, beschleunigte seine Schritte, bis er oben im Dorf war. Niemand hatte ihn aufgehalten.

In Manderscheid war kaum jemand auf der Straße. Nur ein älterer Wanderer mit Bundhose, kariertem Hemd unter dem halb geschlossenen Blouson und einem Spazierstock mit vielen kleinen aufgenagelten Blechschildern sah ihn erstaunt an. Er spitzte den verkniffenen Mund, als wolle er Anton anspucken, doch dann wechselte der Wanderer die Straßenseite, während er heftig den Kopf schüttelte. Anton schien keinen guten Eindruck auf ihn zu machen.

Zehn Minuten später kam der Bus nach Trier. Anton kaufte sich eine Fahrkarte und setzte sich in die hinterste Reihe. Der Bus rumpelte am Ceresplatz vorbei, bog am Maarmuseum in die Wittlicher Straße ein und beschleunigte, nachdem er die letzten Häuser des Orts hinter sich gelassen hatte.

Anton spürte, wie er mit jedem Meter, den er hinter sich brachte, freier atmen konnte. Er schaute aus dem Fenster, sah rechts von sich den Mosenberg und den Windsborn aufragen, sah seinen Sohn vor sich, irgendwo dort unten in der Wolfsschlucht, sah ihn und Karla und sich selbst, wie sie Anbetenden gleich in der Abenddämmerung um Janus gestanden hatten. Der Gedanke an Maximilian trieb ihm wieder die Tränen in die Augen.

Der Bus schraubte sich die Serpentinen hinunter ins Tal der kleinen Kyll. Dort hinten, etwa einen Kilometer am Flüsschen entlang, zweigte die Wolfsschlucht mit ihren grotesken Lavasäulen ab. Er war froh, als das steile, zerklüftete und dunkle Tal hinter ihm wegsank und der Bus allmählich an Höhe gewann. Bald befanden sie sich wieder auf der Hochfläche in Richtung Großlittgen, und Antons Gedanken flogen wie die des Mäusebussards, der dort hinten einsam über den Feldern kreiste.

Antons Hand stahl sich in die Außentasche seines Jacketts und liebkoste den warmen Ton der Götterfigur. Das Gefühl fuhr ihm durch Mark und Bein und schenkte ihm einen gewissen Trost. Maximilian hatte diese Statuette ebenfalls geliebt; es war ein Band der Gemeinsamkeit zwischen ihnen. Mit Janus nahm Anton auch die Erinnerung an Maximilian mit.

In Großlittgen füllte sich der Bus mit Schülern, die sich lautstark unterhielten. Nun saß Anton nicht mehr allein in der letzten Reihe; er war eingekesselt von pickelgesichtigen Jungen und fülligen Mädchen und erhielt den einen oder anderen unbeabsichtigten Knuff. Er fürchtete um seinen römischen Gott, doch im Bus war nun kein anderer Sitz mehr frei. Die Fahrt wurde zur Tortur. Schützend hielt Anton die Hand um die Figur und machte sich so schmal wie möglich.

Der Gedanke, seinem Gott könnte etwas zustoßen, war schrecklich.

Anton atmete auf, als die Schüler in Wittlich ausstiegen. Er selbst fuhr weiter nach Wengerohr, wo sich der Bahnhof befand. Von dort wollte er den ersten Zug nehmen, egal wohin.

Als der Bus vor dem Bahnhof hielt, stand auf Gleis eins bereits ein Zug; er fuhr nach Trier. Anton stieg ein und suchte sich einen freien Platz. Schließlich wurde er fündig an einem Tisch neben einem kleinen Jungen, der seinem Vater gegenübersaß. Der Junge war kaum mehr als sechs oder sieben Jahre alt, dürr und schlaksig und erinnerte Anton an Maximilian. Widerwillig nahm er Platz. Bilder seines Sohnes schossen ihm durch den Kopf – Bilder von Maximilian, als er genauso alt gewesen war. Und Bilder von Petra. Bilder von ihrem Urlaub auf dem Bauernhof tief im Nordhessischen, wo Maximilian mit den Hühnern und Hunden herumgetollt war und wo er, Anton, sich so glücklich wie nie zuvor und wie nie mehr danach gefühlt hatte. Bilder von Petra, wie sie ihrem Sohn und ihrem Mann jene unendliche Liebe geschenkt hatte, die er nach ihrem Tod nicht mehr hatte erfahren dürfen – auch nicht mit Karla, bei der er immer wieder ein Gefühl der Ferne, der Abwesenheit und Unsicherheit empfand.

Jener Urlaub im Nordhessischen war der letzte gemeinsame gewesen.

Anton war so in seine Vergangenheit versunken, dass er es erst bemerkte, als es schon zu spät war.

Der Junge neben ihm schrie auf, sprang vom Sitz hoch, es machte ein splitterndes, berstendes Geräusch, und es durchfuhr Anton wie ein Blitz. Er schaute den Jungen an, schaute auf dessen ausgestreckte Hand, die rote Brandblasen aufwies, und auf den Vater gegenüber, der nun ebenfalls aufgesprungen war und einen ähnlichen Schrei wie sein Sohn ausstieß, nur um eine Tonlage tiefer.

»Papa, Papa, ich hab mich verbrannt!«

»Wie können Sie dem Jungen so etwas antun?«, schnauzte der Mann Anton an. Anton tastete in seinen Taschen herum. Es war so, wie er befürchtet hatte. Der Junge hatte ihm die Janus-Statue aus dem Jackett gezogen und sie fallen lassen. Nun lagen ihre Scherben auf dem Tisch und dem Boden verstreut.

»Ich habe gar nichts getan«, sagte Anton eisig kalt. »Aber Ihr Sohn hat eine unbezahlbare Antiquität zerstört. Das wird Ihnen noch leid tun.« Er war leer. Empfindungslos. Verendet.

»*Ihnen* wird es leid tun! Sie sind wohl so einer, der die Kinder lockt und sich dann an ihnen vergeht!« Der Mann beugte sich vor und packte Anton am Aufschlag seines Jacketts. Anton riss sich aus dem Griff des Vaters los und versetzte dabei dem Sohn unabsichtlich eine Ohrfeige.

»Mein Janus, mein Janus«, murmelte Anton und bückte sich, um die Scherben aufzuheben. Kurz darauf packte der Mann Anton am Hosengürtel und zerrte ihn unter dem Tisch hervor.

»Jetzt will er meinem Sohn auch noch an die Wäsche!«, kreischte der Vater und wollte gerade zuschlagen, da tauchte ein Schaffner auf. Er trennte die beiden, und jeder erzählte seine Version der Geschichte.

Schließlich erlaubte der Schaffner Anton, die restlichen Scherben einzusammeln; dann sollte er schnellstens den Wagen verlassen und sich anderswo einen Platz suchen. Ganz hinten, bei den Fahrrädern seien noch etliche Klappsitze frei.

Anton suchte abermals auf dem Boden nach den letzten Bruchstücken der römischen Gottheit. Aus, alles aus, dachte er dabei immer wieder. Auch das noch. Auch das letzte noch zerstört. Alles aus.

Da fiel sein Blick auf etwas Kristallartiges, eine kleine Kugel, die einen Sitz weitergerollt war. Sie konnte nicht zu der zerschmetterten Gottheit gehören, aber Anton griff trotzdem nach ihr und steckte sie zu den Bruchstücken in die Jacketttasche. Dann verließ er den Wagen und bahnte sich einen Weg durch den vollen Zug nach hinten zum Fahrradabteil.

Tatsächlich gab es hier noch Plätze. Mit einem Seufzer ließ sich Anton nieder, holte die Tonscherben aus der Tasche und erkannte sehr schnell, dass er Janus niemals würde reparieren können. Ein Vermögen war zerschmettert worden.

Dann richtete er den Blick auf den kleinen, fast kreisrunden Gegenstand, den er vom Boden aufgehoben hatte. Er hielt ihn sich dicht vor die Augen. Es war eine Art Kapsel, allerdings ohne sichtbaren Deckel, wie aus einem Stück gegossen. In ihr schwamm eine klare Flüssigkeit, und in dieser wiederum schwebte etwas Schwarzes, Verschrumpeltes. Als er die Kapsel, die aus Glas oder Bergkristall zu bestehen schien, umdrehte, stockte ihm der Atem.

Das Schwarze, Verschrumpelte hatte auf der anderen Seite einen weißen Fleck, in dem wiederum ein schwarzer Punkt steckte.

Ein Auge.

Und es sah ihn an.

16. Kapitel

Nachdem er in Trier ausgestiegen war, warf er die Tonscherben in den nächsten Abfalleimer. Janus war Vergangenheit, die Zukunft gehörte etwas anderem.

Diesem unerklärlichen Auge, das wie in Tränen inmitten der seltsamen Kapsel schwamm. Es steckte nun an Janus' Stelle in Antons Jackett, hatte diesen Platz völlig ausgefüllt, und es war, als hätte es Janus nie gegeben. Antons Gefühl der Leere nach der Vernichtung des Gottes war dem Bewusstsein gewichen, dass etwas von ihm weiterlebte, etwas völlig anderes und doch gleiches, eine Kraft, die nur noch stärker geworden war, nun, da sie sich befreit hatte.

Anton trat hinaus auf den Bahnhofsvorplatz, der wie ausgestorben dalag. Ein einsamer schwarzer Wagen mit verdunkelten Fenstern fuhr vorbei, verschwand in einer fernen Straße und schien die Finsternis, die er ausgestrahlt hatte, zurückgelassen zu haben. Es war ein trüber Tag; der Himmel hing tief, und obwohl es schon gegen Mittag ging, schienen noch Fetzen der Nacht zwischen den Häusern und hinter den Wolken zu stecken.

Als Anton vorhin im Zug versucht hatte, die Scherben zusammenzusetzen, war ihm dabei im klobigen Fuß der Statue ein Hohlraum aufgefallen, dessen Größe mit der seltsamen Kapsel übereinstimmte. Also hatte sie tatsächlich die ganze Zeit über in der Figur gesteckt. Immer wieder hatte er auf der Fahrt das Auge, wie er es nun für sich nannte, angestarrt. Und immer wieder schien es ihm, als starre es zurück.

Verwirrt stand er lange Zeit auf dem Vorplatz und schaute den treibenden Wolken nach, dann endlich machte er sich auf ins Zentrum der Stadt. Er ging wie ein Schlafwandler, schlich die dunklen Bürgersteige entlang, überquerte die dunklen Straßen. Es war noch Tag, Mittag, und keine Straßenlaterne brannte. Trotzdem war ihm, als würde er durch die Dämmerung laufen. Nein, nicht durch die Dämmerung – in die Dämmerung hinein. In die Finsternis hinein. Tiefer hinein mit jedem Schritt. Mit jedem Schritt durch die Fußgängerzone der Simeonstraße, am Dreikönigenhaus vorbei, zum Marktplatz, dahinter nach links in die Brotstraße, vor der Palastaula in die Weberbach, wie er den Weg kannte, zur Stadtbibliothek. Ein Waten durch Finsternis war es, und sie quoll nicht nur aus den Häusern, troff von den tiefen Wolken herab und stieg aus den Ritzen der Straßenpflasterung auf, nein, sie flutete auch aus den verzerrten Mündern der Menschen, aus den bösen Augen, aus den geblähten Nüstern, aus allen Poren der grimmigen Gesichter.

Weggewischt war die Trauer um Janus, nur die Trauer um Maximilian drang immer wieder an die Oberfläche von Antons Bewusstsein. Alles andere war verwischt; lediglich sein Ziel stand ihm deutlich vor dem inneren Auge.

Wissen.

Wissen, was geschehen war. Wissen, was geschah und was geschehen würde.

Janus, der wunderbare, Trost spendende, beruhigende, reich machende Janus war nichts anderes als eine Hülle gewesen, das wusste er nun. Seine Hand umspielte unablässig die kleine Kapsel mit der Flüssigkeit und dem Auge darin. Die Berührung schenkte ihm Trost, Beruhigung, machte ihn gelassen, betäubte ihn. Auf was war er da gestoßen? Er musste es wissen.

Wissen.

Was da zwischen seinen langen, schmalen Fingern im Innern der Tasche des Cordjacketts spielte, war die Essenz des Janus, war der Kern der Verheißungen, und die Tonfigur war nur die Umhüllung, das Behältnis gewesen. Die Sicherung? Ja, es war nun intensiver, strahlender, drängender. Dunkler. Doch es war weiterhin unterdrückte Kraft. Kraft, deren Potenzial noch lange nicht ausgeschöpft war. Sie drang bis in Antons Denken und trieb ihn voran. Befahl ihm jeden seiner Schritte.

Wissen. Stärker als alles andere. Stärker gar als die Trauer.

Er erinnerte sich daran, wie er über die Janus-Statue ein wenig nachgeforscht hatte. Und dabei war er im *Gründlichen Mythologischen Lexicon* von Hederich auf eine seltsame Stelle gestoßen, die er damals für nicht besonders wichtig erachtet hatte. Doch nun hatte sich die Lage vollkommen verändert. Vielleicht ergab sich daraus eine Spur. Er musste die betreffende Stelle noch einmal einsehen.

Wissen lenkte ab. Von jeder Trauer.

Er betrat die Stadtbibliothek, ging zielstrebig auf das Regal mit den mythologischen und historischen Nachschlagewerken zu und nahm den Hederich zur Hand. Damit setzte er sich an einen der Tische und suchte nach dem Stichwort *Janus*.

Er musste die Augen zusammenkneifen; das Licht hier im Lesesaal war unerhört schlecht. Verwundert schaute er hoch. Es war, als hätte jemand die Beleuchtung gedämpft. Vielleicht die Gestalt dort hinten am Lichtschalter? Es war ein großer, schlanker Mann, den Anton nicht allzu deutlich erkennen konnte. Er hatte sich wie eine Sonnenblume dem Schalter zugedreht und schien ihn mit beiden Händen zu umfassen. Tatsächlich wurde das Licht nun noch etwas schwächer.

Anton sprang auf und lief unter den erstaunten Blicken der wenigen Anwesenden hinüber zu dem Mann. Als er ihn erreicht hatte, löste dieser sich auf. War nie da gewesen. Es war eine kleine Leiter, die gegen die Wand lehnte und den Lichtschalter nicht einmal berührte. Verwirrt schüttelte Anton den Kopf und ging zurück an seinen Platz. Er spürte die Blicke der anderen im Rücken.

Er musste sich tief über das aufgeschlagene Buch bücken, bis er die Passage entziffern konnte.

Doch wird auch von solchen berichtet, welche ein lachend und ein grimmig Gesichte tragen; ein schrecklich Geheimniß soll in ihnen schlummern.

Mart. Delrio Disqu. Mag. L. I Cap. IV Qu. IV De Malo.

Anton schlug das Lexikon zu. Allerdings hatte ein Geheimnis in Janus geschlummert! Ob es diese Kapsel gewesen war, die der alte Benjamin Hederich mit seiner kryptischen Bemerkung gemeint hatte? Er schrieb jedoch von mehreren anderen Statuen. Gab es noch weitere solcher Kapseln? Was bedeuteten sie? Er musste unbedingt herausfinden, auf welches Buch sich der Verweis bezog.

Anton stellte den Hederich zurück ins Regal und begab sich zu dem Katalog der alten Drucke. Das Lexikon von Hederich war 1770 erschienen, also musste jener Delrio ein mindestens gleichaltriger Autor sein.

Schnell war er gefunden. Die Stadtbibliothek besaß gleich mehrere Exemplare der *Disquisitionum Magicarum libri sex* von Martin Anton Delrio. Irgendwie freute sich Anton über die Gleichheit des Vornamens. Er war sicher, dass das ein Zeichen war und er sich auf dem richtigen Weg befand.

Rasch füllte er einen Leihschein aus und gab ihn ab. Man versicherte ihm, dass es nur eine oder zwei Stunden dauern würde, bis er das Buch einsehen konnte.

Anton vertrieb sich die Zeit mit einem kleinen Spaziergang, der ihn am Rheinischen Landesmuseum hinter der

Bibliothek vorbeiführte. Besaß es vielleicht auch eine Janus-Darstellung? Bei seinem letzten Recherche-Besuch in Trier war er gar nicht auf den Gedanken gekommen, dem Museum einen Besuch abzustatten. Er kaufte eine Eintrittskarte und fragte an der Kasse, ob man in diesem Museum auch Statuen des Janus besichtigen könne.

Die Kassiererin, eine freundliche, blonde, etwas stark geschminkte Dame in den Fünfzigern, verwies ihn an einen Wärter, der gerade von der Toilette kam. Dieser führte Anton durch das Gebäude, das ihm diesmal mehr denn je wie ein Labyrinth vorkam, und zeigte ihm schließlich eine Vitrine, in der tatsächlich ein doppelgesichtiger Janus stand, doch er war völlig anders als der, den Anton besessen hatte. Dieser hier hatte zwar ebenfalls einen Stab in der einen und einen Schlüssel in der anderen Hand, trug aber zwei ernste, gleichförmige Gesichter, und seine Beine waren deutlich modelliert. Nichts konnte sich darin verbergen. Nicht so etwas wie das, worum Anton gerade seine Finger geschlossen hatte. Nach Auskunft des Wärters war dies die einzige Janusstatue im Besitz des Museums; soweit er wusste, gab es auch in den Depots keine andere Darstellung mehr.

Anton dankte ihm und blieb noch ein wenig vor der Figur stehen, während sich der Wärter entfernte. Er fuhr mit den zarten, langen Fingern seiner linken Hand über das Glas der Vitrine, doch er spürte nichts. Zumindest nicht das, was seine andere Hand fühlte.

Aus den Augenwinkeln sah er etwas rechts neben sich vorbeihuschen. Er wirbelte herum. War es ein Museumsbesucher gewesen? Er war in einem Durchgang verschwunden, hinter dem Finsternis lagerte. Anton näherte sich dem Durchgang. Er schien in einen unbeleuchteten Raum zu führen. Tief in seinem Inneren blitzte etwas auf, schwebte in der Luft. Wie ein Stern. In einem unendlich tiefen Raum. Vorsichtig machte Anton einen Schritt in die Dunkelheit hinein.

Vor sich hörte er unterdrücktes Atmen. Er erstarrte. Das Atmen war deutlich zu vernehmen; es klang, als käme es von einem lauernden Tier. Es dauerte lange, bis er sich wieder regen und umdrehen konnte. Ohne es zu merken, musste er weit in den Raum hineingegangen sein, denn der Ausgang war ein ferner Lichtfleck, der in der Schwärze zu schweben schien. Anton schritt darauf zu. Der Lichtfleck kam nicht näher. Neben sich, rechts und links, hörte er weiteres Atmen. Lauerndes, gieriges Atmen. Seine Schritte wurden schneller, nun rannte er auf den Ausgang zu. Das Atmen folgte ihm. Holte auf. Da schoss ihm die Tür entgegen, als hätte er plötzlich mit nur wenigen Schritten Hunderte von Metern zurückgelegt. Er taumelte, als er wieder ins Helle kam, und schloss die Augen. Dann drehte er sich vorsichtig um und öffnete sie erneut. Der Durchgang war noch da, auch die Schwärze dahinter, aber es glomm nichts mehr in ihr. Anton hielt den Atem an und lauschte. Schweigen hauchte ihn an. Schweigen und Kälte. Er erschauerte und ging zur Treppe.

Es dauerte eine Weile, bis er den Ausgang wiedergefunden hatte. Er war treppauf, treppab gelaufen, durch Korridore mit schmalen Vitrinen an den Wänden, durch Hallen mit monströsen Grabsteinen und Friesfragmenten, vorbei an kleinen Altären, an Darstellungen fremdartiger Gottheiten und Heroen, bis er endlich in der Ferne eine Treppe hinunter in die Eingangshalle gefunden hatte. Draußen hatte die Dämmerung eingesetzt, und die Straßenlaternen leuchteten schon. Er musste sich beeilen, wenn er noch einen Blick in das Buch des Martin Anton Delrio werfen wollte. Anton hastete durch den kleinen Barockgarten vor dem Museum, bog um das Gebäude der Stadtbibliothek herum, rannte unter den verdutzten Blicken des Pförtners nach drinnen und lief zum Ausgabeschalter.

Der Delrio wartete schon auf ihn.

Anton nahm den Folianten mit zu einem freien Tisch in einer Ecke des Lesesaals, die ihm die hellste zu sein schien, und schlug den alten Pergamentband auf. Eine kleine Staubwolke quoll daraus hervor. Die Angabe des alten Hederich – *Liber I, Caput IV, Quaestio IV* – führte Anton zu einem Kapitel über Amulette und Talismane. Weiter hinten in diesem Kapitel, unter dem Abschnitt *De Malo,* also über das Böse, fand er einen Absatz, in dem das Wort *Ianus* sofort seine Aufmerksamkeit fesselte:

Apud Romanos Ianus autem multo modo effingiebatur, sive cum vultus similios sive dissimilios. Statuam videbam habens vultum malum extremum in fronte et vultum ridens a tergo. Explicabatur mihi amuletum contra malum esse quia essentiam mali continens sed non plenum esse quia secundum amuletum in existentiam esset similliaritem primum. Dividebantur ante annos innumerabiles nam coniunctionis statuarum malum coniurandum possit, quid potestas maxima in terra et in locis infernis esset.

Vide Mysterium Arcanum *cap.* De Iano Romano et de regimentum malum.

Es dauerte eine Weile, bis Anton den Text mit Hilfe eines großen Wörterbuchs übersetzt hatte:

Bei den Römern wurde Janus auf verschiedene Weise dargestellt, entweder mit gleichen oder mit ungleichen Gesichtern. Ich habe selbst eine Statue gesehen, die ein außerordentlich böses Gesicht vorn und ein lachendes Gesicht hinten trägt. Es wurde mir erklärt, dass dies ein Amulett gegen das Böse sei, weil es die Essenz des Bösen enthalte, doch es sei nicht vollständig, da ein zweites Amulett gleich dem ersten existiere. Sie wurden vor unzähligen Jahren getrennt, denn durch die Verbindung beider Statuen kann das Böse beschworen werden, welches die größte Macht ist auf der Erde und in der Hölle. Siehe im Mysterium Arcanum *das Kapitel* Über den römischen Janus und das Regiment des Bösen.

Nachdenklich klappte Anton das Buch zu. Ob Delrio tatsächlich die Statue meinte, die Anton besessen hatte? Die Beschreibung stimmte überein. Allerdings erwähnte er die Kapsel mit keinem Wort. Und er sprach von einer zweiten Statue.

Ein Auge. Ein zweites Auge. War es wirklich ein Auge? Anton war versucht, die Kapsel aus der Jackentasche zu ziehen, doch er wollte nicht, dass jemand sie sah. Vielleicht gab es weitere Hinweise in diesem *Mysterium Arcanum*. Sofort schaute Anton im Titelkatalog nach, doch diesmal hatte er kein Glück. Dieses Buch war nicht verzeichnet. Er brachte den Delrio zur Ausgabetheke zurück und machte sich daran, die Kataloge im Lesesaal nach dem *Mysterium Arcanum* abzusuchen. Er fand einen Eintrag in einem der unzähligen Foliobände des amerikanischen National Union Catalogue, der aus den fotokopierten Karteikarten aller wesentlichen amerikanischen Bibliotheken bestand und dem zufolge sich ein Exemplar in der Cornell University Library befand. Der Eintrag lautete:

Mysterium Arcanum, seu de daemonibus rite evocandis cum quibusdam aliis secretis abditissimis, Romae sine permissu superiorum. iv, 172 pp. Jemand hatte an den Rand dieser Karteikarte *Missing* geschrieben. Mehr war über das Buch nicht zu erfahren.

Am Ausgabeschalter fragte er nach, wie lange eine Fernleihe aus Amerika dauern würde, und man bereitete ihn schonend darauf vor, es könnten viele Monate vergehen, bevor man überhaupt Antwort bekomme. Außerdem würde es nicht in jedem Fall erlaubt, eine Kopie des gewünschten

Werkes herauszugeben. Der Hinweis *Missing* deute ferner darauf hin, dass dieses Buch abhanden gekommen sei. Und leider schließe man in fünf Minuten; es sei besser, wenn er morgen wieder herkomme, dann könne man ihm detailliertere Ratschläge geben.

Entmutigt nickte Anton und sah nachdenklich in den Lesesaal hinein. Er war der Letzte hier; alle anderen waren schon gegangen. Nein, nicht alle. Dort hinten stand jemand in den Schatten der letzten Regale bei den mythologischen Nachschlagewerken. Schon erloschen die ersten Deckenlampen. Die Frau am Ausgabeschalter sah ihn freundlich, aber bestimmt an und deutete in Richtung der Tür. Anton ging auf sie zu, und kurz bevor er sie erreicht hatte, warf er einen Blick über die Schulter zurück.

In der nun herrschenden Finsternis des Lesesaals klebte ein tintenschwarzer Fleck ganz am hinteren Ende, dort, wo er vorhin den Mann stehen zu sehen geglaubt hatte. Der Fleck vergrößerte sich. Die Frau an der Ausleihtheke schien ihn nicht zu bemerken. Schon wollte Anton sie darauf ansprechen, doch sie schloss bereits den Schalter. Er drückte die Tür auf, schritt durch das Foyer und verließ das Gebäude.

Und tauchte ein in Düsternis. Die Straßenlaternen vermochten es kaum, die Nacht zu erhellen. Ihr weißes Licht tropfte an den metallenen Pfählen herunter und sammelte sich in Tümpeln auf dem Asphalt. Die Autos schienen abgedunkelt zu fahren und die Fenster in den Häusern blind zu sein.

Die Schwärze hier draußen rief wieder die Schwärze in seinem Inneren zurück. Den Tod seines Sohnes, den er in der Bibliothek für kurze Zeit hatte verdrängen können. Und der doch immer gegenwärtig war.

Jemand trat aus dem Schatten neben einer Laterne in der Nähe des Eingangs. Anton blieb stehen. Es war ein Mensch.

Was sonst, dachte er halb belustigt, halb entsetzt. Doch dieser Mensch hatte einen Auswuchs am Kopf. Ein zweiter Mensch wurde sichtbar. Auch er schien eine schreckliche Deformation zu haben. Sie kamen auf ihn zu. Er konnte sich kaum rühren, seine Beine gehorchten ihm nicht mehr. Nur seine rechte Hand umspielte noch die Kapsel.

»Anton Wierich?«, fragte der eine.

»Aus Bettenfeld in der Eifel?«, fragte der andere.

Anton konnte nicht einmal nicken. Jetzt erkannte er die Natur der Auswüchse. Er musste lächeln. Sie waren nichts anderes als Polizistenmützen.

»Bitte kommen Sie mit uns«, sagte der eine.

»Wir bringen Sie dorthin, wo Sie hingehören«, sagte der andere.

17. Kapitel

Zuerst hatte sie geglaubt, sie habe sich verhört. Doch als es noch einmal klopfte, rannte Karla zur Haustür. War das Anton? Er hätte gewusst, dass die Tür offen war. Außerdem besaß er einen Schlüssel. Karla riss die schwere, alte Eichentür auf.

Vor ihr, eingehüllt in den Samtumhang der Nacht, stand der Fremde.

Sie wollte ihren Augen nicht trauen. Da war er, ganz nah, und doch drückte etwas in seiner Haltung Abwehr und Ferne aus. Er lächelte sie traurig an; um seine Mundwinkel und Augen hatten sich winzige Fältchen gebildet. Eine Weile waren sie beide erstarrt, waren wie Statuen, deren Unbelebtheit es ihnen verbot, zueinander zu kommen. Dann endlich machte Karla einen Schritt beiseite und nickte kaum merklich. Der Fremde trat ein. Langsam schloss Karla die Tür hinter ihm.

In der Diele standen sie sich gegenüber wie vorhin an der Tür. Diesmal war es der Fremde, der das Schweigen brach.

»Ich habe Ihren Wagen abschleppen lassen.« Er nannte ihr die Werkstatt in Wittlich, mit der sie sich in Verbindung setzen sollte. Dann fuhr er fort: »In Daun habe ich gehört, was passiert ist. Es ist einfach schrecklich. Ich wollte bei Ihnen sein und Sie zu trösten versuchen.« Zögerlich streckte er die Arme aus. Karla erwachte aus ihrem Traum der Starre und flog in seine Umarmung. Sie hielten einander fest, als müssten sie den anderen vor dem Sturz in einen bodenlosen Abgrund bewahren. Und tatsächlich hatte Karla das Gefühl, als existiere der Boden unter ihren Füßen nicht mehr.

Sie wusste nicht, wie lange sie so in der Diele gestanden hatten. In ihrer Nähe, ihrer Körperlichkeit waren keine Begierde, keine wilde Lust, nur Trost, Verständnis und Geborgenheit. Schließlich machte sich Karla von dem Mann los und sah ihn an. »Wer bist du?«, fragte sie leise.

Seine hellgrünen Augen schienen sie in sich hineinzusaugen. »Ist das wichtig?«

»Willst du mir nicht wenigstens deinen Namen nennen?«

»Meinen Namen? Er ist genauso unwichtig wie alles andere an mir. Wichtig ist nur, dass ich dir Halt geben kann.«

»Hast du das schon oft gemacht?«

»Was?«

»In einen Laden gehen und eine Frau nehmen?«

Er musste grinsen. »Noch nie. Ich habe mich selbst nicht wiedererkannt. Weißt du, ich werde mir immer fremder.«

»Komm.« Sie führte ihn ins Wohnzimmer und setzte sich auf das Sofa. Der Mann nahm neben ihr Platz. Sie versuchte von ihm fortzurücken, doch ein Teil von ihr schrie nach ihm. Ein großer Teil.

So muss es sein, wenn ein geschundener Körper nach seiner Droge schreit, dachte sie. »Warum hast du dich so unnahbar verhalten, als du mich nach Daun mitgenommen hast?«

»Ich ... es war ein so großer Aufruhr in mir. Ich dachte ... ich dachte, wenn ich nichts sage und so tue, als würde ich dich nicht kennen, dann könnte das, was wir heute Morgen zusammen hatten, einfach so stehen bleiben – eine Tollheit, nichts weiter. Ein Traum.«

»Das hätte dir gereicht?« Sie spürte, wie Enttäuschung in sie einsickerte.

»Als ich dich in Daun abgesetzt hatte, bin ich dir nachgeschlichen. Ich konnte es einfach nicht in das Reich des Traumes bannen. So habe ich von dem schrecklichen Unfall erfahren.«

Sie sah ihn an und spürte, wie ihr Innerstes in die Seen seiner Augen springen wollte. »Mein Mann ... er kann jeden Augenblick zurückkommen ...«

»Das glaube ich nicht.«

Karla versteifte sich. »Warum nicht? Hast du ihn gesehen?« Die Verbindung zwischen ihm und ihr war plötzlich abgerissen.

»Ja. Vorhin, als er aus dem Haus gelaufen ist. Ich beobachte dein Haus schon eine ganze Weile.«

»Was macht dich so sicher, dass er nicht jetzt gerade vor der Tür steht und sie im nächsten Augenblick aufstoßen wird?«

Der Fremde schüttelte den Kopf. »Nicht heute Nacht. Ich habe seine Augen gesehen. Ich habe die Verzweiflung und das Verlangen darin gesehen.«

»Das Verlangen?«

»Das Verlangen, vor sich selbst wegzulaufen.« Er streckte die Hand nach ihr aus und berührte sie an der Schulter. Sie zuckte zusammen, als hätte ein Stromschlag sie getroffen. Er zog die Hand wieder fort. »Ich werde dich in dieser Nacht nicht allein lassen«, sagte er sanft und sah sie an. Seine Blicke waren wie Tentakel, die sich um ihren Kopf wanden, in ihre Augen bohrten und ihr Hirn durchstießen.

Sie seufzte auf. Die Bilder von Anton, die Erinnerungen an ihn schmolzen zu einem schäbigen Klumpen zusammen, und irgendwo innerhalb dieses Klumpens schwelte ein altes Bild von Max. Es wollte einfach nicht vollständig verbrennen.

Wortlos stand sie auf und ging nach oben ins Schlafzimmer. Sie hörte, wie er ihr folgte. Wie eine Schlafwandlerin zog sie sich aus, stand da gleich einem Automaten, bereit zum Funktionieren, aber ohne das geringste Gefühl. Sie fragte sich, warum sie sich ihm auf diese Weise darbot.

Er hatte es offenbar bemerkt. Zwar entkleidete er sich ebenfalls, doch dann legte er sie auf das Bett, streckte sich neben ihr aus und nahm sie in den Arm. Er streichelte sie; sie verspürte Trost.

Nicht denken, befahl sie sich. Bloß nicht über diesen Tag nachdenken. Und nicht über das, was du da gerade tust.

Doch es half nicht. Seine Berührungen schenkten ihr kein Vergessen. Obwohl sie es eigentlich nicht wollte, streckte sie die Hand aus und tastete sich bis zu seinen Lenden vor. Wie eine Süchtige, dachte sie entsetzt. Du willst es nicht, aber es muss sein.

Sie spürte, dass er inzwischen erregt war. Sie legte sich auf den Rücken und zog ihn über sich. Als er zärtlich und beinahe federleicht in sie eindrang, stob die Asche davon, zu der Antons Bilder geworden waren. Nur das von Max lag noch immer schwelend in der Glut. Erst bei ihrem Höhepunkt wurde es ganz schwarz und verwehte im Herbstwind.

»Mehr! Mehr!«

Er war ein phantastischer Liebhaber. Er wurde nie müde, er hatte unerschöpfliche Kraft. Keinen Zoll ihres Körpers ließ er unerforscht, ungeküsst, unerobert. Noch nie war sie so befriedigt, so geliebt worden. Als sie einschlief, war der Morgen bereits nicht mehr fern.

* * *

Eigentlich hatte sie erwartet, dass es nur ein Traum gewesen war. Als Karla beim ersten, trüben Tageslicht erwachte, war das Bett neben ihr leer. Das Laken war so glatt, als hätte die ganze Nacht über niemand darauf gelegen. Auf keinen Fall sah es so aus, als sei hier eine Orgie der Lust gefeiert worden.

Doch auf dem glatt geschüttelten Kopfkissen lag eine beinahe schwarze Rose.

Verdutzt nahm Karla sie auf und roch an ihr. Eine frische Rose in dieser Jahreszeit? Sie duftete nach fernem Frühling – doch auch nach etwas Herbem, Kräftigem. Nach *seinem* Aftershave.

Karla verließ das Bett und sah im ganzen Haus nach. Er war nirgendwo. Hatte ihr nichts hinterlassen. Nichts außer dieser Rose. Sie stellte sie in einer kleinen Vase auf ihr Nachtschränkchen.

Als Karla sich in der Küche einen Kaffee kochte, kehrten die Erinnerungen an den vergangenen Tag zurück. Das Bild von Anton. Seine Verzweiflung am Zinksarg seines Sohnes. Seine Gewalttätigkeit gegenüber Karla. Seine Flucht. Maximilians friedvolles Gesicht.

Sie bemerkte, dass sie noch nackt war, und mit einem Schlag spürte sie, wie verletzlich sie war. Sie schlang die Arme um ihren Leib, huschte hoch ins Schlafzimmer und wickelte sich in ihren Morgenmantel. Als sie wieder hinunter in die Küche ging, fühlte sie sich etwas besser.

Mit hastigen Schlucken trank sie den heißen, schwarzen Kaffee und hielt sich an der Tasse fest, die ihr die einzige Wärmequelle in diesem Haus – in diesem Leben – zu sein schien. Anton war nicht zurückgekommen, wie der Fremde vorhergesagt hatte. Noch immer kannte sie nicht einmal seinen Namen. Er war wie ein Phantom – fast wie ihre eigene, dunkle, komplementäre Seite.

Heute öffnete sie ihren Laden nicht. Karla blieb zu Hause und wartete. Auf Anton? Wo mochte er die Nacht verbracht haben? Sie versuchte noch einmal, sein Handy anzurufen, doch wieder bekam sie keinen Anschluss. Sie hatte es auch nicht erwartet.

Oder wartete sie auf den Fremden? Er war so zärtlich gewesen, so unendlich behutsam und doch so kraftvoll und bestimmend. Sie gierte nach ihm. Nein, nicht nach ihm, sondern nach seinen Händen. Nach seiner Fähigkeit, ihr Vergessen zu bringen und sie in Lust unterzutauchen.

Du hast es wieder gewollt. Bist du das noch?

Sie saß auf dem Sofa – dort, wo sie gestern Abend mit dem Fremden gesessen hatte. Hier war sein Duft nicht mehr zu spüren. Ausgelöscht. Getilgt. Auch Anton schien nie hier gelebt zu haben. Genauso wenig wie Max. Und wie Pünktchen. Nur sie allein war noch da. Und auch sie hatte nie gelebt.

Den ganzen Tag wartete sie auf einen Anruf, einen Besuch. Nichts. Niemand. Karla rief die Werkstatt in Wittlich an und erkundigte sich nach ihrem Wagen; man sagte ihr, es werde noch mindestens zwei Wochen dauern, bis er repariert sei. Verzweifelt legte sie auf. Wie sollte sie währenddessen zu ihrem Geschäft nach Wittlich kommen? Die Busverbindungen von Bettenfeld aus waren ziemlich schlecht. Sie fühlte sich gefangen.

Sie vergaß, zu Mittag zu essen, trieb umher im Schweigen des Hauses, trieb umher mit dem Wind vor den Fensterläden, fegte im Tagtraum durch die Wälder, die allmählich zum Skelett wurden, flog hinaus in die Ferne, die es nicht gab.

Als die Dämmerung einsetzte, bemerkte sie es nicht. Erst als sie ein Klopfen an der Haustür hörte, schreckte sie aus ihren Gedanken hoch und erkannte die Dunkelheit. Sie hatte sich immer noch nicht angekleidet, war immer noch nackt unter ihrem Morgenmantel. Sie stand auf, zog den Gürtel enger und den Kragen ein wenig zusammen und ging mit den sicheren Schritten einer Blinden zur Haustür.

Zuerst begriff sie nicht, was sie sah.

Es war nicht der Fremde, den sie eigentlich erwartet hatte.

Es waren gleich zwei Fremde, deren Schatten vor ihr aus dem Boden wuchsen. Sie schienen Uniform zu tragen. Hinter ihnen befanden sich zwei weitere Umrisse, noch unwirklicher als die beiden ersten. Unwillkürlich trat Karla einen Schritt beiseite, und die Fremden drangen in das Haus ein. Schweigend versammelten sie sich in der Diele. Das Deckenlicht flammte auf. Karla rieb sich die Augen und schloss sie. Als sie sie wieder öffnete, war das Licht immer noch so grell, dass sie kaum etwas erkennen konnte. Sie blinzelte und versuchte den Schleier vor ihren Augen zu vertreiben. Endlich wurde das Bild deutlicher.

Zwei Polizisten standen vor ihr, dahinter zwei weitere Männer. Der eine war jener Kommissar, der gestern mit Anton und ihr an Maximilians Sarg gesprochen hatte. Den vierten Mann konnte sie immer noch nicht klar erkennen. Es war, als befände er sich inmitten eines schwarzen Wirbels. Als trüge er seine eigene Dämmerung in sich. Es dauerte lange, bis sie begriff, wer er war.

Es war Anton. Er starrte sie an, als sähe er sie zum ersten Mal. Erst jetzt wurde ihr bewusst, dass ihr Morgenmantel verrutscht war und einen Teil ihres Busens preisgab. Mit einer fahrigen Bewegung zog sie den Stoff über ihren Brüsten zusammen.

Bisher hatte niemand ein Wort gesagt.

Es ist nicht nötig, dachte sie. Alle Worte wurden schon gesagt. Es gibt keine Worte mehr.

Die fünf Personen standen in der grell durchlichteten Diele wie eine zufällige Ansammlung von Statuen, jeder in sich selbst gefangen, ohne jede Hoffnung, einmal ausbrechen oder auch nur zerspringen zu können.

Als sich der Kommissar schließlich räusperte und sprach, erschien es Karla beinahe wie eine Entweihung.

»Ihr Sohn ... ist zur Beerdigung freigegeben.« Er machte eine lange Pause. Seine Worte schwebten wie feine Gespinste in der Luft, sanken zu Boden, huschten in die Ecken, wie von feinen Windstößen getrieben, hinter denen das Schweigen herfloss. »Es war eindeutig ein Unfall. Wir versuchen herauszufinden, wer die Flaschen für Helium und Wasserstoff falsch befüllt hat, aber ganz sicher steckte keine Absicht dahinter, das haben unsere Ermittlungen ergeben. Seltsam ist nur, dass der ebenfalls ums Leben gekommene Lehrer gleich zwei Schlüssel zu dem Chemikalienschrank in seinem Kittel hatte.«

Wen interessiert das alles noch?, wollte Karla fragen. Sie sah Anton an. Er sah sie an. Er sah durch sie hindurch. Stoppeln durchstachen seine Wangen. Ringe lagen unter seinen dunklen Augen. Unter seinen schwarzen Augen. Er war nicht hier, nicht in diesem Zimmer. Er war weit, weit fort.

»Ich ... muss Ihnen noch etwas sagen. Wir haben Zeugenberichte vom Unfall. Einige Schüler haben übereinstimmend erklärt, Maximilians letzte Worte hätten gelautet: ›Das Böse.‹ Und als sich das Holzteil durch seinen ... also, als er starb, da ... da war es, als würde etwas Schwarzes aus ihm austreten, so haben es die Schüler unabhängig voneinander beschrieben. Sie haben gesagt, seit einigen Tagen wäre er so ... unheimlich gewesen. Sie beide haben ihn ja gesehen. Seinen Gesichtsausdruck, meine ich. So ... friedlich. Da passt etwas nicht zusammen. Als hätte er zwei Gesichter gehabt. Also, wir wollen Sie jetzt allein lassen.« An Anton gewandt, fügte er hinzu: »Herr Wierich, ich hoffe, dass es Ihnen bald wieder besser geht. Bleiben Sie hier, falls wir doch noch eine Frage haben sollten. Geben Sie einander Halt. Ich wünsche

Ihnen alles Gute.« Er verließ mit den beiden uniformierten Polizisten das Haus.

Als er Maximilians letzte Worte mitgeteilt hatte, war Karla aufgefallen, wie die Erstarrung von Anton gewichen war. Sein Blick hatte etwas Gehetztes, Suchendes angenommen.

Nun standen sie einander gegenüber. Anton strich sich mit der linken Hand über die stoppeligen Wangen; die rechte hielt er krampfhaft in der Tasche seines Cordjacketts verborgen.

»Das Böse«, murmelte er wie zu sich selbst. »Immer wieder das Böse. Wie bei Delrio, wie im *Mysterium Arcanum*. Das kann kein Zufall sein. Vielleicht ist das der Weg. Das Böse hat große Macht. In der Hölle und auf Erden.« Ohne Karla eines einzigen Blickes zu würdigen, ging er nach oben.

Sie sah ihm nach. Der Albtraum war noch nicht zu Ende. Soeben hatte der Albtraum innerhalb des Albtraums begonnen.

18. Kapitel

Am nächsten Tag waren viele Vorbereitungen für Maximilians Beerdigung zu treffen. Karla und Anton fuhren zu einem Bestattungsunternehmen in Wittlich und erledigten dort die notwendigen Formalitäten. Nachdem sie alles für die Beerdigung geregelt und den Termin auf den nächsten Montag festgesetzt hatten, schaute Karla noch kurz in ihrem Laden nach dem Rechten. Anton begleitete sie wortlos; er hatte den ganzen Morgen über kaum etwas gesagt und schien in seinen Gedanken versunken zu sein. Als Karla einen raschen Blick in ihr Bürozimmer warf, sah sie sich wieder im Liebesspiel mit dem Fremden.

Aber Anton war ihr nicht hierher gefolgt; er stand im Laden und starrte auf den Boden, als gäbe es dort etwas ungeheuer Wichtiges zu sehen. Leise sagte er: »Schwarze Rose im Herbst.«

Karla durchfuhr es heiß. Sie hatte gar nicht mehr an die Rose gedacht, die auf ihrem Nachttisch stand. Anton musste sie gestern Abend oder heute Morgen gesehen haben. Warum sprach er sie ausgerechnet jetzt an? Ausgerechnet hier? Sie fühlte sich ertappt.

»Wo mag sie gewachsen sein?«, fragte er den Boden.

»Ich habe sie ... aus dem Laden«, meinte Karla.

»Genährt mit Totenliebe. Mit Höllentau«, sagte er, ohne auf ihre Worte einzugehen. »Komm hinaus, hier ist es zu warm.«

Karla war froh, als sie wieder draußen in der Fußgängerzone standen. Andauernd steckte Antons rechte Hand in der Tasche seines alten Cordjacketts und zuckte, als ob er mit etwas herumspielte. Der böige Wind zerzauste seine langen, blonden Haare, und seine Augen hatten die Farbe verbrannter Herbstblätter. Seine Wangen waren eingefallen. Heute Morgen hatte er sich nicht rasiert, und die Stoppeln wurden immer länger. Abgeerntetes Feld. Abgeerntetes Sein.

Es war so still am Morgen im Haus gewesen. Kein Maximilian, kein gemeinsames Frühstück, kein Leben. Gedämpft waren die Klänge, die Farben, ja selbst die Gerüche gewesen.

Als sie zum Parkplatz an der Lieser gingen, fiel Karla plötzlich etwas auf. »Wo ist eigentlich dein Janus?«, fragte sie.

Anton blieb stehen. Er sah sie kurz an, dann glitt sein Blick an ihr vorbei in schwarze Ferne. »Nicht mehr da«, sagte er nur.

»Hast du ihn endlich verkauft?« Karla wusste nicht, ob sie über seine Antwort froh oder traurig sein sollte.

»Nein.« Er ging weiter, ließ Karla einfach auf der breiten Brücke über der Lieser stehen.

Verwundert sah sie ihm nach, spürte eine große Müdigkeit, eine Unfähigkeit, sich zu regen, als hätten seine knappen Worte ein klebriges, festes Netz um ihre Glieder gespannt. Sie konnte ihm erst folgen, als er schon fast den klobigen, rostigen VW erreicht hatte. Wortlos kletterte sie in den Wagen, während er ungeduldig den Motor startete.

Als sie an der Stelle vorbeifuhren, wo Karla vorgestern ihren Unfall gehabt hatte, fiel ihr auf, dass sie Anton noch gar nichts von diesem Missgeschick erzählt hatte. Sie wollte ihm bereits davon berichten, schaute ihn von der Seite an – und biss sich auf die Lippen.

Anton hatte den Blick starr auf die gewundene Straße gerichtet und den Mund zusammengekniffen. Noch nie war ihr sein Gesicht so sehr wie eine Maske erschienen. Es war keine Maske des Schmerzes oder der Trauer. Es war eine Maske der Bosheit, eine Teufelsfratze.

Karla schwieg. Sie schwieg während der gesamten Fahrt. Sie schwieg auch noch, als sie ihren Hof in Bettenfeld erreicht hatten und gemeinsam im Wohnzimmer saßen. Schweigend nahmen sie ihr Essen ein, das Karla aus einigen Resten vom Vortag zusammengestellt hatte, und danach verließ Anton das Haus, ohne ihr zu sagen, wohin er ging.

Mit ihm ging dieses seltsame, bedrückende Gefühl der Dunkelheit, der Hoffnungslosigkeit und des Zorns. Karla saß zusammengesunken auf dem Sofa; es war beinahe, als hätte ein schrecklicher Albtraum sie verlassen. Der Albtraum im Albtraum. Sie zwang sich, an gar nichts zu denken.

Natürlich gelang es ihr nicht. Sie wünschte, sie könnte reden. Wenn schon nicht mit Anton, dann mit dem Fremden. Wo mochte er sein? Ob er gleich zu ihr kam? Ob er zaghaft klopfen würde? Ob er sie trösten und lieben würde? Sie brannte nach Geborgenheit – und nach dem Gefühl der Lust, das ihr kurzes Vergessen schenkte.

Oben im Schlafzimmer war das Verlangen noch stärker. Karla wusste gar nicht, wie sie hierher gekommen war; sie konnte sich nicht daran erinnern, die alte, knarrende Treppe hochgestiegen zu sein. Die rechte Tür des Kleiderschranks stand offen, und Karlas Hand wühlte zwischen den Laken herum. Erst jetzt wurde ihr bewusst, dass sie die Statue des Janus suchte. Sie spürte die Gegenwart der Gottheit noch. Was hatte Anton mit ihr angestellt? Wo war er in der vorletzten Nacht gewesen? Und was hatte er am gestrigen Tag gemacht? Als sie ihn am vergangenen Abend danach gefragt hatte, hatte er keine Antwort gegeben. Er hatte sich halb ausgezogen auf das Bett gelegt und war sofort eingeschlafen. Immer wieder hatte Karla den Geruch seines ungewaschenen Körpers in der Nase gehabt; er hatte sie angewidert. Früher war Anton sehr auf Reinlichkeit bedacht gewesen; er hatte niemals schlecht gerochen. Früher ...

Sie legte sich rücklings auf das Bett. Sie brannte vor ungestilltem Verlangen.

Seit wann bist du so schwach, dass du nur noch in der Lust Vergessen finden kannst?

Ihre Finger hatten sich in den Bund ihrer Jeans gestohlen, waren unter den Gummizug ihres Schlüpfers gekrochen. Karla befriedigte sich selbst, mechanisch. Sie bemerkte es erst, als der Orgasmus sie durchschüttelte. Er hinterließ ein schales Gefühl.

Und ein Gefühl der Fremdheit vor der eigenen Person.

Es war, als hätte sich die Welt einige Grad um eine unsichtbare Achse gedreht und erlaubte Karla nun einen verstohlenen Blick auf sich selbst. Was sie da sah, gefiel ihr gar nicht.

Es machte ihr Angst.

* * *

Es machte ihm Angst.

Er war allein, das spürte Anton in Karlas Gegenwart so deutlich wie nie zuvor. Es war sinnlos, ihr das zu sagen; sie würde es nicht verstehen. Also schwieg er. Er hielt es nicht mehr bei ihr aus. Sobald sie den schrecklichen Vormittag in Wittlich hinter sich hatten, ging er wieder in den Wald. Hier fühlte er sich seinem Sohn näher. Er kletterte hinunter zur Wolfsschlucht, wo sie noch vor wenigen Tagen zusammen gewesen waren und wo Janus ihnen ein Gemeinschaftsgefühl geschenkt hatte, das Anton schon lange nicht mehr empfunden hatte. Und nun war alles vorbei. Er konnte sich für sein Verhalten seinem Sohn gegenüber nicht mehr entschuldigen. Maximilian war als geschlagenes Kind aus der Welt gegangen. Nie zuvor hatte Anton gegen ihn die Hand erhoben. Ausgerechnet jetzt war es passiert, so kurz vor Maximilians furchtbarem Tod. Anton konnte mit dieser Schuld nicht weiterleben. Er musste Maximilian dazu bringen, ihm zu verzeihen. Er musste seinen Sohn wiedersehen. Es musste alles wieder so wie früher werden.

Aber Maximilian war tot.

Anton setzte sich auf einen kalten, bemoosten Lavabrocken, stützte den Kopf in die Hände und ließ seinen Tränen freien Lauf. Die immer kahler werdenden Bäume um ihn herum wisperten und flüsterten von dem, was sie verloren hatten. Blätter fielen wie aus dem Himmel. Bedeckten den steinigen Boden mit Schichten der Verwesung. Wärmten den Boden mit ihrem Erfrorensein.

Das Böse.

Maximilians letzte Worte gingen Anton nicht aus dem Sinn. Den ganzen Morgen hindurch hatte er darüber nachgedacht. Und über den Text in den *Disquisitiones Magicae* des alten Delrio:

Ich habe selbst eine Statue gesehen, die ein außerordentlich böses Gesicht vorn und ein lachendes Gesicht hinten trägt. Es wurde mir erklärt, dass dies ein Amulett gegen das Böse sei, weil es die Essenz des Bösen enthalte, doch es sei nicht vollständig, da ein zweites Amulett gleich dem ersten existiere. Sie wurden vor unzähligen Jahren getrennt, denn durch die Verbindung beider Statuen kann das Böse beschworen werden, welches die größte Macht ist auf der Erde und in der Hölle.

Das Böse beschwören, um das Böse ungeschehen zu machen. Es hatte die größte Macht, also auch die Macht, Dinge ungeschehen zu machen. War das der Weg? Das war der einzige Weg. Anton spürte die Wärme der Kapsel in seiner rechten Hand; er spürte, wie sich die harte Kristallummantelung gegen seine Haut schmiegte.

Du bist verrückt. Du kannst nicht wirklich daran glauben!

Er hasste diese Stimme in sich. Sie versuchte ihm die letzte Hoffnung zu nehmen. Sie war das *wahre* Böse. Sein Entschluss stand fest. Was hatte er schon zu verlieren, wenn er sich auf die Suche nach dem zweiten Janus machte? Schlimmstenfalls würde er entweder das weitere Auge nicht finden, oder es würde einfach nichts passieren, wenn er es aufgestöbert hatte. Aber die Suche danach würde ihn vielleicht ein wenig von seinem Verlust ablenken. Er konnte nur gewinnen. Es war so viel Seltsames geschehen in der letzten Zeit. War es nicht doch möglich, dass die alten Autoren recht hatten? Sie hatten fest an diese Dinge geglaubt. Auch Anton brauchte jetzt etwas, woran er glauben konnte. Er beschloss, sich von den Ereignissen leiten zu lassen. Er holte tief Luft und spürte die kalte Kraft, die in ihn eindrang. Es tat gut, zu einer Entscheidung gekommen zu sein. Langsam erhob er sich und ging die Wolfsschlucht hoch, um den Mosenberg herum nach Bettenfeld. Zurück in sein Haus.

Karla saß noch dort, wo er sie verlassen hatte. Sie schien kaum zu bemerken, dass er wieder da war. Ob sie sich in der Zwischenzeit tatsächlich nicht gerührt hatte?

»Ich muss morgen wieder nach Trier«, sagte er heiser zu ihr.

Sie schaute auf und sah ihn fragend an. Sie schien geweint zu haben. Genau wie er. »Muss das sein?«, fragte sie.

Er gab keine Antwort darauf. Sie würde es ja doch nicht verstehen.

»Was hast du gestern in Trier gemacht?«, versuchte sie es noch einmal.

Er schüttelte den Kopf.

»Janus verkauft?«

»Janus ist tot«, antwortete er und wunderte sich selbst über seine seltsame Wortwahl. »In tausend Stücke zerfetzt.«

Karla riss die Augen auf. Sie schien tatsächlich entsetzt zu sein.

»Es ist nicht wichtig«, sagte er, während er die Finger seiner rechten Hand fest um die Kristallkapsel schloss. »Es war nur unbelebte Erde.«

Allmählich stahl sich ein Lächeln auf ihr Gesicht. In ihren blauen Augen entzündete sich etwas. Es war, als würde eine schwarze Wolke in ihr sich anschicken, davonzusegeln. Karla stand auf und ging auf Anton zu.

Doch die Wolke blieb. Das Licht in Karlas Augen verdunkelte sich in dem Moment, als sie die Arme um Anton legte. Er spürte, wie sie eine Gänsehaut bekam. Sofort machte sie sich wieder von ihm los. Sie sah ihn an, als suche sie etwas in ihm. »Lass mich nicht wieder allein«, sagte sie. »Nimm mich wenigstens mit.«

»Du musst deinen Laden aufmachen.«

»Ich kann nicht.« Sie berichtete ihm von ihrem Unfall.

Wie unwichtig! Warum erzählte sie ihm überhaupt so etwas? Es gab nur noch eine Sache, die wichtig war: seine Suche. An ihrem Ende würde die Erlösung stehen.

Glaubst du wirklich daran?

Warum sollte ich es nicht, wenn doch die alten Gelehrten daran geglaubt haben. Bleibt mir denn eine andere Hoffnung? Wo ich doch das Auge besitze, das Unterpfand der Rettung. Ich kann seine Existenz nicht erklären, aber es ist unbestreitbar da. Es ist real. Es schenkt mir die Möglichkeit, alles wieder zum Guten zu wenden. Dazu benötige ich den zweiten Janus. Die zweite Kapsel. Und dann werde ich das Böse beschwören und es zwingen, mir meinen Jungen zurückzubringen.

Damit ich mich entschuldigen kann.

Damit wir alle wieder leben können.

Damit wir wieder eine glückliche Familie sind.

Er wollte es glauben. Er *musste* es glauben. Er musste das Verrückte tun, um nicht verrückt zu werden.

Die Kapsel war so warm in seiner Hand, dass sie ihm beinahe die Haut verbrannte. Es war, als würde sie aus eigener Kraft drängen, zu ihrem Zwilling zu gelangen. Anton ließ Karla stehen, drehte sich um und verließ das Wohnzimmer. Ohne ein weiteres Wort ging er nach oben, legte sich auf seine Bettseite und tat so, als sei er sofort eingeschlafen. Doch tatsächlich rasten seine Gedanken. Hoffnung jagte Verzweiflung, Unglaube huschte hinter Überzeugung her. Er hörte, wie Karla zu Bett ging und bemerkte, dass sie angestrengt versuchte, ihm nicht zu nahe zu kommen. Gut so! Er konnte sie nicht brauchen, konnte sie nicht ins Vertrauen ziehen, denn sie würde es nicht verstehen.

Als sie schon lange eingeschlafen war, lag Anton noch wach. Was war, wenn er das zweite Auge nicht fand? Wenn es bereits vernichtet war? Wenn sein Plan von vornherein zum Scheitern verurteilt war, ohne dass er es wusste? Vorsichtig holte er die Kapsel aus der Jacketttasche und legte sie sich neben den Kopf. Fast vermeinte er leise Geräusche aus ihr zu hören. Es war wie Engelsgesang. Er hielt sie näher an sein Ohr.

Nein.

Es war Weinen.

19. Kapitel

»Versuch nicht wieder, mich durch die Polizei zurückzuholen«, warnte Anton, als er am nächsten Morgen aus dem Bett rollte.

»Dann sag mir wenigstens, was los ist.«

»Du würdest es ja doch nicht verstehen. Glaube mir, ich tue gerade alles, damit es uns wieder besser geht.«

Karla sah ihn aus ihren vertränten blauen Augen an. Sie schüttelte den Kopf und stieß einen lauten Seufzer aus. Im nächsten Augenblick befand sich Anton bereits auf der Treppe. Und kurz darauf in seinem VW.

Diesmal hatte er vorausgeplant. Er hatte Geld eingesteckt, er nahm den Wagen, damit er beweglicher war, denn wer wusste schon, auf was er bei seinen Nachforschungen noch stoßen würde. Die heutige Fahrt war keine Flucht, es war eine Reise mit einem Ziel.

Es war empfindlich kalt geworden, und Reif lag auf den kahlen Feldern. Die Sonne schien von einem makellos blauen Himmel herab. Ein Zeichen, dachte Anton. Ein gutes Zeichen. Der Wagen sprang sofort an, und als Anton langsam den Hof verließ und auf die Straße einbog, war ihm, als beginne er eine Reise in ein neues Leben. Er atmete tief durch, lenkte mit nur einer Hand; mit der anderen hielt er die Kapsel in seiner Rocktasche fest umfasst.

War es wirklich ein Weinen gewesen, das er gestern Abend zu vernehmen geglaubt hatte? Eigentlich erinnerte es ihn eher an das Rauschen, das man hört, wenn man sich eine Muschel ans Ohr hält. Eine Sinnestäuschung.

So schnell wie möglich wirbelte er den alten VW-Lieferwagen durch die engen Kurven, und als er Manderscheid hinter sich gelassen hatte und auf dem Weg zur Hochfläche jenseits der Lieser und zur Autobahn war, fühlte er sich gut.

Die wispernden Stimmen in seinem Kopf versuchte er nicht zu beachten – die Stimmen, die bezweifelten, dass er den zweiten Janus und damit die zweite Kapsel je finden würde. Und wenn er beides wirklich entdeckte, was sollte er dann damit anfangen? *Seit wann glaubst du an Hokuspokus?*

Die ganze Fahrt über stritt er mit sich selbst. Auf der Autobahn glitten seine Gedanken ab; er bemerkte kaum, dass er fuhr, er war ganz funktionierende Maschine, während sich sein Selbst weit weg befand. Immer wieder musste er an die Worte des Kommissars denken: »Das Böse ... als würde etwas Schwarzes aus ihm austreten ... sein Gesichtsausdruck ... so friedlich ... als hätte er zwei Gesichter gehabt ... «

Alles hatte mit der Entdeckung der Janus-Statuette begonnen, dessen war sich Anton inzwischen sicher. Also lag nichts näher, als sie für die Ereignisse verantwortlich zu machen. Wie aber konnte eine Statue in das menschliche Leben eingreifen? Das Böse ... Böses mit Bösem vergelten ... den Teufel mit dem Beelzebub austreiben ... der Zweck heiligt die Mittel ... *das Böse ist die größte Macht auf der Erde und in der Hölle* ... Sie wird mir helfen ...

Du bist verrückt.

»Was soll ich denn sonst tun?«, schrie er die Windschutzscheibe an. »Soll ich einfach nur tatenlos zusehen, wie der Sarg meines Sohnes in die Erde gesenkt wird? Soll ich einfach nur sagen: Das war´s? Wenn ich nichts tun kann, werde ich verrückt! Erst dann! Ich tue etwas, also werde ich nicht verrückt. Ich suche einen Weg.«

Er bemerkte kaum, dass er die Autobahn schon wieder verlassen hatte und nun nach Trier hineinfuhr. Er stellte den Wagen im City-Parkhaus ab und machte sich auf den Weg zur Stadtbibliothek. Dort hatte man ihm bei seinem letzten Besuch »detaillierte Ratschläge« zur Beschaffung des *Mysterium Arcanum* versprochen.

Anton holte tief Luft und versuchte sich zu beruhigen. Hier ging es nur um ein Buch, um nichts sonst, und dieses Buch war eine Realität. Noch brauchte er seinen neuen Glauben nicht.

Er hatte Glück; am Ausgabeschalter saß dieselbe Dame, die ihm vorgestern Mut gemacht hatte. Sie schien ihn wiederzuerkennen, denn sie lächelte ihn an. Aber als er sich ein wenig über die Theke beugte, wich sie einen Schritt nach hinten und verzog die Nase. Mit einem unsicheren Grinsen versuchte sie ihre Reaktion zu überspielen.

Anton trat ebenfalls zurück. Er hatte verstanden. Seit zwei oder drei Tagen hatte er nicht mehr geduscht, auch heute Morgen war er angezogen aus dem Bett gekrochen und hatte sich sofort auf den Weg gemacht. Er spürte, wie er rot wurde und brachte noch ein wenig Raum zwischen sich und die Dame. Dann fragte er sie nach den Möglichkeiten, Einblick in das offensichtlich schwer fassbare *Mysterium Arcanum* zu nehmen.

»Die Trierer Stadtbibliothek ist sehr gut bestückt, was alte Okkulta angeht«, erklärte sie, während sie sichtlich um räumliche Distanz bemüht war. »Wir haben noch einen Katalog aus dem neunzehnten Jahrhundert, der bisher nicht in den elektronischen Katalog eingearbeitet ist. Es befinden sich darin Werke, die wir nicht gern jedermann zur Verfügung stellen.«

»Wo ist dieser Katalog? Darf ich ihn einsehen?«

»Er steht im Büro des Bibliotheksleiters«, meinte die Dame ausweichend. Sie knabberte an ihrer Unterlippe herum, betrachtete Anton eingehend und schien schließlich zu einer

Entscheidung gelangt zu sein. Sie griff zum Telefon, wählte eine kurze Nummer und wartete.

Inzwischen schaute sich Anton um. Dort hinten hatte er beim letzten Mal gesessen. Er erinnerte sich daran, dass er den Schemen eines Menschen gesehen hatte – und dass von diesem Schemen eine Schwärze ausgegangen war, die alles andere geschluckt hatte. Nun herrschte nur Licht und Tag. Er strich sich über sein stoppeliges Kinn.

»Hier.«

Anton wurde aus seinen Gedanken gerissen und starrte auf den Hörer des altmodischen Wandtelefons. Zuerst begriff er nicht.

»Sie können jetzt mit Herrn Dr. Hieronymus sprechen«, erklärte ihm die Dame und hielt ihm weiterhin den Hörer mit ausgestrecktem Arm entgegen.

Anton nahm den Hörer entgegen und erklärte Dr. Hieronymus, welches Buch er suchte. Nach einer kleinen Pause erhielt er die Information, dass dieses Werk auch nicht im handschriftlichen Katalog der Okkulta enthalten sei.

»Was soll ich denn jetzt machen?«, fragte Anton verzweifelt.

»Wenn Sie in keinem der großen Bibliothekskataloge Glück gehabt haben, sehe ich nur noch eine einzige Möglichkeit«, sagte die Stimme aus dem Hörer, die seltsam körperlos klang.

Plötzlich hatte Anton die verrückte Vorstellung, dass sich am anderen Ende genau jener Schemen befand, den er vor zwei Tagen hier im Lesesaal gesehen hatte. Und der ihm vorher auf dem Mosenberg begegnet war. Er hielt den Hörer von seinem Kopf ab. Aus den Löchern der Sprech- und Hörmuschel drang etwas.

»... Antiquarin hier in Trier«, redete die blecherne Stimme weiter.

Es war etwas Schwarzes, fast wie Würmer aus Dunkelheit, die sich ringelnd und windend durch die Öffnungen quetschten.

»... Lioba Heiligmann ... wohnt in der ...«

Er verstand es nicht. Wollte den Hörer nicht wieder gegen sein Ohr halten. Nun krochen die schwarzen Würmer über seine Hand.

»... bestellen Sie schöne Grüße von mir ...«

Er ließ den Hörer fallen, der wie ein Bungee-Springer in die Tiefe schoss, von der elastischen Schnur gehalten wurde und wieder ein wenig nach oben schnellte. Die Dame am Ausgabeschalter fing ihn auf und sah Anton fragend an.

»Danke ... vielen Dank ... herzlichen ... Dank ...« Er rannte aus dem Gebäude. Schaute zurück. Die Würmer der Dunkelheit waren hinter den Türen geblieben. Hier draußen war das Reich der Sonne.

Anton seufzte und rieb sich die Augen. Was er da aus dem Hörer kriechen gesehen hatte, waren natürlich nichts anderes als seine eigenen Ängste gewesen. Einbildungen. Aber sie hatten verhindert, dass er Herrn Dr. Hieronymus zuhören konnte. Wie hatte noch gleich der Name gelautet, den er genannt hatte? Lioba ... Heiligmann. Eine Antiquarin hier in Trier. Es musste doch herauszufinden sein, wo sie ihr Geschäft hatte.

Er ging zurück in die Stadt. In der Domstraße gab es ein Antiquariat. Vielleicht war es sogar das richtige. Auf alle Fälle würde er sich dort nach Lioba Heiligmann erkundigen können. Der Weg durch die Palaststraße war wie ein Weg hin zu einer Verheißung. Zu einer dunklen, strahlenden Verheißung. Passanten schlenderten an den Geschäften vorbei, kaum jemand beachtete ihn, niemand wandte sich angeekelt von ihm ab, er war einer unter vielen.

Aber er war einer, der die Finsternis sehen konnte. Und der ihr nicht entgehen konnte.

Als er genauer hinschaute, erkannte er, dass sie überall war. Sie quoll unter den Haustüren hervor, sie klebte an den Innenseiten der Schaufenster, sie lag wie ein feiner Nebel auf dem Straßenpflaster. Niemand schien sie zu bemerken. Niemand außer ihm. Er kniff die Augen zusammen, schloss sie, öffnete sie wieder. Fort. Die Schwärze gab es nicht mehr. Er hatte sie weggeblinzelt. Wollte nicht sehen, wie sie zurückkehrte.

Endlich bog er in die kurze Domstraße ein, an deren rechter Seite sich etwa in der Mitte das Trierer *Antiquariat am Dom* befand. Die Tür neben dem kleinen, mit Kostbarkeiten vollgestellten Fenster war geöffnet, einladend, doch Anton erschien sie wie ein Mund. Wie ein Schlund. In dessen Innerem bewegte sich etwas. Ganz hinten, im Rachen des Ladens. Anton packte die Kapsel in der Jacketttasche fester. Sie schenkte ihm warmen Mut, brennende Hoffnung.

Er betrat das Antiquariat. Bücher säumten die Wände bis zur Decke, in der Mitte befand sich ein Ständer mit alten Stichen, und am hinteren Ende saß der Antiquar, halb verborgen von einer Art Tresen. Rechts von ihm schraubte sich eine Wendeltreppe hinauf in die oberen Etagen des schmalen Hauses. Anton hörte von dort Knarren und Rascheln herunterdringen.

Durch diese unangenehmen Geräusche hindurch fragte Anton den Antiquar nach Lioba Heiligmann. Das Rascheln und Knarren dort oben verstummte unvermittelt. Der Antiquar gab ihm die Adresse seiner Kollegin, schrieb sie Anton gar auf und reichte ihm den Zettel mit einem Lächeln.

Als Anton sich zum Gehen wandte, setzten oben die Geräusche wieder ein. Der Antiquar schien sie nicht wahrzunehmen, oder sie waren ihm gleichgültig. Nun kamen sie näher. Die Wendeltreppe knarrte bereits. Etwas wie schwarzer Nebel strömte die Stufen herunter. Anton beeilte sich, aus dem Laden zu kommen. Er wagte nicht einmal, einen Blick zurückzuwerfen.

Draußen musste Anton zuerst einmal blinzeln; die Sonne war so hell wie im Hochsommer. Welch ein Kontrast zu dem dunklen, geheimnisvollen Antiquariat. Geheimnisvoll? Anton schüttelte den Kopf. Er sah Gespenster.

Neugierig schaute er auf den Zettel, den der Buchhändler ihm gegeben hatte. *Krahnenstraße 37b* stand da. Es musste in der Nähe des Mutterhauses, des Krankenhauses der Borromäerinnen sein. Er kannte den Weg, denn in diesem Krankenhaus war Petra gestorben.

Nach ungefähr zwanzig Minuten stand er vor der angegebenen Adresse. Die beiden Nummern 37a und b waren die einzigen Giebelhäuser in der Reihe; alle anderen standen mit der Traufe zur Straße. Einerseits glichen sie sich wie ein Ei dem anderen: Bei beiden führten vier Stufen hoch zur Haustür, neben der zwei Sprossenfenster auf die Straße blickten; darüber verengte sich die Fassade bereits und ließ im ersten Stock nur noch zwei Fenster zu, die etwas kleiner als die im Erdgeschoss waren, und darüber steckte knapp unter dem Dach ein winziges Bodenfenster. Während aber 37a frisch renoviert war, fiel bei 37b der Putz ab, und Efeu hatte seine kleinen Arme überall in das Mauerwerk geschlagen. Der Kamin war schief und bröckelig, die Fenster starrten blind in die Welt, die Farbe an den Rahmen blätterte ab und die Haustür schien noch aus der Zeit des Erstbezugs zu stammen. Besser hätte Anton es nicht treffen können. Diese Gebäude waren wie die zwei Seiten einer Münze – oder wie die zwei Gesichter des einen Janus. Er klingelte bei der Nummer 37b.

Donnernde Schritte ertönten hinter der Tür – viel zu laut für einen gewöhnlichen Menschen. Anton zuckte zusammen. Es klang wie die Schritte eines Giganten – oder die eines Roboters, dessen Feinmotorik noch nicht sonderlich ausgeprägt war. Kurz überlegte er sich, ob er besser das Weite suchen sollte, doch es war zu spät.

Eine Frau um die Fünfzig öffnete ihm. Sie trug ein geblümtes Kleid, hatte rot geschminkte Lippen, zwischen denen ein qualmender Zigarillo tanzte. Ihre Füße steckten in klobigen Wanderschuhen, die schon vor dreißig Jahren aus der Mode gekommen waren.

»Ja bitte?«, fragte sie mit einer ungemein rauchigen, tiefen Stimme.

Er musste lange mit offenem Mund dagestanden haben, denn schließlich sagte Lioba Heiligmann spöttisch: »Haben Sie heute noch etwas anderes vor, als ältere Damen zu begaffen?«

Er räusperte sich. Ihre beinahe schwarzen Augen schienen ihn ganz zu durchdringen. Mit einer Hand fuhr sie sich durch die zerzausten braunen Haare, die von breiten, grauen Strähnen durchzogen waren. Es war eine so elegante, fließende Bewegung, dass es ihm die Sprache verschlug.

»Da Sie nun Ihren Spaß gehabt haben, mache ich mich wieder an den meinen«, sagte sie und wollte schon die Tür schließen, als er sich endlich aufraffte und stotterte: »Ich ... ich suche ein ... Buch.«

»Vielleicht versuchen Sie es mal bei Kaufhof in den Grabbeltischen, oder bei Weltbild. Ich nehme an, bei mir sind Sie an der falschen Adresse.«

Anton nannte ihr seinen Namen und fügte hinzu: »Ich soll Ihnen schöne Grüße von Herrn Dr. Hieronymus ausrichten.«

Ein Schatten glitt über Lioba Heiligmanns Gesicht. Es war, als hätte sie plötzlich Angst. »Hieronimi?«, fragte sie leise.

»Hieronymus«, berichtigte er. »Der Leiter der Stadtbibliothek.«

Lioba Heiligmann atmete auf; sie schien sich in einer fernen Erinnerung verfangen zu haben. »Ach so, das ist etwas anderes. Ich dachte gerade, Sie kämen aus der Vergangenheit.« Als Anton sie verständnislos anstarrte, lachte sie auf und meinte: »Ich befürchte, ich wirke ziemlich verrückt auf Sie. Verrückt kann man in der Tat werden, wenn man sich zu eingehend mit seltsamen Büchern beschäftigt. Wenn Dr. Hieronymus Sie herschickt, muss es schon um etwas Besonderes gehen. Wagen Sie es, in meine Höhle des Wahnsinns einzutreten?«

Sie hatte die Worte leichthin ausgesprochen und grinste breit, doch Anton hatte sie Angst gemacht. Nun wich sie beiseite und winkte ihn heran. Er stieg die wenigen Stufen hoch, betrat die Diele und sah sich um. Lioba Heiligmann warf hinter ihm die Tür ins Schloss.

Auch hier waren die Schatten. Sie hatten auf ihn gewartet.

»Wenn Sie fremde Frauen besuchen, sollten Sie sich vielleicht nächstens vorher waschen«, meinte Lioba Heiligmann ungeniert, als sie dicht an ihm vorbeiging und ihm den Weg in ihre Bibliothek zeigte. Sie wies ihm einen Sessel an und setzte sich in den anderen Sessel, weit von ihm entfernt.

Anton war verblüfft. Wie zuvor im Antiquariat, so war auch dieser Raum hier voller Bücher. Doch sie standen säuberlich aufgereiht in Glasvitrinen, und es waren in der Hauptsache uralte Lederbände, einige mit Rückenvergoldung, andere in helles Pergament gebunden, wieder andere in Pappe; es war wie der Blick in eine untergegangene Zeit.

Lioba Heiligmann schlug die Beine übereinander und zog an ihrem Zigarillo. Dabei schaute sie ihn erwartend an.

Allmählich roch er es auch: Schweiß, Stoff, Klebrigkeit; es war, als sei dieser Geruch eine Quintessenz seiner selbst. Er versuchte sich so wenig zu bewegen wie möglich und saß stocksteif in seinem Ledersessel.

»Ich suche ein Buch, das es in der Stadtbibliothek nicht gibt, auch nicht in den Sonderbeständen, und in den Katalogen ist es nicht aufgeführt – mit einer einzigen Ausnahme. Die Cornell University hatte ein Exemplar, das aber inzwischen als vermisst gilt.«

Lioba Heiligmann hatte zunächst noch gelächelt, doch nun blickte sie ihren merkwürdigen Gast ernst an. Während sie ihren Zigarillo im Aschenbecher ausdrückte, der auf einem niedrigen Tisch zwischen den Sesseln stand, fragte sie: »Was wollen Sie mit einem solchen Buch? Sind Sie Sammler?«

»N... nein.«

»Sind Sie Okkultist? Wollen Sie eine Beschwörung vornehmen?«

Anton fühlte sich ertappt. Konnte diese Frau etwa seine Gedanken lesen? »Gibt es denn so etwas wirklich?« Er hatte Angst vor ihrer Antwort.

»Ja.«

Eine weitere Bestärkung auf seinem Weg? Anton war sich nicht sicher, was er von dieser Frau und von dem, was sie sagte, halten sollte. Der Blick ihrer dunklen Augen behagte ihm nicht. Er schaute an ihr vorbei durch das vom Efeu halb überwucherte Fenster. Die kleinen, immergrünen Blätter schaukelten im Wind. Formten eine Gestalt. Eine menschliche Gestalt. Anton sprang auf und lief zum Fenster. Die Antiquarin beobachtete ihn; er sah ihren verwunderten Blick. Als Anton durch die kleinen Scheiben spähte, erkannte er hinter ihnen nichts als das Efeu. Die Gestalt musste weggegangen sein. Oder sie versteckte sich unter dem Fenster. »Darf ich es öffnen?«, fragte er mit erstickter Stimme.

Lioba Heiligmann war aufgestanden und neben ihn getreten. Sie schob für ihn den Riegel des altmodischen Fensters nach oben und zog es auf. Anton beugte sich hinaus. Niemand kauerte unter dem Haus; niemand war in diesem Teil der Krahnenstraße zu sehen.

»Sind Sie sicher, dass sie einen Antiquar und keinen Psychiater brauchen?«, fragte Frau Heiligmann, als sie das Fenster wieder schloss und sich beeilte, eine gewisse Distanz zwischen sich und ihren Gast zu bringen.

Anton nahm wieder in seinem Sessel Platz. »Kennen Sie das *Mysterium Arcanum*?«

»Ich hatte mir schon gedacht, dass es um dieses Buch geht.«

»Wieso?«

»Weil mir die Eintragung und der Vermerk dazu im NUC bekannt sind.«

»Was wissen Sie über das Buch?«

Lioba schlug die Beine übereinander – sehr schöne Beine, wie Anton anerkennend feststellen musste – und zündete sich einen weiteren Zigarillo an, vermutlich um den Geruch ihres Besuchers zu bekämpfen. »Es ist in Fachkreisen legendär. Jahrelang war nicht bekannt, ob überhaupt noch ein Exemplar existiert. Um die vorletzte Jahrhundertwende hat der Antiquar Jacques Rosenthal aus München es angeboten, und zwar in einem Heft seines epochalen Kataloges *Bibliotheca Magica et Pneumatica*. Soweit ich weiß, hat es damals ein Bibliothekar aus Amerika für die Cornell University Library gekauft. Dorthin ist es auch gelangt, wurde aber schon sehr früh als vermisst geführt. Man hat es trotzdem in den Siebzigerjahren auch in den *Witchcraft Catalogue* aufgenommen, weil es neben der recht rudimentären Beschreibung bei Rosenthal die einzige Titelaufnahme dieses Werkes ist. Und es hält sich hartnäckig das Gerücht, dass ein weiteres Exemplar in der Privatsammlung von Montague Summers, einem obskuren Privatgelehrten in London, existiert haben soll, aber das ist vermutlich nur eine Legende. Immerhin hat er einmal eine phantastische Erzählung über dieses Werk verfasst.«

»Worum geht es in dem Buch?«

»Das wissen Sie nicht?«

»Ich bin hier, um es zu erfahren.«

»Warum?«

»Es ... es geht eigentlich um eine römische Antiquität«, wand sich Anton. »Um eine Darstellung des Janus. Ich bin ... Antiquitätenhändler und suche nach Informationen über eine Statuette, die ich vor Kurzem gekauft habe.« Er musste ihr ja nicht sagen, dass sie inzwischen bereits nicht mehr existierte.

»Um eine Janus-Darstellung ...« Lioba Heiligmann schaute versonnen den Rauchkringeln nach, die ihren rot geschminkten Mund verließen. »Ja, ich erinnere mich.«

»Sie erinnern sich? Sie kennen dieses Buch? Sie haben es gelesen?«

Die Antiquarin grinste. »Ich kenne fast jedes Buch auf diesem Gebiet. Ja, ich habe es gelesen. Vor etwa einem Jahr. Damals nämlich habe ich für einen sehr reichen und sehr besessenen Sammler gerade jenes aus der Cornell University Library entwendete Buch beschafft.«

»Sie handeln mit Diebesgut?« Vielleicht konnte er sie erpressen und auf diese Weise zur Mitarbeit bewegen.

»Mit Diebesgut? Niemals.« Sie machte eine wegwerfende Handbewegung. »Das Buch war so lange verschollen, dass der Diebstahl inzwischen verjährt ist. Nein, ich habe es ganz legal an mich gebracht und weiterverkauft. Aber da es so legendär ist, habe ich es mir natürlich erst einmal angesehen. Ich glaube, an einer Stelle ging es tatsächlich um Janus, obwohl das Buch eigentlich eine ganze andere Ausrichtung besitzt. Es beinhaltet Beschwörungsformeln, die allerdings in vieler Hinsicht von den üblichen Büchern auf diesem Gebiet wie dem *Grimorium verum*, dem *Arbatel*, dem *Enchiridion Leonis Papae* oder dem *Grimorium Honorii* erheblich abweichen.«

»An wen haben Sie es verkauft?« Anton musste dieses Buch haben! Er hatte eine heiße Spur gefunden, und das war mehr, als er tief in seinem Innersten erwartet hatte.

»Sie werden verstehen, dass ich Ihnen den Namen des Sammlers nicht mitteilen kann. Außerdem würde er das Buch niemals aus der Hand geben. Die Information wäre also ganz sinnlos für Sie.«

»Ich will doch nur die Stelle über Janus lesen. Vielleicht könnten Sie ja den Kontakt herstellen ...«

Lioba Heiligmann schüttelte den Kopf. »Völlig ausgeschlossen. Mein Kunde will unbedingt anonym bleiben. So verhält es sich mit vielen Sammlern auf diesem Gebiet. Ich fürchte, hier ist Ihre Suche zu Ende.«

Anton rang die Hände. »Kann man denn da gar nichts machen? Es ist so wichtig für mich. So ungeheuer wichtig. Sie können es sich gar nicht vorstellen ...«

»Das stimmt«, erwiderte Lioba Heiligmann und streifte nachlässig die Asche von ihrem Zigarillo ab. »Ich kann mir beim besten Willen nicht vorstellen, wieso Ihnen die betreffende Textstelle im Hinblick auf Ihre Statuette helfen soll.«

»Je mehr ich über sie weiß, desto teurer kann ich sie verkaufen. Und, glauben Sie mir, das habe ich bitter nötig«, log er so flüssig, dass es ihn selbst erstaunte.

»Ja, *das* glaube ich. Warum nehmen Sie eigentlich nicht Ihre rechte Hand aus der Rocktasche? Wollen Sie mich gleich erschießen? Obwohl das, was Sie da verborgen halten, nicht gerade die Umrisse einer Pistole hat ...«

Es war ihm gar nicht bewusst gewesen, dass er die ganze Zeit über mit der Kapsel herumgespielt hatte. Sollte er sie nicht einfach der Antiquarin zeigen? Er war entsetzt von diesem Gedanken. Niemals! Es war ein Geheimnis, das nur ihm allein gehörte. Es war die Spur zu seinem Sohn. »Gibt es denn keinen anderen Weg?«, fragte er.

Lioba Heiligmann sah ihn nachdenklich an und blies dabei einen Rauchkringel nach dem anderen in die Luft. »Möglicherweise doch«, sagte sie schließlich. »Aber ich kann Ihnen nichts versprechen. Rufen Sie mich am Dienstag an; vielleicht kann ich Ihnen dann Weiteres sagen.« Sie stand auf und holte aus einem kleinen Schreibtisch im hinteren Teil des Zimmers ihre Visitenkarte. Mit weit ausgestrecktem Arm hielt sie diese Anton entgegen.

Als sie ihn an der Tür verabschiedete, sagte sie: »Ich sehe Ihnen an, dass Sie es ernst meinen. Sie befinden sich auf einem gefährlichen Weg. Ich weiß, dass ich Sie nicht aufhalten kann, auch wenn ich es gern tun würde.«

Er nickte und schritt die bröckligen Stufen hinunter.

Bevor sie die Tür hinter ihm schloss, sagte sie noch: »Außerdem wäre es nicht schlecht, wenn Sie sich vor unserem nächsten Treffen waschen würden.«

* * *

Es blieb ihm nichts anderes übrig, als Anton Wierich aus der Ferne zu beobachten. Janus gehörte ihm, *und doch konnte er die Statue nicht an sich nehmen. Wie gern hätte er diesen erbärmlichen Trödler einfach umgebacht, zwischen seinen Händen zerquetscht, aber Janus schützte ihn. Nein, nicht Janus. Janus existierte nicht mehr.*

Aus der Entfernung hatte er zugesehen, wie die Statue im Zug zersplittert war. Es war ihm gewesen, als sei sein eigenes Herz zersplittert. Und er hatte beobachtet, dass Anton Wierich etwas in die Tasche seines Cordjacketts gesteckt hatte – etwas, das sich in der Tonstatue befunden hatte. Das Rätsel war tiefer geworden.

Er hatte die Nachforschungen des unbeholfenen Trödlers beobachtet, hatte wieder Hoffnung geschöpft, dass nach der Vernichtung des Janus doch noch nicht alles aus war. Was immer es war, das Anton Wierich aus der Figur geholt hatte, es war das Eigentliche, die Quinta Essentia gewesen; der römische Gott hatte nur die Umhüllung dargestellt. Da hatte er Janus jahrelang in seinem Besitz gehabt, war durch ihn zu dem geworden, der er nun war, und doch war er nie bis zum tiefsten Geheimnis vorgedrungen. Alles war nur Vorbereitung gewesen. Die eine Seite der Medaille. Eines der beiden Gesichter.

Er hatte Anton Wierich auf dessen Wegen durch Trier verfolgt, war hinter ihm in die Krahnenstraße geschlichen, hatte gewartet, bis der Trödler wieder gegangen war, und nun stand er vor dem verfallenden Haus mit der Nummer 37b. Er spürte, wie sich die Finsternis um ihn herum zusammenballte, wie er sie durch jede Pore seines Körpers aufnahm und sie ihn mit ungeheurer, knisternder Macht erfüllte. Er wusste, dass er nun schrecklich aussah, aber das war ihm egal. Er würde nur einen geringen Widerstand überwinden müssen.

Er klingelte.

Die Frau, die er zusammen mit Anton Wierich durch das Fenster beobachtet hatte, öffnete ihm. Sie starrte ihn an, als würde sie dem bösen Feind persönlich gegenüberstehen.

Er lächelte. »Verzeihen Sie die Störung«, sagte er mit einer seiner Stimmen – mit der einschmeichelnden, von der er wusste, dass sie im stärksten Gegensatz zu seiner augenblicklichen Erscheinung stand. »Es ist sehr wichtig, dass Sie mir alles über das Gespräch berichten, das Sie soeben mit Anton Wierich geführt haben.«

»Warum sollte das wichtig sein?«

»Wir beobachten Wierich schon seit einiger Zeit. Bald werden wir die Falle zuschnappen lassen. Darf ich hereinkommen?«

»Nur wenn Sie mir Ihren Ausweis zeigen.«

Er spielte mit ihr. »Aber gern.« Er zog ein Legitimationspapier aus der Brusttasche seines Anzugs und hielt es ihr vor. Es war gut, es hatte ihm schon viele Türen geöffnet.

Sie kniff die Augen zusammen, als irritiere sie etwas an dem Bild, an dem Ausweis, an der Person, die vor ihr stand. Er wusste, dass sie es roch. Aber sie traute ihrer eigenen Wahrnehmung nicht.

Dennoch ließ sie ihn nicht hinein. »Worum geht es?«, fragte sie unsicher.

»Anton Wierich hat von Ihnen Informationen über ein Buch bekommen wollen.« Es war keine Frage, sondern eine Feststellung. Er freute sich über seine Stimme, er hörte ihr so gern zu. Die Stimme eines Engels, hatte seine Haushälterin oft gesagt. Sie hatte erst ihre Meinung über ihn geändert, als er sie mit Janus in der Hand erwischt hatte. Und als er ihr danach die Haut bei lebendigem Leibe vom Körper abgezogen hatte. Es war viel Arbeit gewesen. Befriedigende Arbeit. Danach hatte er mit nie zuvor erlebter Inbrunst die heilige Messe gefeiert.

»Es dauert nicht lange«, sagte er und lächelte sie an.

Endlich trat sie von der Tür zurück. Er drückte sich an ihr vorbei.

Sie hatte das Böse hereingelassen. Sie würde keine Gelegenheit mehr haben, es wieder gehen zu sehen, wenn er mit ihr fertig war.

20. Kapitel

Anton wusste nicht, wie er es bis Dienstag aushalten sollte. Bevor er die Antiquarin wiedersehen konnte, würde er seinen Sohn am Montag beerdigen müssen. Aber das war nur scheinbar. Er würde Maximilian wiedersehen – und sei es nur, um sich bei ihm für sein schreckliches Verhalten und die Prügel zu entschuldigen. Anton konnte nicht so weiterleben, er konnte die Schläge, die er seinem Sohn verabreicht hatte, nicht einfach vergessen. Er hatte Unrecht getan, er büßte dafür, und er würde es ungeschehen machen, koste es, was es wolle.

Er bemerkte kaum, dass er bereits den Berg nach Bettenfeld hochfuhr, so tief war er in seinen Gedanken und Wünschen versunken. Nach wenigen Minuten stand er in seinem Haus. Karla befand sich im Wohnzimmer; sie saß auf dem Sofa und schaute sich im Fernsehen eine Talkshow an, was sie sonst nie tat. Sie blickte kaum auf, als er den Raum betrat; die Bilder im Fernseher schienen sie ungeheuer zu fesseln. Er stellte sich hinter die Couch und sah geistesabwesend auf den flimmernden Bildschirm.

Ein Moderator, der so jung war, dass er die Schule noch gar nicht hinter sich gebracht haben konnte, unterhielt sich mit einer aufgedonnerten Rothaarigen, die kaum älter war als er, und mit einem Mann mittleren Alters, der einen Zopf hatte und an jedem seiner schwieligen Finger einen Ring trug. Es ging um den Kontakt mit der Geisterwelt.

Das Mädchen berichtete, sie habe genau gespürt, wie ihre verstorbene Katze zu ihr unter die Bettdecke gekrochen war, und der Mann erklärte unbeholfen, dass er seine bei einem Verkehrsunfall umgekommene Frau ein paar Tage später in ihrem Lieblingseinkaufszentrum wiedergesehen hatte.

Anton wünschte sich, Maximilian würde sich bei ihm melden, ihm erscheinen, mit ihm kommunizieren, auf welche Weise auch immer. Aber nichts dergleichen war bisher geschehen, und nichts dergleichen würde geschehen – wenn Anton nicht selbst dafür sorgte.

Du bist verrückt, sagte er stumm zu sich selbst.

»Wo bist du gewesen?«, fragte Karla beiläufig.

»In Trier, bei einer Antiquarin.«

»Warum ...«

Das Telefon schellte. Karla sprang von der Couch auf und rannte in die Diele; Anton folgte ihr. Sie riss den Hörer an sich und drückte ihn gegen ihr Ohr. »Ja, bitte?« Zuerst legte sich ein Schatten der Freude über ihr verhärmtes, verweintes Gesicht, dann verdunkelte es sich zu Enttäuschung. »Für dich, Anton.« Sie reichte ihm den Hörer und ging zurück zu ihrer Geistersendung.

»Wer ist da?«, fragte Anton atemlos. Er erwartete, die dunkle Stimme von Lioba Heiligmann zu hören.

»Hallo?« Es war tatsächlich eine dunkle Stimme, doch es war nicht die der Antiquarin.

»Spreche ich mit Anton Wierich?« Sie klang weder männlich noch weiblich, war undefinierbar, sanft und zugleich eisig kalt. Androgyn. Er hatte diese Stimme schon einmal gehört. Vor ein paar Tagen draußen im Wald. In sich selbst.

»Wer ist da?«, wiederholte Anton und spürte, wie seine Hände feucht wurden. Der Telefonhörer drohte ihm zu entgleiten.

»Es geht um eine Nachricht von Lioba Heiligmann«, sagte die seltsame Stimme. »Es ist wichtig. Wir müssen miteinander reden.«

»Warum kommt sie nicht selbst?«

»Sie ist ... verhindert.«

»Wohin soll ich kommen?«, fragte Anton heiser.

Am anderen Ende entstand ein Schweigen, das nur von leisen Atemzügen unterbrochen wurde. Sie nahmen an Volumen zu, erschufen einen Hall, als ertönten sie in einem gewaltigen Raum, als wachse dieser Raum wie eine sich mit Luft füllende Blase. Der Boden glitzerte feucht; die Decke war so hoch, dass er sie nicht erkennen konnte, und auch die Wände waren in der Ferne nur erahnbar. Trübes Licht floss wie Nebel über dem Boden dahin, bildete Wirbel, kroch ihm an den Beinen hoch.

»Wohin?«, sagte die Stimme irgendwo weit vor ihm. Ihr Hall trieb an den Wänden entlang, drang in den Nebel ein, drang in seinen Kopf ein. »Sie sind schon da.«

Vorsichtig machte er einen Schritt nach vorn. Unter seinen Schuhen schmatzte es feucht. Jenseits der Lichtwirbel drehte und wand es sich.

»Kommen Sie näher«, befahl die Stimme in der dunklen Ferne.

Er kniff die Augen zusammen. Eine zähe, klebrige Substanz hatte sich über sein Denken gelegt, ähnlich wie das Licht über den Boden, und er trat tiefer in den ungeheuerlichen Raum hinein. Es war, als wate er durch Schlamm, der an seinen Schuhen saugte.

»Bitte bleiben Sie jetzt stehen.«

Er erstarrte. Über ihm ertönte ein leises, schabendes Geräusch. Es kam langsam näher, als würde etwas von der unsichtbaren Decke herabgelassen.

»Wo ... wo bin ich?« Diese Frage hatte sich über seine Zunge gestohlen, bevor er darüber nachdenken konnte. Wie lächerlich.

Doch er erhielt eine Antwort. »Dort, wohin Sie normalerweise nicht gelangen.«

»Was für eine Nachricht von Lioba Heiligmann haben Sie für mich?«, fragte er heiser. In seinem Hals kratzte und würgte es, als würde sich jede einzelne Silbe wurmgleich an den Stimmbändern vorbeiwinden.

»Sie haben nicht zugehört«, sagte die Stimme, die nun näher gekommen war. Sie schien unmittelbar über ihm zu schweben. Er schaute nach oben. Aus der Schwärze der Decke – oder des Himmels – drang etwas herab, das wie ein gewaltiger Elefantenrüssel aussah. »Nicht Sie werden eine Nachricht erhalten, sondern Sie werden sie geben.«

Die widerliche, faltige, in der Luft zitternde Röhre war nun so tief herabgekommen, dass sie nur noch etwa einen Meter über seinem Kopf schwebte. Die Stimme schien aus der Öffnung dieses Tentakels zu dringen, der im einen Augenblick wie ein lebendiger Auswuchs und im nächsten wie ein mechanisches Instrument wirkte. Das Ding entwickelte allmählich einen starken Sog. Er sorgte dafür, dass ihm die Haare zu Berge standen. Dann flatterte seine Kleidung und drängte hinauf. Schließlich wurden ihm die Arme hochgerissen. Und er verlor den Boden unter den Füßen.

Die Röhre schmiegte sich um ihn, hüllte ihn ein wie eine zweite Haut, und er rang nach Luft. Er roch etwas Verwestes, Fauliges. Konnte sich nicht mehr bewegen. Hatte keine Ahnung, ob er noch hinaufgesogen wurde oder schon zum Stillstand gekommen war.

Dann weitete sich die Haut plötzlich und gab ihn frei. Sie wich zurück, wurde zu einer organischen Wand, zum Inneren einer Blase, an der nichts Maschinenhaftes, Röhrenartiges mehr war. Die Wände wurden durchsichtig, und hinter ihnen huschten schwarze Umrisse entlang, die sich jedem Begreifen entzogen. Bisweilen bohrten sich Blitze durch die Finsternis, machten sie für Augenblicke weiß, überlagerten alles andere, dann sank die Umgebung wieder in Düsterkeit zurück. Funken entzündeten sich, wuchsen in der Unendlichkeit hinter der Blase wie Sterne, verglühten wieder oder explodierten in gewaltigen Lichtblitzen. Dazwischen trieben lange, wurmartige Gebilde, deren Enden hierhin und dorthin peitschten, sich über runde Umrisse stülpten und diese zuckend verschluckten. Die runden Umrisse waren der Blase, in der er sich befand, erschreckend ähnlich. Er wollte etwas sagen, wollte etwas fragen, doch er brachte kein Wort heraus. Auch die Stimme war erstorben, erloschen, verglimmt. Er war allein.

Eines der wurmartigen Gebilde schoss auf ihn zu, umhüllte die Blase, und er spürte, wie diese sich verkleinerte. Millionen winziger Stachel drangen durch die lederartige Haut, drangen durch seine Haut, drangen durch die dünne Membran seiner Gedanken. Und nährten sich von ihnen. Saugten sie aus ihm heraus. Alle. Sein Innerstes.

Er hörte wieder etwas. Er hörte Worte. Worte, die im Raum außerhalb der immer kleiner werdenden Blase schwammen.

»Nichts ... nicht erinnern ... nicht ...«

Es waren beinahe körperhafte Worte, die sich drehten, wiederholt wurden, immer schneller um einen gemeinsamen Mittelpunkt trieben, einen Wirbel bildeten, dem auch das wurmartige Gebilde nicht mehr entfliehen konnte. Es zerplatzte. Die Nadeln fielen von ihm ab, und er stürzte in den Mahlstrom hinein. Immer schneller wurde der Wirbel, und nur noch selten zuckte irgendwo in der tintenartigen Schwärze ein Blitz auf. Schließlich bedeckte ihn die Schwärze von allen Seiten, und er hörte ein leises Lächeln. Ein Lächeln kann man nicht hören, sagte jemand in ihm. Und man kann auch kein Bedauern riechen. Und keinen Zorn schmecken. Und doch war es genau das, was er empfand.

Obwohl er nichts mehr sah, schien es ihm, als ziehe sich der Mahlstrom zusammen. Er schlüpfte durch einen engen Durchgang, schlug irgendwo auf und verlor das Bewusstsein.

Oder zumindest jenes Bewusstsein, in dem er soeben gewesen war.

* * *

Er hatte die Kopien gelesen, die diese Antiquarin ihm nicht ganz freiwillig gegeben hatte. Er war so erpicht auf den Text gewesen, dass das Spiel mit seinem Opfer ihm keine so außerordentliche Freude wie sonst bereitet hatte. Er hatte keine gute Arbeit abgeliefert, aber das war ihm egal. Die Lust des Lesens war diesmal größer als die Lust des Folterns gewesen.

Anton Wierich hatte ihn unbeabsichtigt auf die Spur des zweiten Janus gesetzt, und nun kannte er genau wie sein Opfer kein anderes Ziel mehr. Oh, wie würde er im Bösen aufgehen, wenn er es beschworen hatte! Oh, wie würde er schwelgen in den Gaben, die er jetzt nur als Verheißung besaß. Alles würde ihm untertan sein. Die Nadeln und Nägel und Sägeblätter würden aus seinem Körper verschwinden, und er würde wieder leben können – richtig leben – ewig leben! Alle Schmerzen und Qualen lägen dann hinter ihm. Wie es wohl war, dieses Leben ohne Schmerzen und Qualen? Er konnte es sich kaum mehr vorstellen. Wollte er es sich vorstellen?

Doch die Kopien hatten ihm keine neuen Erkenntnisse verschafft. Sie enthielten nur eine Version der Janus-Sage, die zwar auch er noch nicht gekannt hatte, die aber mit keinem Wort andeutete, wo sich die zweite Statuette befinden könnte. Doch nun besaß er das Ritual, und er wusste, was zu tun war, sobald das zweite Auge gefunden war. Das Ritual würde eine Ekstase des Grauens, der Qualen und der Lust werden. O, wie er sich darauf freute!

Er hatte herauszufinden versucht, ob der Trödler mehr wusste als er. Aber Wierich war leer. Er konnte nichts in Erfahrung bringen.

Als er den Hörer auflegte, seufzte er tief. Es war schwer gewesen; er hatte Wierich in sich hineingelassen, auch wenn dieser es nicht begriffen hatte; er hatte das Wissen des Trödlers in sich aufsaugen wollen. Er hasste es; es war jedes Mal ein schreckliches Gefühl, schlimmer noch als die Nadeln und Sägeblätter in seinem Innersten. Viel schlimmer. Aber manchmal war es die einzige Möglichkeit. Wie sehr schätzte er dagegen die anderen, handgreiflicheren Mittel.

Es war so furchtbar anstrengend gewesen. Nun würde er sich ausruhen müssen. Lange. Aber vor der Beerdigung von Wierichs Sohn würde dieser nichts mehr unternehmen.

Er leckte sich die Lippen.

21. Kapitel

Karla hörte einen dumpfen Aufschlag nebenan in der Diele. Kurz zuvor hatte Anton seltsame Worte ins Telefon gekeucht: »Nein ... weiß nichts ... nichts gesagt ... nicht erinnern ... nicht ...«

Sie sprang auf und stolperte aus dem Wohnzimmer. Anton lag auf dem Fußboden; der Hörer des Telefons hing schlaff an dem kleinen Tisch herab. Sie kniete sich neben ihren Mann, und im selben Augenblick schlug er die Augen auf.

»Was ... was ...?«, stammelte er.

»Was ist passiert?«, fragte Karla bestürzt und half ihm, sich zu erheben. Anton kämpfte sich auf die Beine und rieb sich den Kopf.

»Ich weiß es nicht«, murmelte er. »Ich weiß es nicht.« Sanft schob er Karlas Arm beiseite und ging über die knarrende Treppe nach oben ins Schlafzimmer.

Sie sah ihm nach, legte den Hörer, aus dem aufdringlich das Besetztzeichen tutete, wieder auf die Gabel, und folgte ihrem Mann nach oben.

Er hatte sich aufs Bett gelegt, angezogen, diesmal hatte er sogar die Schuhe anbehalten, und schien zu schlafen. Karla stellte sich neben ihn und sah auf ihn hinunter. Sein langes Gesicht wirkte eingefallen; die Stoppeln seines Barts wurden immer länger und malten zusätzliche Schatten auf Wangen und Kinn. Aus seiner Kleidung drang ein scharfer Geruch nach Schweiß, Feuchtigkeit, Ausdünstungen. Am liebsten hätte Karla ihn unter die Dusche gezerrt. Die Vorstellung, sich neben ihn legen und diesen Gestank ertragen zu müssen, war ihr zuwider. Sie erinnerte sich daran, wie Anton sie noch vor wenigen Tagen so wunderbar befriedigt hatte. Nun müsste sie sich überwinden, ihn überhaupt nur anzufassen. Er schnarchte, was für ihn gar nicht üblich war. Sie entschied, diese Nacht auf dem Sofa zu verbringen.

Mit dem Federbett und einem Kopfkissen ging sie wieder nach unten und machte es sich im Wohnzimmer so bequem wie möglich.

Zugegeben, dachte sie, als sie auf dem weichen Stoffsofa lag und das Federbett mit dem geblümten Bezug bis zum Kinn hochgezogen hatte, er hat seinen Sohn verloren, und das ist so ziemlich das Schlimmste, was einem im Leben passieren kann. Vielleicht mit einer Ausnahme: der Tod des Partners. Und auch das war ihm passiert, obwohl es bereits acht Jahre zurücklag. Er war am Ende. Trauer überfiel Karla. Trauer um Anton. Und auch um Max.

Es dauerte lange, bis sie eingeschlafen war. Sie träumte davon, wie die Toten aus den Gräbern krochen.

* * *

Die Zeit schlich dahin. Am Samstagmorgen kam Anton kaum aus dem Schlafzimmer hervor; er fragte Karla nicht einmal, warum sie im Wohnzimmer geschlafen hatte. Der Gestank oben war unerträglich geworden, doch sie wagte kein Wort zu sagen. Nach dem Frühstück verschwand Anton; sie vermutete, dass er in den Wäldern umherstreifte.

Sie duschte ausgiebig, denn sie fühlte sich schmutzig – angesteckt von dem Gestank ihres Mannes. Es war, als hätte er sich aufgegeben. Sie musste sich geirrt haben, als sie jener inzwischen verschwundenen Janus-Statuette all die schlimmen Ereignisse zugeschrieben hatte, von denen ihre kleine Familie in den letzten Tagen heimgesucht worden war. Obwohl der Götze fort war, hatte sich nichts zum Besseren gewandelt.

Das warme Wasser prickelte anregend auf ihrer Haut. Es lenkte Karlas Gedanken zurück zu dem Fremden. Wenn er jetzt hier wäre ...

Sie drehte das Wasser ab, trat hinaus in das kalte Badezimmer und wickelte sich in ein Badetuch. Anton war bisher nicht zurückgekehrt. Karla zog sich an. Am liebsten wäre sie weggegangen, weit weg, aber zum einen befand sich ihr Wagen noch in der Werkstatt, und zum anderen wollte sie nicht, dass niemand da war, wenn Anton zurückkam. Ausgelaugt und müde warf sie sich auf das Federbett, das noch immer das Sofa bedeckte.

Sie musste eingeschlafen sein, denn sie schreckte hoch, als sie plötzlich ein Geräusch im Haus hörte. Sie sprang vom Sofa auf und lief zur Tür. Es war Anton. Er sah sie nicht an, wollte schon wieder nach oben gehen.

»Bitte bleib stehen und rede mit mir«, sagte sie.

Endlich nahm er sie wahr. Aus seinen Augen quoll eine beinahe stoffliche Finsternis. »Worüber soll ich mit dir reden?«, fragte er matt.

»So kann es nicht weitergehen.«

»Nein.«

»Wie wäre es, wenn du dich erst einmal waschen und rasieren würdest? Du hast dich völlig aufgegeben. Ich weiß, es ist schrecklich, was passiert ist, aber du hast auch noch ein bisschen Verantwortung mir gegenüber«, betonte sie und verschränkte die Arme vor der Brust.

»Was weißt du denn schon? Hast du jemals einen solchen Verlust erlebt? Ich habe mich nicht aufgegeben. Vielleicht siehst du mich jetzt zum ersten Mal so, wie ich wirklich bin.«

»Das bist nicht du.«

»Woher willst du das wissen? Woher willst du wissen, wie ein Mensch wirklich ist? Kannst du in ihn hineinkriechen?

Kannst du sein Leben leben, seine Gefühle fühlen? Das eine Gesicht zeigt nach außen, das andere nach innen. Eines kannst du sehen, das andere nicht. So ist es immer.« Plötzlich grinste er sie an. »Aber manchmal tauschen die Gesichter die Plätze.«

»Vielleicht geht es dir besser, wenn du mit mir über ... alles redest«, schlug sie zögernd vor.

Über alles? Würdest du über *alles* reden wollen?, fragte sie sich selbst.

Darauf gab er nicht einmal mehr eine Antwort. Er drückte sich an Karla vorbei und schlich nach oben.

Sie verbrachte den Tag im Wohnzimmer, er im Schlafzimmer. Manchmal hörte sie das Bett oben knarren, wenn er sich von einer Seite auf die andere rollte. Und manchmal glaubte sie ein leises Weinen zu hören.

Am Sonntag war es nicht anders.

* * *

Der Regen setzte erst am offenen Grab ein, ganz hinten am Ende des Asphaltwegs, am Ende des kleinen Friedhofs, der von hohen Buchen umwuchert wurde, als müsste er vor der Welt versteckt werden. Schwarze Schirme klappten auf, wie ein erstickter, gedämpfter Salut, schwarzer Stoff flatterte in den bitteren Windböen. An einem Ahorn vorbei war durch eine kahle Stelle in der Hecke das weite Land zu sehen, wie eine dunkle Verheißung.

Der Priester sprach die vorgeschriebenen Gebete; ein Messdiener hielt den Schirm über ihn, damit sein Rituale nicht nass wurde. Die Messe zuvor in der Kirche war sehr bewegend gewesen. Obwohl Karla und Anton ganz zurückgezogen lebten und nicht viele Freunde in Bettenfeld hatten, war kaum ein Platz frei geblieben. Karla tat diese stumme Unterstützung gut, doch Anton schien sie kaum wahrzunehmen. Es war schwer gewesen, ihn am Morgen zu einem schwarzen Anzug zu bewegen, und er hatte sich geweigert zu duschen oder sich zu rasieren. Daher waren zwei Plätze links von ihm in der Bank freigeblieben; rechts von ihm hatte Karla gesessen. Anton hatte vor sich hingestiert; sie bezweifelte, dass er überhaupt etwas mitbekommen hatte. Einmal hatte sie versucht, ihn in den Arm zu nehmen, aber er war ihr ausgewichen.

Und nun, am Grab, stand er da, in der rechten Hand den Regenschirm, den er schief hielt, sodass seine linke Schulter und der Arm nass wurden, der schlaff herunterhing, den Kopf gesenkt, auf das offene Grab schauend und doch wieder nicht, den Blick auf etwas Fernes tief in der Erde gerichtet, ruhig atmend.

Als die Träger den Sarg an zwei starken Seilen hinabließen, lächelte er sogar ein wenig, er schien es kaum zu bemerken. Hier und da stieß jemand seinen Nachbarn an und nickte in Antons Richtung.

Nach der Zeremonie verließen alle so schnell wie möglich den Friedhof, bis nur noch die Sargträger, Anton und Karla übrig waren. Der Regen rauschte sein Lied in den Buchen, riss ihnen die Blätter ab, warf sie auf die Schirme und in das offene Grab.

»Komm«, sagte Karla zu ihm und berührte ihn sanft am völlig durchnässten linken Arm.

Verdutzt schaute er auf. Erst jetzt schien er zu begreifen, wo er war. Er atmete immer schneller, dann jagten Zuckungen durch seinen Körper. Und endlich weinte er. Karla warf ihren Schirm beiseite, umarmte ihn, ließ sich vom Regen küssen. Sie hielten sich aneinander fest, als gäbe es keinen anderen Halt mehr für sie auf der ganzen, weiten Welt.

* * *

Am Morgen wollte er den schwarzen Anzug nicht anziehen. »Nein, nein«, murmelte er in sich hinein, »das sieht ja aus wie bei einer Beerdigung.« Er ging doch auf keine Beerdigung. Oder? Er hatte geträumt, er sei mit Petra und Maximilian an die Nordsee gefahren, in einen Ort, an dem sie nie zuvor gewesen waren. Er erinnerte sich nicht an den Namen, wohl aber an die kleinen Giebelhäuser, von denen einige reetgedeckt gewesen waren. Er war neben Petra eingeschlafen, nachdem sie sich lange und zärtlich geliebt hatten, und nun war ein neuer Morgen angebrochen, und draußen war es trüb. Dabei hatte gestern noch so wundervoller Sonnenschein geherrscht, als sie mit dem kleinen Boot auf eine der Halligen geschippert waren.

»Bitte zieh das an«, sagte Petra.

Er betrachtete den schwarzen Anzug und das weiße Hemd und fuhr sich nachdenklich mit der Hand über den sprießenden Bart.

»Und geh unter die Dusche.«

»War ich schon.«

Petra seufzte. Warum? Wie redete sie überhaupt mit ihm? Aber ihr zuliebe zog er den seltsamen Anzug an. Schon wollte er vorschlagen, heute nach Sylt hochzufahren, doch der Blick in Petras Augen verbot es. Was war los? Und wo war Maximilian? Bestimmt schlief der Junge noch. War heute Sonntag? Deshalb der Anzug? Aber hier gab es doch keine katholische Messe, hier waren alle protestantisch – oder Wikinger und Odinsanhänger, wie er gestern noch gespottet hatte. Außerdem hatte er keine Lust, in die Kirche zu gehen.

»Dann zieh dich wenigstens an. Sonst kommen wir noch zu spät zur Kirche.«

Also doch! Er wollte ihr den Spaß nicht verderben, daher zog er sich an. Als er fertig war und aus dem Haus trat, wunderte er sich. Das war doch nicht der Urlaubsort, an dem sie gestern noch gewesen waren! Seine Frau zog ihn in die Kirche, die beinahe voll war. Alle trugen Schwarz. Marschbauern. Bestimmt war es hier üblich so. Er hörte dem Priester nicht zu, wunderte sich nur, wo Maximilian war. Er vermisste seinen Jungen, schaute sich nach ihm um, sah ihn aber nirgendwo.

Nach der Messe machten sie einen Spaziergang. Es störte ihn sehr, dass ein Wagen mit einer Kiste vor ihnen herfuhr, den sie einfach nicht überholen konnten, obwohl der Wagen so langsam war.

Als sie den kleinen Park erreicht hatten, bemerkte er, dass die Leute aus der Kirche ihnen gefolgt waren. Warum gingen bloß alle hier spazieren? Es sah nach Regen aus. Wenn man unbedingt vor die Tür gehen wollte, dann war doch das Meer ein viel lohnenderes Ziel. Sie blieben vor einer Grube stehen. Niemand hatte sie abgesperrt. Jemand stand vor ihr, bestimmt um die Passanten davor zu schützen, hineinzufallen.

Dann setzte der Regen ein. Die Schirme wurden geöffnet. Auch Anton spannte seinen Schirm auf. Er schaute in das Loch vor ihm und glaubte ganz hinten, ganz tief etwas schillern zu sehen. Es wurde ein wenig deutlicher. Ein Auge. Es sah ihn an. Dann ein zweites Auge, ein wenig rechts vom ersten. Verschwommener. Aber eindeutig da. Etwas sah ihn aus der Tiefe der Erde an. Aus der Tiefe ... Blätter trieben in das Loch vor ihm. Herbstlaub fiel aus Himmelsgärten in das Grab.

Grab ...

»Komm.«

Etwas berührte ihn am linken Arm. Da erst spürte er, dass dieser völlig durchnässt war. Verdutzt schaute er auf. Er sah Petra an. Es war nicht Petra. Erst jetzt begriff er, wo er war.

Er atmete immer schneller, dann jagten Zuckungen durch seinen Körper. Und endlich weinte er. Karla warf ihren Schirm beiseite, umarmte ihn, ließ sich vom Regen küssen. Sie hielten sich aneinander fest, als gäbe es keinen anderen Halt mehr für sie auf der ganzen, weiten Welt.

* * *

Am Abend rasierte er sich und duschte. Als er zu Karla ins Bett glitt, duftete er nach frischer Seife, nach Neuheit und Kraft. Er nahm sie in den Arm, hielt sie fest, sie hielt ihn fest, und so schliefen sie ein.

Am Dienstagmorgen erwachte Karla, als sich etwas neben ihr regte. Schläfrig, schrecklich erschöpft von den Anstrengungen des vergangenen Tages, schlug sie die Augen auf. Anton stand vor ihr, frisch, ein anderer Mensch. Er trug einen Pullover zu einer sauberen Jeans. Mit einer Hand winkte er ihr zaghaft zu, die andere hatte er in der Hosentasche, wo er mit etwas zu spielen schien, vielleicht mit einer kleinen Kastanie, wie sie sie früher oft gemeinsam gesammelt hatten.

»Ich muss etwas erledigen. Dazu muss ich nach Trier fahren. Wenn ich Glück habe, wird alles wieder gut. Dann wären die vergangenen Tage und die Beerdigung nur ein Albtraum, der bald ein Ende hat.« Er beugte sich zu ihr hinunter und gab ihr einen Kuss auf die Stirn. Sie spürte etwas Feuchtes auf ihrer Schläfe. Als Anton sich wieder aufrichtete, sah sie, dass er Tränen in den Augen hatte.

»Alles wird gut«, sagte er und ging.

Fast war es wieder ihr alter Anton.

Doch die winzige Abweichung zu jenem alten Anton war das, was sie nun am meisten entsetzte.

22. Kapitel

Er nahm seinen Lieferwagen, und bevor er sich anschnallte, vergewisserte er sich, dass er seine Euroscheckkarte, seine Kreditkarte und Bargeld dabei hatte. Diesmal war er auf alles vorbereitet.

Glaubte er.

Er startete den Wagen und fuhr nach Trier. Lioba Heiligmann hatte sich zwar bisher nicht gemeldet, doch er wollte nicht länger auf ihren Anruf warten. Er würde von ihr schon die Informationen bekommen, die er brauchte. Das wusste er. Irgendwie.

Doch als er vor ihrem heruntergekommenen Haus stand, beschlichen ihn Zweifel. Was war, wenn die Antiquarin keinen Erfolg gehabt hatte und ihm nicht sagen würde, wer das *Mysterium Arcanum* gekauft hatte? Mit bangem Herzen ging er die wenigen, bröckeligen Stufen zur Haustür mit der abblätternden Farbe hoch und klingelte. Nichts regte sich. Vielleicht hätte er doch vorher anrufen sollen. Er klingelte erneut und lauschte. War da nicht ein Geräusch im Haus? Ein verstohlenes, raschelndes Wispern ähnlich dem, das er in dem Antiquariat in der Domstraße gehört hatte? Er legte das Ohr an die Tür und hielt den Atem an.

Er hatte sich nicht geirrt. Das Rascheln kam näher. Hastig richtete er sich wieder auf und trat auf der Treppe einen Schritt nach unten. Die Tür wurde langsam geöffnet.

Anton hob den Blick. Dort im Rahmen stand ein Mann, den er nie zuvor gesehen hatte. Er war recht groß, ein wenig korpulent, hatte schütteres blondes Haar und trug einen schwarzen Anzug. »Was wünschen Sie?«, fragte er; er klang gehetzt.

»Ich möchte ... ist Frau Heiligmann nicht da?«

»Nein.«

»Können Sie mir sagen, wo ... ich muss sie dringend sprechen.«

Der Mann im schwarzen Anzug sah Anton eindringlich an. »Ich fürchte, das geht nicht.«

»Ich bin mir ihr verabredet«, log Anton.

»Davon hat sie mir zwar nichts gesagt, aber selbst wenn es so sein sollte, haben Sie leider Pech.« Der Mann, der sich noch immer nicht vorgestellt hatte, trat vor das Haus, drehte Anton den Rücken zu und schloss die Tür ab. »Versuchen Sie es in zwei Wochen noch einmal«, sagte er, während er an Anton vorbei die Treppe hinunterschritt.

»So lange kann ich nicht warten«, sagte Anton entsetzt. »Es geht um Leben und Tod – wirklich!«

Der Mann kniff die Augen zusammen, als würde er Anton erst jetzt richtig sehen. »Bei *ihr* ging es wirklich um Leben und Tod«, sagte er und wollte gehen, doch Anton packte ihn am Arm. »Bitte – was ist passiert?«, fragte er atemlos.

Der Mann schaute auf Antons Hand hinunter und verzog die Mundwinkel. »Lioba Heiligmann liegt im Krankenhaus«, erklärte er und versuchte den Arm wegzuziehen, doch Anton hielt ihn fest.

»Im Krankenhaus? Wieso?«

»Sie wurde überfallen. In ihrem eigenen Haus. Die Ärzte sagen, sie ist inzwischen außer Lebensgefahr, aber sie liegt noch im Koma. Ich wollte nur kurz sehen, ob hier alles in Ordnung ist, bevor ich wieder zu ihr gehe.« Er machte eine kurze Pause und fügte dann hinzu: »Ich bin ihr Lebensgefährte.«

»Weiß man, wer es war? War es ein Raubüberfall?«

»Da Lioba noch nicht ansprechbar ist, konnte sie bisher keine Beschreibung des Täters geben.

»Wieso ...«

»Sie wollen wissen, wieso Lioba so schrecklich zugerichtet wurde?«, meinte der Mann und zuckte die Achseln. Trauer erfüllte nun seinen Blick. »Sie wurde gefoltert. Ich kann Ihnen unmöglich mitteilen, was man ihr angetan hat.« Er schüttelte den Kopf. »Ich würde es nicht aushalten. Aber was sie ausgehalten hat ... Jeder andere wäre daran gestorben. Wenn nicht an den Verletzungen, dann am Schock oder an den Schmerzen. Ich habe nicht die geringste Ahnung, worum es bei dieser furchtbaren Sache geht. Die Polizei tappt ebenfalls im Dunkeln. Es wurde nichts durchstöbert, und auf den ersten Blick scheint nichts gestohlen worden zu sein. Wenn Sie mich jetzt bitte loslassen würden ...«

Anton nahm die Hand vom Arm des Mannes, der sich sofort entfernte. Er ging die Krahnenstraße entlang, bog nach rechts in eine Seitenstraße und verschwand aus Antons Blickfeld.

Er hatte nicht einmal gefragt, in welchem Krankenhaus Lioba Heiligmann lag. Doch was nützte es? Sie war nicht ansprechbar. Also würde er sie auch nicht nach dem *Mysterium Arcanum* fragen können. Sein Weg war hier zu Ende.

Er setzte sich auf die ausgetretenen Steinstufen vor Lioba Heiligmanns Haus und stützte den Kopf in die Hände. Er dachte an die beiden Augen, die er in Maximilians Grab gesehen hatte. An die Augen, die ihn angestarrt hatten. Auffordernd. Wissend. Hoffend. Er durfte seinen Sohn nicht im Stich lassen. Er musste die Möglichkeit haben, sich bei ihm zu entschuldigen. Er konnte so nicht weiterleben. Und dazu brauchte er das *Mysterium Arcanum*.

War es Zufall, dass die Antiquarin kurz nach Antons Besuch überfallen worden war? Oder hatte der Täter ebendieses Buch gesucht? Wenn ja, woher hatte er davon erfahren? Und – hatte er es bekommen?

Anton hob den Kopf und schaute die Krahnenstraße hinauf und hinunter. Hatte er nicht in der letzten Zeit manchmal das Gefühl gehabt, verfolgt zu werden? Und was war das für ein seltsamer Anruf am letzten Freitag gewesen? Geistesabwesend steckte er die rechte Hand in die Hosentasche und umfasste die Kapsel, die sich beruhigend warm anfühlte. Er zog sie hervor.

Und blickte in das Auge.

Es war, als stürze er in das Schwarze, das die Stelle der Iris eingenommen hatte. Ob es wirklich ein Auge war? Es schwamm in der Flüssigkeit wie ein Kontinent im Ozean der Tränen. Was immer es war, es war ein Teil des Weges. Des Weges zu seinem Sohn. Doch er brauchte weitere Informationen. *Durch die Verbindung beider Statuen kann das Böse beschworen werden, welches die größte Macht ist auf der Erde und in der Hölle*. Der alte Delrio hatte nicht gewusst, dass es nicht um die Statuen, sondern um das ging, was in ihnen verborgen war.

Anton drehte sich auf der Treppe um und schaute hoch zur Haustür. Sie war zwar alt, sah aber ziemlich stabil aus. Die Fenster hingegen nicht. Besonders das efeuüberwucherte rechts neben der Tür ...

Das kannst du nicht ernst meinen! Du bist noch nie irgendwo eingebrochen. Was willst du denn in diesem Haus? Er erinnerte sich daran, dass die Antiquarin gesagt hatte, sie habe das Buch verkauft. Bestimmt besaß sie eine Kundenkartei.

Geh nach Hause.

Dann bist du gescheitert. Dann ist dein Sohn verloren. Dann ist dein Leben verloren. Dann ist alles *verloren.*

Bevor er wusste, was er tat, hatte er eine der Scheiben im rechten Sprossenfenster eingeschlagen. Er reckte sich von der obersten Stufe hinüber, schob den altmodischen Bügel des Fensters hoch, drückte es nach innen auf. Ein rascher Blick die Straße entlang zeigte ihm, dass er nicht beobachtet wurde. Er benutzte den festen Efeustamm als Klettergerüst und stand bald in der Bibliothek, in der er vor einigen Tagen mit Lioba Heiligmann gesessen hatte. Schnell schloss er das Fenster wieder, nachdem er den Efeu ein wenig vor die gesplitterte Scheibe gezogen hatte, sodass von der Straße aus sicherlich nichts Verdächtiges mehr zu sehen war.

Der Bibliotheksraum wirkte unverändert; auf den ersten Blick waren keine Kampfspuren zu sehen. Allerdings befanden sich auf einem der beiden Ledersessel große, rostbraune Flecken. Anton lief eine Gänsehaut über den Rücken, als er sie sah und daran dachte, was in diesem Raum vorgefallen sein musste. Ansonsten war nichts zu sehen, auch die Polizei schien nirgendwo ihre Siegel angebracht zu haben. Umso besser.

Anton machte sich auf die Suche nach Lioba Heiligmanns Kartei.

Noch bevor er in der Diele stand, kam ihm der Gedanke, dass sich diese Kartei vermutlich im Computer der Antiquarin befand. Dann hatte er nicht die geringste Chance, an sie heranzukommen. Er betrat den nächsten Raum. Wieder: nur Bücher. Doch dieses Zimmer hatte einen völlig anderen Charakter. *Zwei Gesichter*. Hier war nichts aufgeräumt, hier türmten sich die Bände in Stapeln auf dem Boden, auf Stühlen, standen auch in Regalen, lagen aber dort bisweilen übereinander, und auch der Schreibtisch ächzte beinahe hörbar unter der Bücherlast. Auf ihm stand überdies ein Computer. Natürlich war er abgeschaltet. Anton wusste nicht einmal, wie man das Ding startete, und er hatte erst recht keine Ahnung, was er machen sollte, wenn er ein Passwort hätte eingeben müssen.

Er war erstaunt, dass die Antiquarin überhaupt eine solche Höllenmaschine besaß. Sie hatte so altmodisch gewirkt. Anton stöberte in dem Arbeitszimmer herum, wobei er vorsichtig die Bücherstapel umrundete. Hier herrschte zwar Chaos, aber es schien nicht von einem Einbrecher verursacht worden zu sein. Dazu wirkte es zu berechnet, und auch war kein einziges Buch nachlässig, aufgeschlagen etwa, platziert worden. Das gesamte Durcheinander sprach von einer tiefen Liebe zum Buch, von Respekt vor dem gedruckten Wort.

Anton fand keinerlei Karteikarten. Aber er fand Rechnungen.

In einem kleinen, hochbeinigen Schrank, auf und unter dem die Bücher aneinandergekuschelt lagen, entdeckte er etliche Aktenordner mit Rechnungsduplikaten, vermutlich für das Finanzamt. Lioba Heiligmann hatte eindeutig Ordnung in ihrer Unordnung. Wenn er sich recht erinnerte, hatte die Antiquarin gesagt, sie habe das *Mysterium Arcanum* vor einem Jahr verkauft. Also müsste er eigentlich in dem Ordner mit der Aufschrift *2006* fündig werden. Anton zog ihn vorsichtig aus dem Schrank und nahm ihn mit hinüber ins andere Zimmer, wo er sich in den Sessel setzte, in dem er auch bei seinem ersten Besuch gesessen hatte. Dort begann er, die Rechnungen durchzublättern.

Immer wieder schaute er auf und sah die rostroten Flecken auf dem anderen Sessel. Mein Gott, was war hier bloß geschehen?

Manchmal glaubte er verstohlene Geräusche aus dem Haus zu hören, vor allem von oben, aus dem ersten Stock. Er versuchte, sie nicht zu beachten, doch sie machten ihm Angst. Immer wenn er angestrengt lauschte, verstummten sie. Nein, er irrte sich; es waren nur die üblichen Geräusche eines alten Hauses.

Es dauerte ein wenig, bis Anton die richtige Rechnung gefunden hatte:

Herrn Benjamin Borsig *7. 9. 2006*
Venusbergweg 17
53115 Bonn

Mysterium Arcanum, seu de daemonibus rite evocandis cum quibusdam aliis secretis abditissimis, Romae sine permissu superiorum. iv, 172 pp.

Bruttopreis	*EUR 15.600*
Gesamt	*EUR 15.600*
Nettopreis	*EUR 14.579,44*

Die Rechnungssumme enthält 7 % MwSt. = EUR 1.020,56
Zahlbar innerhalb von vierzehn Tagen nach Erhalt.

Bei der Rechnung war ein Kontoauszug, der den Eingang des Geldes bestätigte.

Anton kratzte sich verwundert am Kinn. So viel Geld gaben Spinner für solche Bücher aus? Er hatte eindeutig den falschen Beruf. Aber er hatte die Adresse!

Da war noch etwas. Angeheftet an die Rechnung war eine Quittung für Fotokopien. Es waren genau 88. Vier Seiten Vorwort, 172 Seiten Text, je 2 Seiten auf einer Kopie. Es passte. Offensichtlich hatte Lioba Heiligmann diese Kosten von der Steuer abgesetzt. Die Kosten für die Fotokopie des *Mysterium Arcanum!* Eine andere Erklärung gab es nicht.

Anton spürte, wie das Blut einer Flutwelle gleich durch seinen Körper schoss. Deshalb hatte die Antiquarin ihm Hoffnung gemacht! Sie war sich bloß noch nicht sicher gewesen, ob sie ihm ihre Kopien – oder Kopien davon – zur Verfügung stellen sollte oder nicht. Sie hatte den Text des Buches besessen. Also musste er nun nach diesen Kopien suchen.

Falls sie nicht schon jemand anders in seinem Besitz hatte. Falls das Schreckliche, das ihr zugestoßen war, mit diesem Text zusammenhängen sollte ...

Er suchte das ganze Haus ab, vom Speicher über den ersten Stock und das Erdgeschoss bin hinunter zum Keller, doch er fand die Kopien des *Mysterium Arcanum* nicht.

Er durchkämmte das Haus ein zweites Mal, dann gab er auf. Inzwischen wurde es bereits dunkel, und er wollte kein Licht machen. Sicherlich wusste man in der Nachbarschaft, was Lioba Heiligmann zugestoßen war. Er durfte keinesfalls Aufmerksamkeit erregen. Also schrieb er sich die Adresse des neuen Besitzers des *Mysterium Arcanum* vom Rechnungsdoppel ab und verließ vorsichtig das Haus.

Auf der Straße hatte er wieder das Gefühl, beobachtet zu werden. Er dachte an Lioba Heiligmanns Schicksal.

Bildete er sich die Schritte hinter sich nur ein?

Er ging schneller.

Bildete er sich nur ein, dass die Schritte ebenfalls schneller wurden?

23. Kapitel

Anton war froh, als er wieder in seinem alten VW Bully saß. Den ganzen Weg bis zur Tiefgarage unter dem Viehmarkt hatte er das Gefühl gehabt, verfolgt zu werden. Manchmal hatte er Schritte gehört, manchmal war es ihm gewesen, als vernehme er ein tiefes, dumpfes Atmen dicht hinter sich, doch nie hatte er jemanden bemerkt, auch wenn er sich oft umgedreht hatte. Nichts als Finsternis war ihm gefolgt.

Selbst hier im Wagen empfand er keine Sicherheit. Er verließ die Tiefgarage und quälte sich durch den abendlichen Trierer Verkehr in Richtung Autobahn. Immer wieder schaute er in den Rückspiegel, doch er konnte nicht sagen, ob er verfolgt wurde. Manchmal glaubte er einen dunklen, großen Wagen in einiger Entfernung hinter sich zu sehen, doch ob es immer derselbe war, wusste er nicht.

Als er auf der Autobahn war, fragte er sich, was er nun tun sollte. Er hatte nur rasch aus Trier fliehen wollen, hatte das Gefühl abschütteln wollen, verfolgt zu werden, doch es war ihm nicht gelungen. Er sah beinahe mehr in den Rückspiegel als auf die Straße vor sich. Aus den Falten und Taschen der abendlichen Dunkelheit flatterten Regenvorhänge, die den Wagen mit raschelndem Prasseln umgaben. Blätter eilten umher, gewannen unter den Scheinwerfern für einen Augenblick ihre Totenfarben zurück, verschwanden wieder in der nassen Düsternis. Die Feuchtigkeit schien durch die Ritzen von Türen und Fenstern zu dringen und legte sich wie eine zweite Haut um Anton, der zu frösteln begann. Selbst die Heizung des VW vermochte ihn nicht zu wärmen. Die Scheinwerfer der Wagen hinter ihm stachen in die Rückspiegel, tanzten wie Meteoriten im Glas. War da nicht weit hinter ihm ein Auto, das andauernd denselben Abstand zu ihm hielt, nie überholte, wie lauernd hinter ihm herfuhr? Anton rieb sich die Augen und packte das Lenkrad fester. Bei höheren Geschwindigkeiten zeigte sich eine Unwucht in den Vorderrädern und brachte den ganzen Wagen zum Erzittern. Er trat das Gaspedal durch. Als der Wagen noch schneller wurde, hörte das Vibrieren auf. Dafür klapperte und brummte es nun an allen Ecken und Enden.

Erst als er die Ausfahrt Manderscheid hinter sich gelassen hatte, begriff er, dass er nicht nach Hause zurückkehren wollte. Er durfte nicht mehr warten, musste der Spur folgen, musste seinem Sohn nachjagen.

Ins Grab, tuschelte eine verzerrte Stimme in ihm. *Einen anderen Weg gibt es nicht*.

Der Wagen weit hinter ihm holte nicht auf, fuhr nicht ab, behielt den Abstand bei. Auch als Anton bei Mayen von der Autobahn abfuhr, weil es hier eine Abkürzung zur A 61 gab, die nach Bonn führte, folgte ihm der große Wagen.

Nach Bonn ...

Er musste diesen Benjamin Borsig aufsuchen. Er musste das *Mysterium Arcanum* bekommen. Er musste den Weg finden.

Und er musste seinen Verfolger abschütteln.

Fieberhaft überlegte er. Sein Wagen war zu auffällig. Er durfte seinen unsichtbaren Gegner keineswegs zu Benjamin Borsig leiten. Also sollte er mit dem Zug weiterfahren. Wo war der nächste Bahnhof? In Koblenz. Also zurück!

Anton trat auf die Bremse, nachdem er sich vergewissert hatte, dass unmittelbar hinter ihm niemand war, und wendete auf der breiten Straße. Nun fuhr er an dem großen, dunklen Wagen vorbei. Er konnte nicht in das Innere blicken; die

Scheiben spiegelten und warfen das Licht seiner Scheinwerfer zurück. Doch im Rückspiegel sah er, dass der Wagen ebenfalls anhielt und vorsichtig wendete. Nun gab es keinen Zweifel mehr. Mit Höchstgeschwindigkeit raste Anton zurück zur Autobahn.

Eine halbe Stunde später hatte er Koblenz erreicht. Er hielt sich absichtlich vom Bahnhof fern, fuhr stattdessen in Richtung Innenstadt. Er konnte nicht genau erkennen, ob der große Wagen ihn noch immer verfolgte, aber er nahm es an. Tiefer und tiefer tauchte er in das Gewirr der Straßen ein. Der Regen fiel unablässig; die Scheibenwischer schufen Schlieren auf dem Glas, in den Tropfen brach sich das Licht der Straßenlaternen, die umso kraftloser und matter zu werden schienen, je weiter er fuhr. Bald hatte er die Innenstadt hinter sich gelassen. Kurz entschlossen fuhr er in eine Einfahrt, hinter der sich ein schwarzes Fabrikgebäude erhob. Er stellte den VW hinter einer Mauer ab, sodass er von der Straße aus nicht zu sehen war, stieg aus und schlich an der backsteinernen Halle entlang, die vom fernen Licht der Straßenlaternen nur schwach beleuchtet wurde. Der Regen küsste ihn, drückte ihn gegen die alten, schimmelfleckigen Mauern. Unter einem kleinen Vorsprung blieb er neben einer verschlossenen Metalltür stehen. Die Straße lag verlassen hinter Tor und Mauer, Herbstwind tänzelte herein, in einem Kleid aus Regen und Kälte. Alles blieb ruhig. Keine Spur von dem großen, dunklen Wagen. Hatte er ihn wirklich abgehängt?

Hinter der Tür neben ihm regte sich etwas. Etwas raschelte. Etwas wisperte.

»Papa ...«

Anton fuhr zusammen. Riss die Tür auf, die sich unerwartet leicht öffnen ließ. Tief im Inneren der Halle leuchtete etwas – wie ein Stern in einem ansonsten leeren, unendlichen

Universum. Anton hörte, wie es irgendwo tropfte. Unsicher machte er einen Schritt in die Finsternis hinein.

»Papa!«

Es kam von weit hinten, aus der Richtung des Sterns. Es war die Stimme seines Sohnes. Anton hielt den Atem an, regte sich nicht mehr.

»Papa, hilf mir ...«

Nun lief er auf die Lichtquelle zu. Als er näher kam, sah er, dass es zwei Sterne waren, zwei Lichter, wie Augen im Antlitz der Finsternis. Sie schienen ihn zu sehen. Und sie schienen vor ihm zurückzuweichen. Er stolperte über den unebenen Boden, tappte durch Pfützen, die seine Schuhe nass machten, seine Schritte hallten durch das riesige Gebäude, aber er erreichte die Augen nicht.

Da hörte er hinter sich etwas. Abrupt blieb er stehen. Es war ein Atmen, ein Rascheln, das er schon kannte. Er war entdeckt! Anton wirbelte herum. Nur Schwärze stand vor ihm, dicht wie ein Theatervorhang. Er spürte die Augen in seinem Rücken. Mein Gott, gib mir Kraft!, betete er und tastete mit einer Hand nach der Kapsel in seiner Hosentasche.

Das Rascheln und Atmen kroch an ihn heran. Die Geräusche schienen die ganze Halle einzunehmen, schienen neue, unsichtbare Mauern hochzuziehen, eine neue Welt zu schaffen. Eine Welt, in der die alten Begrenzungen nicht mehr existierten.

»Papa, bring mir das zweite Auge ...«

Es war Anton, als zerreiße es ihn; der Riss ging mitten durch sein Herz, durch seinen Verstand. Sein Junge! Er musste seinem Jungen helfen! Musste ihn da herausholen. Koste es, was es wolle. Er drehte sich um und lief auf das Licht zu, so schnell er konnte. Er hörte die verstohlenen Laute, die sein Verfolger hinter ihm machte. Er rannte durch eine Kathedrale aus dunklem Keuchen, bösartigem Raunen und hallenden Schritten.

Die Augen glitten auseinander, nun wichen sie nicht mehr vor ihm zurück. Sie waren nichts anderes als die Scheinwerfer eines Wagens. Ein großes Rolltor war vor ihm zurückgeschoben worden. Anton suchte fieberhaft nach seinem Sohn, doch er fand ihn nicht.

»Hier, hier bin ich, Papa ...«

Er hastete aus dem Fabrikgebäude, eilte an dem großen, dunklen Wagen vorbei auf die stille Straße, in der sich Lagerhallen, Fabriken und verlassene Supermärkte abwechselten. Der regenschwangere Wind trieb Anton wie ein wirbelndes Blatt die Straße entlang. *Mein Sohn* ... Er hörte Maximilians Stimme nicht mehr. Ließ sich treiben, mit Tränen in den Augen, stürmte durch die nasse Nacht, vorbei an Lichttümpeln von den Laternen, durch Neonlichtpfützen, die gelegentlich aus Schaufenstern rannen, über die glitzernde Regenhaut des Asphalts, sah nicht hinter sich, nicht vor sich, sah bald nichts mehr außer seiner eigenen Finsternis.

Es dauerte lange, bis Seitenstiche ihn zwangen, stehen zu bleiben. Vorsichtig schaute er sich um. Niemand verfolgte ihn. Inzwischen war er in belebtere Gegenden der Stadt gelangt; hier und da schlichen Menschen durch den Regen, starrten ihn an, der nicht einmal einen Schirm hatte und inzwischen bis auf die Haut durchnässt war, liefen weiter, in ihren eigenen dunklen Welten gefangen.

Als er ein Hinweisschild mit der Aufschrift *Bahnhof* sah, folgte Anton ihm, wobei er sich immer wieder umschaute. Er konnte nichts Verdächtiges mehr erkennen. Unbehelligt erreichte er das Bahnhofsgebäude, schaute in den strömenden Menschenmassen nach einem Fahrplan, fand heraus, dass schon in fünf Minuten ein Zug nach Dortmund fuhr, der auch in Bonn hielt, und rannte zum angegebenen Gleis. Oben lief er auf und ab und schaute jeden an, der auf dem Bahnsteig stand. War er oder sie, dieser oder jene sein Verfolger? Alle taten so, als würden sie ihn nicht kennen, ja als würden sie ihn nicht einmal bemerken. Sie schauten weg, oder sie waren in ihre Zeitungen vertieft, oder sie umarmten ihren Partner. Sie alle spielten Normalität.

Du bist verrückt.

Nein, er erkannte nur allmählich die Risse und Spalten in dieser Normalität, durch welche die Finsternis ins Leben hereindrang.

Du hast deinen Sohn gehört. Du bist verrückt.

Anton umkrampfte die Kapsel in seiner Hosentasche. Sie war der beste Beweis dafür, dass er sich nichts einbildete. Die von ihr ausgehende Wärme durchschmeichelte seinen ganzen Körper. Sein Sohn hatte ihn angefleht. *Bring mir das zweite Auge.* Maximilian wusste es. Natürlich, er wusste alles. Jetzt. Anton musste es tun.

Du bildest dir das alles nur ein. Du warst in einer Fabrikhalle und hast seltsame Dinge gehört, weiter nichts.

Und der Verfolger? Wo war er? *Wer* war er?

Der Zug fuhr ein. Anton sprang hinein. Es war ein InterCity; eine Fahrkarte konnte er drinnen lösen. Zum Glück war nicht mehr viel los; er fand einen ruhigen Platz gleich hinter der Lok. Niemand war ihm gefolgt. Niemand außer einer alten Dame mit einem schweren Koffer, und sie war sicherlich nicht sein Verfolger.

Anton schaut aus dem Fenster, doch auch auf dem Bahnsteig war nichts Verdächtiges zu sehen – soweit er überhaupt etwas sehen konnte, denn die Innenbeleuchtung des Wagens machte das Fenster zum dunklen Spiegel, in dem sich die Sitze abzeichneten. Hinter ihnen schlichen nur undeutlich erahnbare Umrisse einher. Wie die Dinge hinter den Dingen, dachte Anton. Der Zug setzte sich in Bewegung, und mit jeder Minute, die ihn Bonn näher brachte, fühlte er sich sicherer. Er schien seinen Verfolger tatsächlich abgehängt zu haben. Anton atmete auf und lehnte sich zurück in den bequemen Sitz.

Erst jetzt kamen die Gedanken an Karla. Er würde in dieser Nacht nicht mehr nach Hause kommen. Kurz überlegte er, ob er sie anrufen sollte; bestimmt gab es in diesem Zug ein öffentliches Telefon. Doch er verwarf den Gedanken wieder. Sie würde wissen wollen, was er in Bonn vorhatte. Sie würde ihm seinen Plan ausreden wollen. Da war es besser zu schweigen.

Nach einer Dreiviertelstunde hatte der Zug Bonn erreicht. Anton stieg aus, kaufte sich im Bahnhof einen Stadtplan und machte sich auf den Weg. Er stelle fest, dass der Venusbergweg nicht sonderlich weit vom Hauptbahnhof entfernt lag. Zum Glück.

Es hatte bisher nicht aufgehört zu regnen, und auch wenn er im Zug ein wenig getrocknet war, sah er doch immer noch so aus, als hätte er eine Nacht in der Gosse verbracht, wie er erkennen musste, als er sich in einem Schaufenster spiegelte. Er blieb stehen und sah sich an. Zuerst fiel es ihm schwer zu glauben, dass er das tatsächlich war. Obwohl er relativ gut rasiert war, wirkten seine Wangen schmutzig, verschattet. Wie die Augen, die tief in den Höhlen lagen, als ob er schon lange keinen Schlaf mehr gefunden hätte. Er fühlte sich an die Statuette des Janus erinnert. Das, was ihn da aus dem Fensterglas ansah, war nicht das lächelnde, sondern das finster dreinblickende Ich. Doch es war zugleich ein ungeheuer kraftvolles Ich, wie er fand. In seinen dunklen Augen loderte die Macht einer Jugend, die er nie besessen hatte. Es war eine ihm fremde Macht.

Ich? Was ist das? *Wer* ist das? *Ich* ist die Suche nach einem Teil von mir, dachte er. *Ich* ist die Hoffnung darauf, in die Hölle zu gehen und meinen Sohn dort herauszuholen.

Er schaute die verlassene Straße hinauf und hinunter und seufzte auf. Niemand war ihm gefolgt. Kein großer, dunkler Wagen kreuzte über die Straßen, keine verdächtige Gestalt schlich ihm nach, als er weiterging.

Von der Poppelsdorfer Allee bog er in die Königstraße ein, dann links in den Venusbergweg, und bald tauchte vor ihm die schwarze, nass glänzende Masse des Botanischen Gartens auf. Es dauerte nicht lange, und er stand vor der angegebenen Adresse.

Er spürte die schütter gewordenen Bäume im Rücken, die krampfhaft ihre letzten Blätter im leiernden Regen festhielten; er spürte ihre Verzweiflung, abermals erstarren zu müssen, ohne zu wissen, ob das nächste Jahr ihnen eine Wiedergeburt schenken würde. Regenwasser lief in kleinen Rinnsalen an Antons Stirn herunter, tropfte von seinen Brauen, rann ihm unter dem Hemd in den Nacken, verdampfte allmählich in der aufgeladenen Hitze seines Körpers.

Er stand vor einem Haus, das er schon einmal gesehen hatte. Anton rieb sich den Regen aus den Augen. Bei der Nummer 17 handelte es sich um ein kleines, ziemlich verwahrlostes Giebelhaus mit einem starken Efeugewächs an der Fassade. Vier Stufen führten hoch zur Haustür, neben der zwei Sprossenfenster auf die Straße blickten. Darüber verengte sich die Fassade bereits und ließ im ersten Stock nur noch zwei Fenster zu, die etwas kleiner als die im Erdgeschoss waren, und darüber steckte knapp unter dem Dach ein winziges Bodenfenster. Allerdings war die kleine Treppe besser gepflegt als die von Lioba Heiligmann in Trier, der Kamin war neu, und die Haustür schien vor kurzer Zeit abgeschliffen und gestrichen worden zu sein.

Eines von zwei Gesichtern, einander so ähnlich.

Im Erdgeschoss des Hauses brannte warmes, sanftes Licht hinter dem rechten Fenster.

B. Borsig stand auf dem Klingelschild. Er hatte sein Ziel erreicht. Anton schaute sich noch einmal verstohlen um. Nur die raunenden Bäume hinter ihm sahen ihm zu, beobachten ihn, untersuchten ihn. Er wandte sich wieder der Tür zu und drückte auf den Messingknopf neben dem Namensschild.

Rasch näherten sich Schritte jenseits der Tür. Sie wurde einen Spaltbreit aufgezogen.

Schwarz hob sich eine Gestalt von dem schwachen Schein einer müden Deckenlampe ab. »Was wollen Sie?«

Diese Worte, vor allem aber ihr Tonfall reichten aus, um Anton zusammenzucken zu lassen und ihm zu verdeutlichen, dass er hier keinen Erfolg haben würde. Lioba Heiligmanns Haus war das mit dem grinsenden Gesicht gewesen, hier starrte ihn das böse an.

»Es geht um ein Buch ... darf ich hereinkommen? Es ist ungeheuer wichtig.«

»Gar nichts ist wichtig! Nein, Sie dürfen nicht hereinkommen.«

Der Schatten wollte schon die Tür zuwerfen, da setzte Anton nach: »Ich komme von Lioba Heiligmann.« Er bemerkte, wie der Schatten zögerte und fügte sofort hinzu: »Es geht ihr nicht gut. Sie ist überfallen worden. Es geht dabei um ein Buch. Bitte ...«

»Es ist mir völlig egal, was mit dieser Frau Heiligmann ist. Gehen Sie jetzt, oder ich rufe die Polizei.« Die Tür wurde so heftig vor ihm zugeschlagen, dass die Fensterscheiben rechts und links leise klirrten. Schritte entfernten sich.

Anton versuchte es erneut. Die Tür wurde viel rascher geöffnet, als er es für möglich gehalten hätte. Eine Hand schoss aus der Schwärze des Schattens hervor und traf gegen Antons Brust. Es warf ihn die Stufen hinunter, er verlor das Gleichgewicht, stürzte. Wieder wurde die Tür mit großer Wucht zugeschlagen.

Ächzend rappelte sich Anton auf.

Geh nach Hause, Narr.

Niemals.

Du läufst hinter einer Chimäre her.

»Papa, bitte hilf mir ... rette mich ...«

Maximilians Worte klangen ihm in den Ohren. Er hörte sie hier so deutlich wie in der Fabrikhalle in Koblenz.

»Ich werde dich retten. Benjamin Borsig wird mich nicht daran hindern. Er hat soeben die falsche Entscheidung getroffen. Er wird sie noch bitter bereuen.«

* * *

Er war Anton Wierich gefolgt, als dieser aus der Fabrikhalle geflohen war, doch irgendwo hatte er dessen Spur verloren. Er hatte vermutet, dass sich Wierich zum Bahnhof begeben würde, denn es war nur allzu deutlich, dass er ein bestimmtes Ziel hatte. Also war er ebenfalls zum Bahnhof gegangen. Doch er hatte keine Ahnung gehabt, in welche Richtung Wierich zu fahren gedachte. Und die vielen Reisenden hatten es ihm unmöglich gemacht, die Witterung aufzunehmen. Eine ganze Stunde lang war er in der Bahnhofshalle und auf den Bahnsteigen herumgeschlichen, doch schließlich musste er sich eingestehen, dass er sein Ziel aus dem Auge verloren hatte, trotz der Gaben, die ihm Janus verliehen hatte. Das Böse war eine andauernde Täuschung und Lüge. Gerade darum liebte er es so.

Wie die Nadeln und Nägel und Sägeblätter in ihm schmerzten! Wie das Blut in ihm schrie! Es war kaum mehr aushaltbar. Verloren. Alles an ihm sehnte sich nach dem, was ihm gehörte.

Er musste unbedingt wissen, wohin Wierich unterwegs war und welche Informationen er von dieser Antiquarin oder ihrem Lebensgefährten erhalten hatte. Es blieb ihm daher nichts anderes übrig, als Wierichs Spur zu folgen. O ja, er würde sie wieder aufnehmen, dessen war er sich sicher. Er wusste, wo er beginnen musste ...

24. Kapitel

Anton klingelte abermals. Er hörte, wie hinter der Tür des alten, kleinen Giebelhauses hastige Schritte trappelten und sie erneut aufgerissen wurde. Der Schatten dahinter gerann zu einem mittelgroßen Mann, dessen Wut beinahe fühlbar war; sie hing als elektrische Spannung in der Luft und umhüllte ihn wie ein eng anliegender Mantel. Doch Anton ließ sich nicht von ihm beeindrucken. Mit einem markerschütternden Schrei rannte er los, warf den verdutzten Mann in die schmale Diele seines Hauses. Borsig taumelte zurück, mit weit aufgerissenen Augen, und schlug gegen den Pfosten der steilen, in den ersten Stock führenden Treppe. Mit einem Ächzen sackte er zusammen.

Schnell schloss Anton die Haustür, dann kniete er neben Borsig nieder. Er war ein dicker Mann mit Halbglatze, einer inzwischen verrutschten, altmodischen Nickelbrille, und er trug Filzpantoffeln, wie man sie bei Besichtigungstouren in Schlössern überstreifen musste. Anton hob Borsigs Kopf leicht an. Er atmete noch. Gott sei Dank! Doch er war in tiefe Bewusstlosigkeit gesunken.

Gott sei Dank!

Das erste Zimmer gleich rechts war seine Bibliothek. Fast glaubte Anton, wieder bei Lioba Heiligmann zu sein. Bücherregale und verglaste Schränke bedeckten die Wände bis hoch zur Decke, im Kamin knisterte ein Feuer, schwere rote, mit goldfarbenen Kordeln geraffte Samtvorhänge hingen vor dem Fenster, und zwei Ledersessel standen um einen Tisch aus Kirschholz, auf dem ein Buch mit Pergamenteinband lag. Anton ergriff das Buch und schlug es auf.

Nicolai Remigii Sereniss. Dvcis Lotharingiae a Consiliis Interioribus, et in eivs Ditione Lotharingica cognitoris publici Daemonolatreiae Libri Tres.

Anton verstand kaum ein Wort davon. Es war wohl etwas Dämonologisches, aber nicht das Buch, hinter dem er her war. Das wäre ja auch zu schön gewesen ...

Er suchte die Regale ab. Nahm jedes Buch heraus, das keine Aufschrift auf dem Rücken trug, stellte es nach einer kurzen Untersuchung wieder zurück. Das *Mysterium Arcanum* fand er nicht.

Draußen an der Treppe regte sich etwas. Borsig schien zu sich zu kommen. Anton stürmte hinaus. Der dicke kleine Mann wand sich. Er schlug die Augen auf; in ihnen loderten Höllenfeuer. Nicht die geringste Angst erkannte Anton in seinem Blick.

Er packte Borsig am Kragen seines seidenen roten Hausmantels. »Wo haben Sie Ihr *Mysterium Arcanum* versteckt!«, brüllte er den Mann an.

Borsig stieß ein Ächzen aus, versteifte sich und versuchte gegen Anton anzukämpfen. Doch sein Feind entwickelte ungeahnte Kräfte. Er zog Borsig auf die Beine, schleifte ihn in die Bibliothek und warf ihn in einen der beiden Sessel. Dann fiel sein Blick auf die Vorhänge.

Noch bevor Borsig wieder aufstehen konnte, hatte Anton eine der Kordeln abgerissen; die linke Seite des Samtvorhangs hing nun schlaff vor der Fensterhälfte herunter. Mit der Kordel sprang er auf Borsig zu, versetzte ihm einen heftigen Schlag gegen die Schläfe, was Borsig jedoch nicht bewusstlos, sondern nur benommen machte. Anton fesselte ihn mit der Kordel und verknotete sie so, dass sich sein Opfer unmöglich von ihr befreien konnte. Er legte die Hände um Borsigs Hals und fragte noch einmal: »Wo ist das *Mysterium Arcanum?*«

Der Büchersammler ließ sich nicht einschüchtern. Er bedachte Anton mit einem Blick, wie ihn der Satan einem seiner verachteten Untertanen zuwerfen mochte. Und spuckte Anton an.

Entsetzt wich Anton zurück und wischte sich den Speichel mit dem Handrücken aus dem Gesicht. Es war, als hätte ihn diese Gegenwehr zur Besinnung gebracht – als tauche er aus einem tiefen, schwarzen Albtraum auf. Verwundert rieb er sich die Augen. Was tat er hier? Was hatte er bereits getan? Er starrte auf den gefesselten Borsig herunter. Das konnte nicht *sein* Werk sein! Das war nicht er, der friedliebende, sanfte, ein wenig ängstliche Anton Wierich.

Nein, das war der Vater, der seinen Sohn retten will.

»Binden Sie mich endlich los!«, schrie Borsig und wand sich in seinem Sessel hin und her. Doch der Knoten hielt. »Sie haben keine Chance!« Seine Stimme war die eines Dämons. Dunkel, heiser, rau.

Anton schluckte. Er hatte es begonnen, also musste er es auch zu Ende bringen. »Sie werden diesen Abend nicht überleben, wenn Sie sich nicht kooperativ zeigen«, sagte er mit ruhiger Stimme – und konnte seinen eigenen Worten nicht glauben.

Auch Borsig glaubte sie nicht. Er verzog das wulstige Gesicht zu einer Maske der Häme und des Spotts. »Das werden Sie doch niemals fertig bringen«, höhnte er. »Wenn Sie mich töten, werden Sie nie erfahren, wo das Buch ist.«

»Wenigstens haben Sie soeben zugegeben, dass sie es besitzen«, meinte Anton und versuchte sich an einem Lächeln. »Glauben Sie mir, wenn Sie erst einmal tot sind und ich alle Zeit der Welt habe, werde ich es finden.«

Borsigs Häme versickerte. »Sie werden so lange brauchen, dass man Sie dabei überraschen wird, Sie Narr! Warum wollen Sie das Buch überhaupt haben?«

»Um das Böse zu rufen.« Die Worte waren Anton so glatt über die Lippen gekommen, als wären sie das Natürlichste der Welt.

»Es ist doch schon da.«

Anton sah Borsig fragend an.

»Sie brauchen nur in den Spiegel zu schauen«, sagte der Mann und schaltete sein Grinsen wieder ein. »Dazu benötigen Sie das Buch nicht. Außerdem ist es wertlos.«

»Wieso?«

»Das Böse zeigt sich nicht.«

»Haben Sie es etwa gerufen?«

Borsig saß nun ganz still in seinem Sessel; er versuchte nicht mehr, sich seiner Fesseln zu entledigen. »Es zeigt sich nicht«, wiederholte er nur und schüttelte dabei sanft den Kopf.

Anton schloss die Augen. Er sah den Sarg seines Sohnes vor sich, er sah die Augen im Grab, und er hörte Maximilians Stimme in der Koblenzer Fabrikhalle. Dieser Mann vor ihm hatte keine Ahnung. Vor allem besaß er die Kapsel nicht. »Es wird sich zeigen«, sagte er bestimmt und öffnete die Augen wieder.

Er sah, wie Borsig zusammenzuckte.

»Nun werden Sie mir sagen, wo das *Mysterium Arcanum* ist.«

Borsig schluckte und fasste sich wieder. »Können Sie überhaupt Latein?«, höhnte er.

»Ich sehe, dass Sie nicht kooperieren wollen«, sagte Anton ruhig und schaute sich in der Bibliothek um. Sein Blick fiel auf den brennenden Kamin. Und auf das Gestell mit zwei Schürhaken daneben.

Borsig war seinem Blick gefolgt. Einen Moment lang fiel die hämische Maske von ihm ab. Er schien in dem riesigen

Ledersessel zu schrumpfen, als er begriff, was sein Feind vorhatte.

Anton ging hinüber zum Kamin, ergriff zuerst den einen Schürhaken und dann den anderen. Ja, dieser lag gut in der Hand. Man konnte mit ihm zuschlagen oder auch zustechen. Anton hielt die Spitze in die Flammen, bis sie glühte. Dann kehrte er zu Borsig zurück.

»Damit werden Sie gar nichts erreichen!«, krähte der kleine Mann und verriet damit das Gegenteil.

»Das werden wir ja sehen«, meinte Anton und hielt den Schürhaken wie ein Florett vor sich. Er zielte auf Borsigs Gesicht. Lieber hätte er ihm die Hände verbrannt, aber die waren ja hinter dem Rücken des Mannes gefesselt. Langsam kam die rot glühende Spitze Borsigs großporiger Haut näher. Er konnte nicht mehr zurückweichen.

»Was haben Sie davon?«, rief er und warf den Kopf hin und her.

Anton gab ihm keine Antwort. Stattdessen schlug er Borsig den Schürhaken gegen die linke Wange. Borsig schrie auf. Sofort roch es nach verbranntem Fleisch. Anton drehte sich der Magen um. Eine breite, rote Strieme erschien auf Borsigs Wange. Er schrie und schrie. Anton ließ den Schürhaken fallen und rannte aus dem Zimmer. Der Geruch folgte ihm. Er hielt sich die Nase zu. Auch die Schreie folgten ihm. Sie konnte er nicht abwehren. Er hastete die Treppe hoch, stürzte in das erstbeste Zimmer und warf die Tür hinter sich zu. Die Schreie wurden schwächer.

Er stand in Borsigs Schlafzimmer. Auch hier gab es außer einem Bett, einem Kleiderschrank und einem Stuhl nur Bücherregale. Wenn er das *Mysterium Arcanum* in diesem Haus aufstöbern wollte, dann brauchte er ungeheuerliches Glück. Er setzte sich auf das Bett.

Ich habe einen Menschen verletzt, dachte er und verbarg das Gesicht in den Händen. Das darf doch alles nicht wahr sein! Was ist bloß in mich gefahren?

Verzweiflung. Liebe. Scham. Der Wunsch, alles wiedergutzumachen.

Indem ich andere Menschen verletze?

Haben nicht schon die Jesuiten gesagt, dass der Zweck die Mittel heiligt?

Wenn nur Karla hier wäre ... oder Petra ...

Sie beide wären zu schwach. Nur du allein bist stark genug, diese Sache durchzustehen.

Er holte das Auge aus seiner Hosentasche. Bildete er es sich nur ein, oder blinzelte es ihm zu? War die Flüssigkeit um es herum wirklich trüber geworden? Als wäre die Schwärze, die das Auge enthielt, ausgetreten und durchzöge mit ihren Schlieren nun die einst kristallklare Flüssigkeit.

Papa ...

Er steckte die Kapsel wieder weg und ging nach unten.

Borsig stöhnte auf, als Anton die Bibliothek betrat. Der Streifen auf seiner Wange war nun dunkelrot, und der Gestank verbrannten Fleisches schwebte noch in der Luft. Der Schürhaken lag am Boden; die Spitze glühte nicht mehr rot. Anton hob ihn auf, hielt ihn abermals ins Feuer und stellte sich wieder vor Borsig. Er sagte kein Wort, sondern führte den Haken nur langsam auf Borsigs Gesicht zu. Dieser schien eingesehen zu haben, dass er sich nicht wehren konnte. Er hielt den Kopf still und schloss die Augen. Ganz leicht nur berührte Anton mit der Spitze des Schürhakens Borsigs Unterlippe. Borsig schrie auf, wimmerte, wand sich nun doch wieder, stöhnte, ächzte.

»Nehmen Sie sich zusammen«; sagte Anton leichthin. »Sie können Ihrem Leid ein Ende machen. Sie müssen mir nur sagen, wo das *Mysterium Arcanum* ist.«

Borsig sah ihn an. Nun war es nicht mehr der Blick eines Dämons. Nun war es der Blick Gottes, der einen hoffnungslosen Sünder in die Hölle befiehlt.

»Als Nächstes werde ich mir Ihr rechtes Auge vornehmen. Ich werde es Ihnen versengen. Es wird platzen. Glauben Sie mir, die Schmerzen werden Sie fast umbringen. Aber nicht ganz. Dann kommt das linke Auge an die Reihe. Und dann ... Wissen Sie, wir haben die ganze Nacht Zeit, Sie und ich. Wir werden uns vergnügen, Sie und ich. Und erst wenn der Morgen dämmert, werde ich Ihnen den Gnadenstoß geben. Oder auch nicht ...«

Borsig fuhr sich mit der Zunge über die geplatzte Lippe. Der Duft verbrannten Fleisches war wieder stärker geworden. Wie hatte Anton ihn vorhin nur als unangenehm empfinden können? Fast fühlte er sich, als stünde er vor seinem Holzkohlegrill im Hof seines Hauses in Bettenfeld.

Zusammen mit Petra und Maximilian.

Schweinebraten.

Er berührte noch einmal Borsigs Unterlippe.

Seine Schreie hatten kaum mehr etwas Menschenähnliches. Zufrieden zog Anton den Schürhaken zurück. Als Borsig sich etwas beruhigt hatte, setzte Anton von Neuem an.

»Nein!«

Anton hielt mitten in der Bewegung inne. »Sind wir etwa zu der Einsicht gekommen, dass eine Kooperation doch besser ist?«, fragte er unschuldig.

»Nehmen Fie daf verdammte Buch und verfwinden Fie!«, ächzte Borsig. Er konnte nicht mehr richtig sprechen.

»Wo ist es denn?«

»Fekf, fekf, fekf«, stöhne er. »Kombinafion. Fafe. Im Flaffimmer. Im Kleiderfrank.«

Sechs, sechs, sechs. Was für eine einfallsreiche Kombination! Die Zahl des Antichristen. Anton hängte den Schürhaken ordentlich an den Ständer und schlenderte hoch ins Schlafzimmer. Er öffnete den Kleiderschrank, schob die Anzüge, die von der Stange baumelten, beiseite und fand die Tür des Safes, der in die Wand eingelassen und um den herum die Rückwand des Schranks ausgesägt war. Rasch hatte er die Kombination eingestellt und zog die schwere, kleine Tür auf. Da er kaum etwas sehen konnte, tastete er in dem schmalen Hohlraum herum. Und spürte einen Bucheinband. Rasch zog er es heraus, schlug es auf.

Es war das *Mysterium Arcanum.*

Er setzte sich auf das Bett und blätterte das dünne, in Pergament gebundene Buch durch. Borsig hatte recht gehabt, er verstand den Text kaum, brauchte dazu ein Wörterbuch und viel Zeit. Aber an einer Passage blieb sein Blick hängen; hier tauchte das Wort *Ianus* auf. Und noch etwas anderes erregte seine Aufmerksamkeit. An dieser Stelle war ein kleiner Zettel eingelegt, auf dem lediglich ein Verweis stand:

Zu Janus cf. Summers, The Dark God, S. 134.

Der Name erinnerte ihn an etwas. Hatte nicht Lioba Heiligmann ihn genannt? Borsig würde ihm auch darüber etwas erzählen müssen.

Mit dem Buch in der Hand begab sich Anton nach unten in die Bibliothek. Borsig zuckte zusammen, als er seinen Feind sah.

»Ich danke Ihnen für Ihre Auskunft«, meinte Anton und hielt das Büchlein hoch. »Doch ich befürchte, ich habe noch eine Frage.«

Borsig kniff die Augen zusammen.

Anton öffnete den Band und hielt Borsig den Zettel dicht vor die Augen. »Was bedeutet das?«

Der Widerstand des kleinen Mannes war gebrochen. Inzwischen schienen seine Schmerzen ein wenig abgeklungen zu sein, denn er konnte wieder deutlicher sprechen. »Janus ... bei Summers erwähnt, im zweiten Teil seiner Autobiografie ...«

Anton konnte nicht abschätzen, ob dies eine für ihn wichtige Information war, doch es würde nicht schaden, die betreffende Stelle zu lesen oder, besser noch, gleich das ganze Buch mitzunehmen. »Wo finde ich diese Autobiografie?«, fragte er liebenswürdig. Als Borsig nicht gleich antwortete, nahm Anton wieder den Schürhaken vom Ständer und erhitzte ihn.

»Halt! Da hinten!« Borsig deutete auf eine Vitrine neben dem Fenster. »Ganz unten, in einer Leinenschatulle. Es ist ein Manuskript. Unveröffentlicht.«

Anton öffnete den Bücherschrank, entdeckte sofort die Kassette und nahm sie heraus. Er schlug sie auf. Darin befand sich ein Stapel handgeschriebener Blätter. »Können Sie mir sonst noch etwas über Janus erzählen?«

Borsig sah ihn verständnislos an. »Sind Sie nur deshalb hier?«, fragte er mühsam.

»Nur? Janus hält die Macht der Erde in seinen Händen. Wussten Sie das nicht? Also, muss ich Ihrem Gedächtnis noch etwas nachhelfen?«

Borsig schüttelte eifrig den Kopf. »Nichts sonst. Mir war nur ... die seltsame Geschichte über Janus aufgefallen ... im *Mysterium* ... und dann ... bei Montague Summers.« Er sackte in sich zusammen.

Anton schaute auf der Seite 134 des Manuskripts nach. Es war ein blumiges Englisch. Dort stand übersetzt in etwa: *Als ich jene schwarze Messe zusammen mit Anatole und Sullivan abhielt, stand der dunkle Gott auf dem Altar. Ich will hier nicht die Blasphemien und Abscheulichkeiten schildern, die wir in jener Nacht des 26. 12. 1918 in der Eton Road, Hampstead, begingen; es genügt zu sagen, dass sie mich endgültig vom Kult des Satans fortrissen und der heiligen Mutter Kirche zuführten. Die Janus-*

Statuette mit dem klobigen Fuß schenkte ich Anatole, auf dass ich sie nie wiedersehen möge.

An den Rand des Manuskripts war in derselben kleinen, bizarren Handschrift hinzugefügt: *Nun steht sie wieder auf meinem Schreibtisch. Ich erhielt sie gestern durch einen Boten zurück, vielleicht von Anatole James, der, wie ich hörte, dem Wahnsinn nahe sein soll. Gott erbarme sich meiner armen Seele.*

Anton spürte, wie sein Puls schneller ging. Der dunkle Gott – das war Janus gewesen. Summers hatte sogar den klobigen Fuß beschrieben. Nun erinnerte sich Anton daran, dass Lioba Heiligmann ihm gesagt hatte, Summers hätte der Legende nach ein Exemplar des *Mysterium Arcanum* besessen! »Wer war Montague Summers?«, fragte er Borsig.

»Ein ... englischer Privatgelehrter.«

»Wann ist er gestorben?«

»Neunzehnhundertachtundvierzig.«

»Wo?«

»In Richmond-upon-Thames, bei London.«

»Ich werde diese beiden Werke mitnehmen. Wären Sie noch so gütig, mir zu sagen, wo ich in diesem Haus eine Plastiktüte finden kann? Draußen regnet es, und ich will nicht, dass den Büchern etwas zustößt.«

Borsig starrte ihn an, als hätte Anton nun endgültig den Verstand verloren. »Küche ...« murmelte er nur.

Anton begab sich in die Küche, die gegenüber der Bibliothek lag, und fand in einem Besenschrank eine große Anzahl säuberlich gefalteter Plastikbeutel. Er wählte einen mit der Aufschrift *Watkins Books*, wickelte die beiden Werke darin ein und kehrte in die Bibliothek zurück.

Borsig sah wirklich schrecklich aus. Seine Lippe wirkte nun gespalten, und der Striemen auf der linken Wange schien wie aus eigener Kraft zu leuchten. Kurz kam es Anton in den

Sinn, Borsigs ganzes Gesicht zu verwüsten und ihm die Augen auszustechen. Er stellte sich das Platzen der Augäpfel vor. Schon hörte er Borsigs liebliche Schreie, dann seinen letzten, wenn Anton ihm den Schürhaken bis ins Hirn treiben würde ...

Ich habe, was ich will, dachte er und war plötzlich entsetzt von seinen schrecklichen Phantasien.

Er kennt dich. Er wird die Polizei auf dich hetzen. Dein Leben wäre zerstört. Wenn du aber ihn zerstörst, wird niemand wissen, wer du bist. Wer du in Wirklichkeit bist ...

Anton rannte aus dem Haus. Der Regen spülte ihm die furchtbaren Gedanken aus dem Hirn. Er wickelte die Plastiktüte eng um die beiden Werke und schritt hastig in Richtung Bahnhof.

Was nun?, fragte er sich. Er hatte das Buch und eine weitere Spur gefunden, die nach England zu weisen schien. Doch sie war schon fast sechzig Jahre alt.

Du musst nur herausfinden, wer die Erben dieses Montague Summers sind; dann wirst du auf deinen Janus stoßen.

Sollte er wirklich nach England reisen? Karla ...

Du musst sofort aufbrechen. Fahre zum Flughafen, am besten mit dem Bus. Wie du weißt, gibt es einen Pendelverkehr zwischen dem Bonner Hauptbahnhof und dem Flughafen Köln/Bonn. Du solltest kein Taxi nehmen, damit man sich nicht an dich erinnern kann. Die Polizei wird rasch hinter dir her sein, aber du hast einen gewissen Vorsprung, denn es wird eine kleine Weile dauern, bis sie deine Identität herausgefunden haben. Dann wirst du schon in London sein.

Er hörte auf seine innere Stimme und lief weiter in Richtung Hauptbahnhof.

25. Kapitel

Hallo?«

Karla war noch benommen. Als das Telefon geschellt hatte, war sie in die Diele hinuntergestapft und hatte sich wieder einmal gewünscht, Anton wäre nicht so stur und würde es erlauben, dass ein schnurloser Apparat ins Haus kam. Anton ...

Er war es.

»Karla, ich weiß, dass es ein Uhr in der Nacht ist ...«

»Zwei Uhr«, berichtigte sie ihn nach einem Blick auf die kleine Uhr neben dem Telefon.

»Ja, ich habe vergessen ...« Seine Stimme am anderen Ende verblasste.

»Was«?, fragte Karla verwirrt. »Was hast du vergessen?«

»Dass es hier eine Stunde früher ist.«

»Hier?«

»In Richmond ...«

»Wo bist du?« Karla verstand gar nichts mehr. Das rasselnde Schellen des Telefons hatte sie aus einem wirren und doch angenehmen Traum geholt. Anton war nicht mehr da gewesen, und doch hatte er mit ihr gesprochen. Wie jetzt ... Oder war das noch der Traum?

»Ich kann nicht lange sprechen. Ich wollte dir nur sagen, dass du dir keine Sorgen um mich machen sollst. Es geht mir gut. Ich komme nach Hause, sobald ... sobald es möglich ist.« Es klickte am anderen Ende, dann ertönte das Besetztzeichen.

Karla legte den Hörer auf die Gabel und ging wieder nach oben.

»Wer war das?«

»Mein Mann.«

Ihr Liebhaber schaltete das Licht auf seinem Nachttisch ein, stützte sich auf den Ellbogen ab und sah sie mit seinen hellgrünen Augen fragend an. »Jetzt? Mitten in der Nacht? Wo steckt er denn?«, fragte er mit seiner sanften Stimme, die Karla noch immer Schauer über den Rücken jagte.

Sie hatten sich den ganzen Abend lang geliebt, und erst vor etwa einer Stunde war Karla in einen tiefen Schlaf gefallen. Den ganzen Tag über hatte sie sich Sorgen um Anton gemacht, doch als am Abend ihr Geliebter unerwartet vor der Tür gestanden hatte, war die Welt wieder in Ordnung gewesen. Nicht eine Minute lang hatte sie die Befürchtung gehabt, Anton könnte plötzlich hereinkommen und sie erwischen. Es war, als würde dieser Mann sie in Gebiete außerhalb von Zeit und Raum mitnehmen, in denen keine irdischen Gesetze und Bindungen mehr existierten und all ihre Wünsche wahr wurden. Umso überraschender war für sie dieser Anruf von Anton gekommen. Er hatte sie zurück in die Wirklichkeit geholt.

»In Richmond, hat er gesagt – wo immer das liegen mag. Und er hat sich in der Zeit vertan. Angeblich ist es in Richmond eine Stunde früher als hier.«

Er grinste und streckte die Arme nach ihr aus. »Also kann er uns nicht in die Quere kommen.«

»Wo liegt dieses Richmond?«, fragte sie ihn, sich selbst und gleichzeitig niemanden.

»Es gibt ein Richmond in Amerika, aber dann wäre die Zeitdifferenz größer«, meinte er. »Das einzige Richmond, das ich sonst noch kenne, liegt in England. Früher war es ein eigenständiger Ort, aber heute gehört es zum Großbezirk London. Und dort ist es eine Stunde früher als hier.«

»Was macht er da?«

Er runzelte die Stirn. »Woher soll ich das wissen? Komm jetzt. Ich werde schon dafür sorgen, dass du ihn vergisst.«

»Nein.«

»Nein?«

»Ich mache mir Sorgen um ihn. Er klang so ... anders. So seltsam.«

»Er *ist* seltsam«, sagte er und ließ sich mit einem Seufzer auf den Rücken fallen.

Das musst gerade du sagen, dachte sie. Sie hatte ihn noch immer nicht nach seinem Namen gefragt; sie wollte den Zauber nicht zerstören, doch heute Nacht war er so anders, so ... gewöhnlich. Er war ein wunderbarer Liebhaber, ja, aber durch das Traumbild leuchtete allmählich der Mann, der Mensch hindurch.

»Ich kann nicht verstehen, warum du diesen Schlappschwanz geheiratet hast.«

Als würde er es darauf anlegen, sie wütend zu machen! »Du kennst ihn nicht«, verteidigte sie Anton. »Er ist freundlich, lieb, sanft und ...«

»... ein Schlappschwanz, der keine Ahnung hat, was eine Frau braucht«, beendete er den Satz für sie.

»Was bildest du dir ein?«, brauste sie auf und ergriff ihre Kleidung, die über einem Stuhl am Fußende des Bettes gehangen hatte. Rasch zog sie sich an. Ihr war, als sähe sie ihren Liebhaber heute zum ersten Mal. Schlagartig wurde ihr klar, wie sehr sie Anton noch liebte. Sie musste ihn beschützen – vor sich selbst. Sie musste zu ihm.

Er stand aus dem Bett auf; das Laken glitt von ihm. Sie sah seinen nackten Körper und musste unwillkürlich schlucken. Er kam auf sie zu und sie ließ es geschehen. Er nahm sie in den Arm und streichelte sie sanft. Es tat gut, denn im Zimmer war es bitterkalt. Vorhin hatte sie es nicht einmal bemerkt; es war ihr gewesen, als würde in ihr eine verborgene Hitze brennen, eine schreiende, sie vorwärtspeitschende Hitze, die nun verflogen war.

»Ich will nach Richmond«, murmelte sie in seine Schulter.

Er machte sich sanft von ihr los und sah ihr in die Augen. »Warum?«

»Weil ich Angst habe, Anton könnte etwas ... Unbedachtes tun. Er war so seltsam in der letzten Zeit. Es tut mir leid, aber er bedeutet mir sehr viel. Das ist mir gerade klar geworden.«

»Und was wird aus uns beiden?«, fragte er und schaute sie traurig an.

»Es hat ... wir ... ach, ich weiß auch nicht. Ich weiß aber, dass ich mir ewig Vorwürfe machen würde, wenn Anton etwas zustößt und ich es nicht verhindert habe.«

»Was sollte ihm denn zustoßen? Er ist schließlich alt genug, um auf sich selbst aufzupassen.«

»Ich will nach Richmond«, wiederholte sie.

»Jetzt? Mitten in der Nacht? Hast du denn dein Auto schon zurückbekommen?«

Nein, das hatte sie nicht. Die Werkstatt hatte sie auf die nächste Woche vertröstet, zu vieles war zu reparieren. Karla seufzte, während sie in ihre Schuhe schlüpfte.

Er fuhr fort: »Wie willst du ihn denn in Richmond finden? Es ist zwar nicht so groß wie London, wo es völlig aussichtslos wäre, da wir keine weiteren Informationen haben, wo er sich aufhält, aber es ist trotzdem ziemlich unwahrscheinlich, dass wir ihm über den Weg laufen.«

»Wir? Willst du etwa mitkommen?«, fragte sie erstaunt.

»Ich habe nur gesagt, dass wir keine Chance hätten, wenn wir dorthin führen.«

Sie streichelte seine etwas stoppeliger gewordene Wange. »Wenn du mitkommst, könnten wir es vielleicht schaffen.«

»Und wie willst du deinem Mann meine Gegenwart erklären, falls wir das unglaubliche Glück haben sollten, auf ihn zu treffen?«

»Das können wir uns überlegen, wenn es soweit ist. Kommst du mit? Sonst rufe ich mir eben ein Taxi, das mich zum Flughafen Luxemburg bringt.«

Er biss sich auf die Unterlippe. »Du weißt doch gar nicht, wann der nächste Flieger nach London geht ...«

»Wir fahren einfach zum Flughafen und nehmen den erstbesten. Komm, zieh dich an.«

»Du würdest keine Ruhe geben, bis ich zusage, oder?«

»Richtig.«

* * *

Drei Stunden später saßen sie in einer Maschine der *British Airways* nach London-Heathrow. Karla hatte rasch einen Koffer gepackt und auch ein paar von Antons Kleidungsstücken für ihren Liebhaber eingesteckt, was ihr sehr peinlich, aber aufgrund der knappen Zeit die einzige Möglichkeit gewesen war.

Still saßen sie nebeneinander und blätterten im Magazin der Fluglinie. Karla fühlte sich wie in einem Traum. Es war ihr, als wäre sie nicht in der Nacht durch Antons Anruf aufgewacht, sondern immer noch in ihrem seltsamen Schlaf gefangen. Es konnte einfach nicht sein, dass sie tatsächlich nach London unterwegs war. Nicht mit ihrem Liebhaber, auf der Suche nach ihrem Mann. Was hatte er in Richmond vor? Diese Frage ging ihr nicht aus dem Kopf, und auch als das Flugzeug zur Landung ansetzte, war ihr keine einzige mögliche Antwort eingefallen. Sie erinnerte sich an Antons letzte Worte vom vergangenen Dienstagmorgen.

Alles wird gut.

Er hatte so entschlossen gewirkt. So unheimlich entschlossen. Sie hatte sich vor ihm entsetzt, denn es war etwas an ihm gewesen, das sie nun, mit dem Abstand eines Tages, nur als unheilig bezeichnen konnte.

Die Maschine kam zum Stehen, und es dauerte eine Weile, bis die Passagiere aussteigen durften. Den Flughafen mit seinen Gängen, den fremden Gerüchen, den englischen Durchsagen, den Laufbändern, Korridoren, Abzweigungen, Türen und Hallen empfand Karla als sehr verwirrend. Ihr Liebhaber hingegen schien sich hier auszukennen; wie ein Schlafwandler fand er die Bänder der Gepäckausgabe, und sobald Karla ihren Koffer in der Hand hielt, führte er sie hinaus aus dem Flughafen und hinunter in die Untergrundbahn. Mit der *Tube* fuhren sie bis Acton Town und stiegen dort um nach Richmond, wo die Bahnlinie ihre Endstation hatte.

Allmählich dämmerte es; es schien ein trüber Tag zu werden. Die Bahnen waren voll, in den Gängen und zwischen den Sitzen standen die Pendler. Karla balancierte ihren Koffer auf den Knien. Manchmal stahl sich ihre Hand hinüber zu ihrem Begleiter, der sie ermunternd drückte. Sie war ihm dankbar dafür, dass er auf diese verrückte Reise mitgekommen war. Er schien perfekt Englisch zu sprechen, hatte die Fahrkarten für die Bahn mit wenigen Worten am Schalter gekauft und schien umso sicherer zu werden, je weiter er von der Heimat entfernt war.

Was für einen Beruf mochte er haben?

Solange er wie ein Phantom aufgetaucht und verschwunden war und dazwischen nur verzehrende, brünstige Liebe gelegen hatte, war ihr diese Situation lieb gewesen, doch nun stellten sich ihr immer mehr Fragen, auf die sie eine Antwort haben wollte. Aber mit jeder Antwort würde er mehr entzaubert werden.

An der Endstation stiegen sie aus und kamen zu einer zwar schmalen, aber überaus befahrenen Straße. Busse, Lastwagen und kleine Autos quirlten an Karla vorbei. *Church Road* war auf einem Straßenschild in der Nähe der Bahnstation zu lesen. Unschlüssig standen beide auf dem Bürgersteig und ließen sich vom Verkehrslärm umspülen. Die niedrigen Häuserreihen waren wie Bastionen, wie Vorgebäude, die gewaltige Schlösser weit hinter sich zu verbergen schienen. Karla hatte den Eindruck von Enge, von Geschlossenheit, von Abweisung.

»Was nun?«, fragte sie ihren Begleiter durch den Straßenlärm hindurch.

»Wir suchen uns ein Hotel und schlafen erst einmal ein paar Stunden. Ich bin hundemüde.«

Einige Schritte die Church Road hinunter fanden sie ein etwas höheres Gebäude mit weißen Säulen vor dem Eingang und einem ebenfalls weiß gestrichenen Gitter darum, auf dem messingfarbene Spitzen thronten. *Crown Hotel*, las Karla. Ihr Begleiter betrat es, ohne zu zögern, und fragte an der Rezeption nach einem freien Doppelzimmer. All das geschah so schnell, dass Karla keine Einwände mehr vorbringen konnte. Er füllte den Meldeschein aus und schob ihn so rasch dem Portier entgegen, dass Karla nicht ein einziges Wort darauf entziffern konnte. Er erhielt den Schlüssel; der Portier grinste ihn und Karla an und wünschte ihnen einen angenehmen Aufenthalt, wie sie vermutete. Ihr Englisch war nie besonders gut gewesen. Sie konnte es zwar ein wenig lesen, aber es fehlte ihr die Erfahrung im Sprechen und Hören.

Im Aufzug streichelte er sie zärtlich und lächelte ihr aufmunternd zu. Im zweiten Stock stiegen sie aus, schritten über einen sehr dicken Teppich, der alle Geräusche schluckte, und am Ende des Gangs lag ihr Zimmer mit der Nummer 213. Er schloss auf und betrat den Raum.

Ein schmales Doppelbett stand an der einen Wand, ein neuer Schrank an der anderen, und vor den Fenstern hingen

Laura-Ashley-Vorhänge mit großen Blumenmustern. Auch hier lag der dicke Teppich, der Karla das Gefühl verlieh, als stecke sie in einem abgeschotteten Raum, fern der Wirklichkeit. Die Aussicht vom Fenster zeigte ihr Hinterhöfe und in weiter Ferne die Spitzen einiger fast kahler Bäume.

Ihr Geliebter zog sich rasch aus und legte sich aufs Bett. »Komm.«

Sie war so entsetzlich müde. Sie wollte schlafen. Sie wollte mit ihm schlafen. Und sie wollte es nicht. Sie brannte darauf, ihn in sich zu spüren, er sollte sie ausfüllen, ihre Leere vertreiben, doch immer wieder kehrte der Gedanke an Anton zurück. Er war hier irgendwo. Sie durfte nicht in den Armen eines anderen liegen, wo ihr Mann möglicherweise in Not war. In Not? Sie schloss die Augen. Die Gedanken tanzten durch die Finsternis, die sie nun sah.

»Nein«, sagte sie, drehte sich um, nahm ihren Schlüssel und verließ das Zimmer. Er folgte ihr nicht.

Mit dem Aufzug fuhr sie nach unten und stand bald wieder auf der herbstlich kalten Straße. Es war ihr, als müsste sie Antons Gegenwart spüren. Sie sah auf die Uhr, die sie bereits im Flugzeug auf die örtliche Zeit eingestellt hatte. Es war kurz nach sechs Uhr morgens. Wenigstens lebte sie nun in derselben Zeit wie ihr Mann.

Sie ließ sich durch den Trubel der morgendlichen Stadt tragen. Andauernd zogen Flugzeuge über den Häusern dahin und setzten zur Landung im nahen Heathrow an. Der Verkehr und der Fluglärm zerrten an ihren Nerven. Sie betrat ruhigere Seitenstraßen, kam an einer Kirche und einem uralten Friedhof vorbei, fühlte sich fremd, verlassen, einsam. Diese Reise war eine Verrücktheit, da hatte ihr Geliebter recht gehabt. Wie sollte sie hier Anton finden? Sie musste die Hotels abklappern, doch als sie an dem nächsten vorbeikam, traute sie sich wegen ihres schlechten Englisch zunächst nicht, hineinzugehen und nach ihrem Mann zu fragen.

Verdammt, warum bist du eigentlich hier, schalt sie sich. Hast du diese Reise gemacht, nur um sie an deiner Memmenhaftigkeit scheitern zu lassen?

Sie betrat die Lobby, ging auf den Portier zu und fragte stammelnd nach ihrem *husband*, Mr. Anton Wierich. Der Portier verstand sie rasch, blätterte in seinen Unterlagen und schüttelte schließlich den Kopf.

Als Karla das Hotel wieder verlassen hatte, fühlte sie sich besser. Sie hatte ihre Angst überwunden. Schon nach wenigen Metern entdeckte sie das nächste Hotel.

Und wieder eines. Und noch eines.

Die meisten Portiers waren sehr freundlich, doch niemand konnte sich an Anton Wierich erinnern. Schließlich gab Karla es auf. Sie war wieder auf die Kirche mit dem alten Friedhof gestoßen. Die Gräber wirkten verwahrlost, die Monumente waren zerbrochen, und hier und da war ein Blick in das schwarze Innere möglich.

Karla dachte an Maximilians Grab, weit, weit weg in Bettenfeld. Und an Antons Versicherung, alles werde wieder gut. Sie befürchtete das genaue Gegenteil.

Erschöpft ließ sie sich auf einer der Grabplatten nieder. Nun machte sich der Schlafmangel bemerkbar. Die Passanten, der Lärm verschwammen, wurden zu einem wirren Tanz in einem schlechten Traum, zu einem Leben hinter dem Leben. Sie stützte den Kopf in die Hände und merkte kaum, dass sie weinte.

Ein Arm legte sich um ihre Schulter.

26. Kapitel

Der trübe Morgen trieb Anton zeitig aus seinem Hotelzimmer. Im Flugzeug und gestern Nacht im Hotel hatte er in dem Manuskript des Montague Summers gelesen, doch es hatte ihm keine neuen Aufschlüsse gegeben. Er hatte erfahren, dass Summers ein englischer katholischer Geistlicher gewesen war, der seine Weihe unrechtmäßig, aber gültig von einem italienischen Weihbischof in Parma erhalten hatte, nachdem er als junger Mann den schwarzen Künsten ergeben gewesen war. Er wusste angeblich um die Existenz des Bösen, das er am eigenen Leibe erfahren habe, und er war der Meinung, dass es den Teufel in der Welt gab. Die Hexen der frühen Neuzeit seien zu Recht verbrannt worden, denn sie hätten Umgang mit dem Widersacher Gottes gepflegt und den Menschen durch ihre tatsächlich vorhandenen Zauberkräfte unermesslichen Schaden zugefügt. Summers musste ein höchst seltsamer Mensch gewesen sein, der jedoch genau zu wissen schien, wovon er schrieb. All das bestärkte Anton in seiner Auffassung von der Realität des Bösen.

Und von seiner Suche danach, um mit dem Bösen das Gute zu bewirken.

Das *Mysterium Arcanum* vermochte er ohne Wörterbuch nicht zu lesen, und auch ein erneutes Durchblättern hatte ihm nicht weitergeholfen. Also wollte er sich zuerst um Summers kümmern.

Es war kalt geworden. Anton stellte den Kragen seiner Cordjacke hoch. Er ging zum Rathaus, doch entweder konnte man ihn wegen seines ungeübten Englisch nicht verstehen, oder man wollte es nicht. Zumindest erhielt er keinerlei Auskünfte über Montague Summers, den ehemaligen Einwohner dieser Stadt. Da sah er, dass es nebenan eine Ausstellung über Richmond gab. Kurz entschlossen besuchte er sie.

Er war froh, im Warmen zu sein. Er schritt die Schautafeln und Vitrinen ab und erfuhr eine Menge über die Geschichte von Richmond, aber nirgendwo fand er Montague Summers erwähnt. Es war zum Verrücktwerden. Da befand er sich nun an dem Ort, an dem vor fast sechzig Jahren die zweite Janusstatue aufgetaucht war, und er kam dennoch nicht weiter.

Was hast du erwartet, fragte er sich, als er wieder auf der Straße vor dem georgianischen Rathaus stand und in Richtung Church Road ging. Fast vermisste er die treibenden Blätter auf der Straße. Hier gab es nur Stein und Asphalt. Erstarrte Enge. Jedes Haus ein Behältnis für verdorrende Träume. Fremde Träume. Alles fremd. Auch er selbst.

Wenn du hier nicht weiterkommst, musst du eben anderswo Informationen sammeln. Und das Mysterium Arcanum *übersetzen. Warum gehst du nicht einfach in die British Library?*

Ja, warum nicht? Er hatte den Eindruck, als helfe ihm eine innere Stimme, die nicht aus ihm selbst sprach. Er würde sich in dieser Bibliothek, die schließlich eine der größten der Welt war, über Summers informieren und dort auch das *Mysterium* übersetzen. Mit neuem Mut machte er sich auf zu seinem Hotel, holte dort das alte Buch – das sperrig große Summers-Manuskript ließ er im Zimmer, nachdem er sich den Namen des Mannes notiert hatte, der Summers angeblich den Janus geschickt hatte – und ging zur Haltestelle der Bahn.

Dabei kam er an der alten Kirche mit dem verwahrlosten Friedhof vorbei, der ihm bereits am vergangenen Abend aufgefallen war. Auf einer der Grabplatten saß eine Frau und weinte.

Es war Karla.

Nein, es ist nicht Karla. Geh weiter. Was kümmern dich fremde, weinende Frauen?

Er sah sie von der Seite, schritt langsam auf sie zu, hoffte, sie würde aufschauen, und hoffte es wieder nicht. Wie sollte Karla hierher kommen? Und warum?

Leise ging er an ihr vorbei. Sie bemerkte ihn nicht. Ja, sie war es. Er drehte sich um und betrachtete ihren Rücken. Die anderen Passanten schenkten ihr keine Beachtung. Anton war völlig verwirrt. Er konnte doch seine Frau nicht einfach dort sitzen lassen. Er musste sie trösten.

Sie ist nicht deine Frau. Petra ist deine Frau. Und Maximilian ist Petras Sohn. Ihn willst du retten. Geh endlich. Tu etwas für ihn.

Fast hätte er sich selbst gehorcht. Sich selbst? Wer war er selbst? Der Anblick der weinenden Frau zerriss ihm das Herz. Von hinten näherte er sich ihr und legte ihr sanft den Arm um die Schulter.

* * *

Karla zuckte zusammen und schaute den Mann an, der sie berührt hatte. Zuerst glaubte sie, es wäre ihr Liebhaber. Sie runzelte die Stirn, konnte nicht glauben, was sie sah. *Wen* sie sah.

»Anton?«, fragte sie leise und voller Zweifel.

Er lächelte sie an. Es war sein braunes Cordjackett, seine Jeans, sein kariertes Hemd. Es war sogar Antons blondes, wie immer leicht zerzaustes Haar, es war seine römisch gerade Nase, aber es war nicht Anton.

»Was machst du hier?«, fragte er leise.

Sie rückte ein wenig von ihm ab. Seine Stimme hatte einen bedrohlichen Unterton, den sie nie zuvor bemerkt hatte. Und aus seinen Augen zischten Blitze.

»Ich ... ich habe dich gesucht«, antwortete sie.

»Warum?«

»Ich mache mir Sorgen um dich.«

»Warum?«

»Weil ... du ... warum hast du mich einfach im Stich gelassen?«

»Ich habe dich nicht ...«

Die Blitze aus seinen Augen fuhren geradewegs in ihr Innerstes.

Er nahm den Arm von ihrer Schulter und steckte die Hand in die Hosentasche. Sein Blick wurde sanfter. »Habe ich dir nicht gesagt, dass alles wieder gut wird?«, fragte er liebenswürdig.

»Ja, aber ...«

»Du wirst es sehen. Vertraue mir. Ich muss jetzt gehen.« Er stand auf.

»In welchem Hotel wohnst du?«, fragte sie rasch und erhob sich ebenfalls.

Er schüttelte den Kopf und sah sie traurig an. »Du begreifst es nicht, oder?« Er trat ganz nahe an sie heran und nahm ihren Kopf zwischen die Hände. Sie roch etwas, das kein Schweiß, keine normale Ausdünstung von ungewaschener Kleidung oder Ähnlichem war. Es war scharf, beißend. Wenn sie ihm eine Farbe hätte zuordnen sollen, dann wäre es vornehmlich Schwarz gewesen. Schwarz mit roten Schlieren.

Anton küsste sie. Es war wie der Biss einer Schlange. Dann riss er sich von ihr los und lief davon.

»Ich bin im *Crown Hotel!*«, rief sie ihm nach und versuchte, ihn einzuholen, doch er war zu schnell. Schon in der Church Road mit ihren Menschenmassen auf den schmalen Bürgersteigen hatte sie ihn verloren. Sie kehrte um, setzte sich wieder auf die Grabplatte, stützte den Kopf in die Hände und weinte.

* * *

Anton war froh, dass er Karla abgehängt hatte. Er lehnte sich in das stinkende Polster des Waggons zurück und schaute aus dem Fenster. Hier fuhr die *Tube* noch oberirdisch. Die Rückseiten der kleinen Backsteinhäuser mit ihren schmalen, traurigen Gärten flogen an ihm vorbei; immer wieder brach Regen aus den dunklen, tief hängenden Wolken hervor. Warum weinte der Himmel, wo es doch Hoffnung gab? Er würde es dem Himmel nicht klarmachen können, genauso wenig wie er es Karla hatte verdeutlichen können. Er würde den zweiten Janus finden.

Bald verschwand der Zug in der Unterwelt.

In Acton Town stieg er in die Piccadilly Line um und kam schließlich an der Station Holborn wieder ans Tageslicht. Über die Southhampton Row gelangte er zur Great Russell Street, und schon sah er in der Ferne rechts vor sich das imposante graue Gebäude des *British Museum*. Er quetschte sich durch die Besucherströme, betrat das gewaltige Foyer und fragte am Informationsstand stotternd nach der Bibliothek. Man klärte ihn darüber auf, dass die British Library gerade umgezogen und nun bei St. Pancras, in der Euston Road 96 zu finden sei. Anton seufzte auf. Wenigstens hatte er das breite Englisch des Museumsangestellten verstanden, doch nun musste er sich wieder auf den Weg machen. Er ging zurück in Richtung Holborn, bog aber vorher links in die Southampton Row ein und lief sie entlang, bis er auf die Euston Road stieß.

Das Gebäude der neuen Bibliothek war nicht zu übersehen. Wie ein riesiges Kartenhaus hockte es an der Straße und fraß mit seinem breiten Eingangsmaul die bildungshungrigen Besucher. Auch Anton ließ sich verschlucken und schaute sich neugierig im Foyer um.

Hier war alles modern, neu, ohne Flair. Zuerst musste Anton sich oben im Registration Office registrieren lassen und dafür seinen Ausweis vorlegen. Als er die aufwändige Prozedur hinter sich gebracht hatte, ging er hinunter in den Lesesaal. Statt Karteikarten gab es hier Computer. Anton setzte sich vor einen und versuchte damit zurechtzukommen. Es gelang ihm nicht, also begab er sich zur Informationstheke und erkundigte sich nach den Wörterbüchern sowie nach Büchern von und über Montague Summers.

Der Bibliothekar, ein junger Mann mit kleiner Rundbrille, wieselartigem Gesicht und gegeltem Haar, führte ihn zuerst zu den Wörterbüchern, wo Anton sich ein kleineres lateinisches aus dem Regal nahm, und zeigte ihm dann, wie er die gewünschten Werke von und über Summers bestellen konnte. Es würde nur wenige Stunden dauern, bis sie einträfen; außerdem könne man am Bildschirm sofort erkennen, ob sie ausgeliehen waren.

Sie waren ausgeliehen. Fast alle.

Anton und der junge Mann mit der Rundbrille sahen sich verwundert an. Anton erfuhr, dass die Bücher im Lesesaal benutzt wurden; sie waren nicht nach Hause entliehen worden. Er bestellte nichts, bedankte sich bei dem Bibliothekar und setzte sich an einen freien Tisch. Die Neonröhre über ihm brummte leicht. Ihr Licht schien zu flackern, kaum merklich, es war eher eine Ahnung der Dunkelheit.

Wer interessierte sich noch für Montague Summers? Wer war schneller gewesen? Sein Verfolger? Anton stellte fest, dass er sich eigentlich nicht mehr verfolgt fühlte – nicht mehr, seit er im Flugzeug gesessen hatte. Dennoch konnte es kaum ein Zufall sein. Er stand auf, klemmte sich das Wörterbuch unter den Arm und schlenderte durch den Lesesaal, wobei er zu erkennen versuchte, welche Bücher auf den einzelnen Tischen lagen.

Und ob ihm jemand bekannt vorkam.

Er hatte kein Glück. Die Leser hatten sich hinter ihren Bücherbergen verschanzt; die Titel verrieten alle möglichen Sachgebiete; es wurde geblättert, gelesen, hier und da auch geschlummert. Nur wenige Tische waren unbesetzt. Es war kühl hier, fast als ob der Herbst durch die automatische Belüftung auch in diese Räume eindrang. Schließlich ließ sich Anton an einem der Tische nieder, holte das *Mysterium Arcanum* aus seiner Tasche und versuchte, die Passagen, die sich auf Janus bezogen, mit Hilfe des Wörterbuchs zu übersetzen.

Es dauerte einige Zeit, bis er einen Sinn in das verschlungene und umständliche Latein gebracht hatte. Er nahm einige Blätter Papier aus einem Ständer vor sich und schrieb die Übersetzung nieder.

Es ereignete sich im Jahre des Herrn 302, dass die ägyptische Thebäische Legion, die mit Maximianus Herculeus, dem Mitregenten Kaiser Diokletians, von Italien nach Gallien zog, um dort den Aufstand der Bagauden niederzuschlagen. An der Rhone bei den agaunischen Engpässen erließ Maximianus den Befehl, zur Vorbereitung auf den Feldzug den heidnischen Göttern zu opfern, vor allem dem Janus, auf dass dieser dem Beginn der Schlacht günstig gewogen sei und die Legion zum Sieg führe. Die Thebäische Legion aber weigerte sich, den Heidengöttern zu opfern, denn sie war schon vor längerer Zeit geschlossen zum christlichen Glauben übergetreten. Um den Ungehorsam der Legion zu brechen, befahl Maximianus, Blutzoll unter ihnen zu erheben. Als auch dies nicht wirkte, wurde die gesamte Legion ausgelöscht. Auch jene Teile der Legion, die bereits vorausgeschickt waren, erlitten den Märtyrertod. Besonders schrecklich wütete dabei der Präfekt Rictiovarus in der germanischen Stadt Trier, wo alle Legionäre zunächst der furchtbarsten Folter unterworfen und schließlich ermordet wurden. Es heißt, Rictiovarus sei der leibhaftige Böse gewesen, denn anders waren die Gräueltaten, die er anordnete, nicht zu erklären. Gläubige Christen nahmen viele Reliquien der Blutzeugen, darunter auch die Tränen der Thebäer, die sie wie Heiligtümer verwahrten und ehrten. Der Blutdurst des Rictiovarus indes war noch nicht gestillt, und er wütete unter der christlichen Bevölkerung Triers weiter, bis ihm Einhalt geboten und er erschlagen wurde. Um das Böse zu vernichten, das von ihm Besitz ergriffen hatte, wurde er verbrannt und seine Asche in alle Winde verstreut. Doch verbrannte der Leichnam nicht vollständig. Seine Augen, die doch als Erstes ein Raub der verzehrenden Flammen hätten sein müssen, hielten deren Lodern stand und lagen unversehrt in der Asche. Sie wirkten schreckliche Dinge, von denen hier zu berichten nicht angezeigt ist. Schließlich schloss ein gläubiger Mensch je ein Auge in einer Kapsel ein, füllte diese mit den Tränen der Thebäer und versteckte sie in zwei Statuen des Götzen Janus, auf dass das unzerstörbare Böse auf immer gebannt sei. Die beiden Statuen schickte er an die entgegengesetzten Enden der Erde, damit sie nie wieder zueinander fänden. Sollten die Augen einst wieder vereint sein, ist der Tag des Bösen gekommen. Ich selbst habe eines dieser Augen gesehen; das zweite soll in Konstantinopel weilen, und viele Versuche wurden unternommen, es herbeizuholen, doch sie scheiterten. Ich hege jedoch keinen Zweifel daran, dass dereinst der Tag des Bösen kommen wird. Dann wird die mächtigste aller Beschwörungen, die ich in diesem Büchlein mitgeteilt habe, endlich durchgeführt werden können. Das Tor zur Hölle wird aufgestoßen und das Böse wieder in die Welt gelassen werden. Du, der du die Beschwörung durchführst, musst dich durch deine Taten und Gedanken des Bösen als würdig erweisen, und du wirst von ihm erhalten, was immer du begehrest, auch wenn es dir unmöglich erscheint. Du wirst der Herr der Welt sein, unter dem wahren Herrn der Welt.

Dann folgte ein kompliziertes, ekelhaftes Ritual, dessen Einzelheiten Anton entsetzten. Notwendig waren dazu sowohl die beiden von den Tränen befreiten Augen als auch ein Menschenopfer, ein magischer Kreis und anderes mehr. Anton schlug das Buch zu. Ihm schwirrte der Kopf.

Was würde er tun, wenn er den zweiten Janus – das zweite Auge – tatsächlich fand? Dem *Mysterium Arcanum* zufolge reichte es nicht aus, einfach nur die beiden Reliquien des Bösen zu besitzen. Er würde es aktiv beschwören müssen. Er würde dafür morden müssen.

... und du wirst von ihm erhalten, was immer du begehrest ...

Seinen Sohn. Mehr wollte er nicht. Das Böse hatte ihm Maximilian genommen, das Böse würde ihn wiedergeben.

Er machte sich noch einmal auf die Suche nach dem Leser, der sich so sehr für Montague Summers interessierte. Erstaunt stellte er fest, dass es eine Ecke im Lesesaal gab, in die er vorhin nicht hineingeschaut hatte. Dort stand ein älterer, grauhaariger Herr, der ein kariertes Sakko mit Lederflicken an den Ellbogen trug und soeben dabei war, etliche, wild über seinen Tisch verstreute Bücher zuzuklappen. Auf dem Titel eines der Werke las Anton: *Montague Summers. A Bibliography*. Es war, als hätte ihn jemand – oder etwas – geradewegs in diese vorhin übersehene Ecke geführt. Es war ein Zeichen. Es konnte nur ein Zeichen sein.

Anton trat von hinten an den Mann heran und räusperte sich. Der Mann drehte sich um und sah Anton fragend an. Um seine freundlichen grauen Augen legten sich zahlreiche Lachfältchen. Ein grau-weißer Bart verdeckte seinen Mund fast vollständig. Er hielt die Bibliographie wie einen Schild vor sich. Ein viel zu kleiner Schild. Anton radebrechte ein wenig, bis der Mann mit starkem britischen Akzent fragte: »Sind Sie Deutscher?«

Anton nickte.

»Das ist ja wunderbar. Ich habe in Ihrer schonen Heimat lange Jahre gelebt und auch studiert. Ich freue mich immer, wenn ich mich in Ihrer Sprache unterhalten darf. Wie kann ich Ihnen zu Diensten sein?«

»Sie ... interessieren sich für Montague Summers?«

»O ja. Sie etwa auch?« Der Mann warf ihm einen erstaunten Blick zu und legte das kleine Buch auf den Stapel neben sich. Dann verdüsterte sich sein Blick.

Anton wagte kaum mehr zu atmen. Plötzlich lag etwas Unaussprechliches in der Luft zwischen ihnen.

»Sie wollen doch nicht etwa ...?«, begann der Engländer.

Anton schluckte. »Was?«, fragte er heiser.

»Eine Biografie uber ihn schreiben?«

Anton musste lächeln. Ihm fiel ein Stein vom Herzen. Er war an einen Gelehrten geraten, der vermutlich gar nichts von der Janus-Statue wusste. »Nein, nein«, wehrte er ab. »Ich interessiere mich nur für ein paar Einzelheiten aus dem Leben von Summers.«

»Da kann ich Ihnen sicherlich Auskunft geben«, meinte der Gelehrte.

»Das ist sehr freundlich von Ihnen. Darf ich fragen, wer ...« Weiter kam Anton nicht.

Der Gelehrte sah ihn streng an. »Sobald mein Buch erschienen ist, wird es all Ihre Fragen beantworten.«

»Könnten Sie mir nicht vorher ...?«

»Keinesfalls, mein Herr«, sagte der Engländer in seinem ausgezeichneten, wenn auch mit starkem Akzent beladenen Deutsch. »So gern ich mich mit Ihnen unterhalten wurde, so darf ich doch vor der Veroffentlichung nichts ausplaudern. Bitte verstehen Sie mich nicht falsch. Ich glaube Ihnen, wenn Sie sagen, dass Sie keine Biografie uber Montague Summers schreiben, aber man kann nie wissen, durch welche dunklen

Kanale, wie man bei Ihnen sagt, meine Informationen fließen werden. Bitte haben Sie deshalb Verstandnis dafur, dass ich mich mit Ihnen gern uber alles, aber nicht uber Dr. Summers unterhalten werde. Ich habe zehn Jahre an der Biografie gearbeitet, sie ist mein Lebenswerk und nahert sich nun der Fertigstellung.«

Es war zum Verzweifeln! Einen Schritt vor, einen zurück. So konnte es nicht weitergehen. »Ich will nur wissen, wer der Erbe von Mr. Summers war«, sagte Anton fest und stellte sich breitbeinig vor den Engländer.

Dieser betrachtete ihn von oben bis unten und meinte schließlich: »Ich glaube nicht, dass ich befugt bin, Ihnen darüber Auskunft zu erteilen. Warum interessiert es sie? Summers ist seit fast sechzig Jahren tot.«

»Es ist sehr wichtig für mich.«

»Das begreife ich nicht.«

So kam er nicht weiter. Er musste dem Mann einen Anreiz geben. Natürlich, da war etwas, das Anton vielleicht gegen die Informationen eintauschen konnte, die er unbedingt brauchte. »Wie wäre es mit einem Handel?«

»Einem Handel?«, fragte der Engländer erstaunt. »Was konnen Sie mir geben, wofur ich Ihnen Informationen geben soll?«

»Wie wäre es mit einem Manuskript von Summers?« Borsig hatte gesagt, dass *The Dark God* unveröffentlicht war. Eine bislang unbekannte Autobiografie musste doch geradezu ein Festschmaus für einen Biografen sein.

»Einem Manuskript?« Der Mann fuhr sich mit der fleischigen, aber wohl manikürten Hand durch den Bart. »Wovon handelt es?«

»Es ist, wie ich verstanden habe, der zweite, nicht ganz vollendete Teil seiner Autobiografie. Sie trägt den Titel *The*

Dark God und beschäftigt sich mit seinen okkulten Forschungen.«

Der Mann riss die Augen auf. »Das ware eine Sensation. Es gilt als verschollen. Nur der erste Teil, *The Galanty Show*, wurde 1980 bei Woolf herausgegeben.«

»Sicherlich wäre es für Ihre Biografie von Bedeutung?«

»Es ist unerlasslich, wenn Sie es wirklich besitzen. Kann ich es sehen? Ich musste mich naturlich erst von seiner Echtheit uberzeugen.«

»Ich habe es nicht dabei, aber ich könnte es Ihnen heute Abend oder morgen zeigen, wenn Sie wollen.«

»Heute geht es nicht. Kommen Sie morgen um zehn Uhr punktlich hierher. Dann werde ich sehen, was ich fur Sie tun kann.«

Anton nickte, verabschiedete sich von dem Engländer, ohne ihm die Hand zu reichen, und ging. Er musste grinsen.

Janus, du hast alles wunderbar gefügt, dachte er, während er die British Library verließ. Du arbeitest daran, dass ich Erfolg habe. Du willst, was ich will.

Du willst, was ich will.

* * *

Er hatte Wierichs Spur aufgenommen und die nächstmögliche Maschine nach London genommen. Er würde diesen verkommenen Trödler finden und sich an seine Fersen heften, bis er ihn zu Janus und dem zweiten Auge des Rictiovarus führen würde.

Als er in seinem Hotelzimmer in Richmond lag, überlegte er, ob er den Portier bitten sollte, ihm einen Kellner oder ein Zimmermädchen zu schicken. Die Nadeln, die Stacheln, Dornen und Sägeblätter in seinem Inneren machten ihn wahnsinnig. Etwas Angst, Qualen, Blut und Fleisch würde sie besänftigen. Er stellte sich vor, was er mit seinem Opfer machen würde, doch diese Gedanken allein verschafften ihm keine Linderung, sondern verstärkten die Schmerzen noch. Er stöhnte und warf sich auf seinem Bett herum. Draußen war ein trüber Herbsttag heraufgezogen. Er musste das Zimmer verlassen, musste Wierich finden. Er würde ihn finden, früher oder später, das wusste er. Das sagten ihm seine zum Zerreißen gespannten Nerven, das schrie ihm sein gepeinigtes Blut zu.

Langsam wusch er sich und betrachtete sich danach im Spiegel. Sein Körper schien nicht gealtert zu sein in den letzten zehn Jahren. So lange hatte er nicht mehr die Heilige Messe gelesen, so lange befand er sich auf der Suche. Er hatte nicht gewusst, dass sein Ziel ein größeres als jene inzwischen zerschmetterte Janus-Statue gewesen war. Er hatte nicht gewusst, dass er zum Kern und Ursprung des Bösen unterwegs war. Einen Abglanz davon sah er in seinen Augen, als er seine Maske für kurze Zeit fallen ließ. Ihr Graublau war von schwarzen Schlieren durchzogen, die sich unablässig veränderten. Er lächelte. Und in seinen Augen lächelte etwas, das bereit war, die Seele der Welt zu fressen.

Schon sehr bald – das spürte er überaus deutlich – würde er ein Festmahl halten.

27. Kapitel

Nachdem Anton die British Library verlassen hatte, streifte er durch die lärmenden Straßen, beachtete die hastenden Passanten kaum, die sinnlos wie Blätter im Wind dahintrieben, hatte nur den kommenden Tag im Sinn. Er musste dem Summers-Biografen die notwendigen Informationen entlocken. Egal wie. Er dachte daran, wie er mit Benjamin Borsig verfahren war, und es verblüffte ihn, dass er keinerlei schlechtes Gewissen verspürte. Er würde sogar morden, um seinen Sohn wiederzubekommen und ihn um Verzeihung für sein furchtbares Verhalten bitten zu können. Bis dahin war er nicht würdig, Vater genannt zu werden.

Und sein Sohn würde wieder bei ihnen leben, für immer.

Er schlenderte ein wenig durch London, das ihm unheimlich war. Groß. Laut. Dunkel. Überall lauerte die Schwärze: in den Hauseingängen, unter den Autos und Bussen, in den Schaufensterauslagen, in der Untergrundbahn. Als die Dämmerung hereinbrach, setzte Regen ein. Anton kaufte sich in einer *Boots*-Filiale einen billigen Schirm. Die Tropfen, die von den blauen Stoffrändern herabtroffen, waren schwarz. Schwarzer Regen. Auf schwarzem Asphalt. Schwarzes Glitzern in den Pfützen unter dem schwarzen Licht der Straßenlaternen. Unzählige schwarze Augen, die in seine eigene Schwärze blickten.

Er steckte eine Hand in die Hosentasche und umschloss das schwarze Auge darin. Das Auge des Rictiovarus, das in den Tränen der Thebäer schwamm. Die Seele des Bösen. Wie konnte etwas böse sein, das ihm so gute Gefühle und so große Verheißungen versprach? Nein, nichts war böse außer der Haltung, mit der man den Dingen und Menschen begegnete.

Am späten Nachmittag fuhr er zurück nach Richmond, das ihm nun wie eine stark verkleinerte Ausgabe Londons erschien. Derselbe Lärm, dieselbe Schwärze, dieselben Blicke. Er kam am *Crown Hotel* in der Church Road vorbei und überlegte kurz, ob er Karla eine Nachricht hinterlassen oder sie sogar besuchen sollte. Lange stand er unschlüssig vor dem Gebäude. Das weiße Gitter mit den Messingspitzen wirkte abschreckend auf ihn. Auf jeder dieser Spitzen sah er sein Fleisch stecken, sein Herz, seine Seele. Um die Schmerzen zu lindern, umschmeichelte seine Hand das Auge des Rictiovarus.

Er stellte sich vor, wie er das Foyer betrat und Karla sah. Was würde er ihr sagen? Der Regen prasselte auf seinen Schirm, dessen Stoffbespannung in der nassen Abenddunkelheit schwarz wirkte. Das Prasseln hüllte ihn ein, drang bis in sein Blut, passte sich dem Takt seines Pulses an. Nun nahm es einen schnelleren Rhythmus an. Es raste. Sein Blut raste. Alles in ihm schrie nach Karla.

Geh endlich hinein, sagte er sich.

Geh hinein und verurteile damit deine Suche zum Scheitern.

Karla war so stark. So treu. Sie war hier, weil sie sich Sorgen um ihn machte. Weil sie ihm helfen wollte.

Kann sie dir etwa Maximilian zurückbringen?

Ihm war, als hätte er das Hotel doch betreten. Als hätte er dort drinnen, hinter den weißen Säulen und den roten Backsteinen nach Karla gesucht. Als hätte er dem Portier etwas gegeben, nachdem er sie nicht gefunden hatte.

Er stand vor dem Gebäude und schüttelte den Kopf. Sein Denken war in Schwärze gehüllt. Er widerstand dem Drang und den trügerischen Lockungen, entfernte sich vom Hotel und verließ die Church Road in Höhe der alten Kirche mit dem verwahrlosten Friedhof, wo er Karla am Morgen sitzen gesehen hatte. Er blieb vor der Grabplatte stehen, auf der er sie umarmt hatte, beugte sich herunter und küsste den Stein. Als er sich wieder erhob, sah er, wie er von drei Frauen mit Regenhauben aus durchsichtigem Plastik angestarrt wurde. Ihr Haar unter den Hauben war schwarz. Es ringelte sich. Haar der Medusa. Er erstarrte.

Sie waren weg. Als wären sie in ihre Gräber zurückgekehrt.

Anton kehrte in das Grab seines Zimmers im Hotel an der King´s Road zurück. Er ging früh zu Bett und träumte davon, was er mit dem Biografen machen würde, wenn dieser ihm nicht die gewünschten Informationen zu geben bereit wäre.

* * *

Pünktlich um zehn Uhr traf Anton im Lesesaal der British Library ein. Im einem Plastikbeutel trug er das Manuskript der Autobiografie von Montague Summers bei sich. Der Engländer erwartete ihn bereits, er saß in derselben Ecke wie gestern und hatte abermals einen ganzen Stapel Bücher wie ein Festungswerk um sich herum aufgebaut. Als er Anton kommen sah, erhob er sich, kam auf ihn zu und schüttelte ihm heftig die Hand.

»Haben Sie es dabei?«, fragte er sofort und deutete auf den Plastikbeutel in Antons Hand.

Anton nickte.

»Geben Sie es mir«, forderte ihn der Engländer recht herrisch auf; er schien sich nicht mehr beherrschen zu können. War er gestern noch freundlich und höflich gewesen, so schien er nun von Gier besessen.

»Zuerst brauche ich meine Informationen«, wehrte Anton ab und drückte die Plastiktüte eng an seine Brust.

»Zuerst will ich wissen, ob das Manuskript echt ist.«

Anton dachte kurz nach und wickelte es schließlich aus. Es konnte nichts schaden, den Kerl einen Blick darauf werfen zu lassen und es ihm dann wieder wegzunehmen. Er hielt ihm die Kassette entgegen.

Der Gelehrte legte sie auf seinen Arbeitstisch, öffnete sie und betrachtete die ersten Blätter. »Eine Sensation«, murmelte er. »Das ist eindeutig Summers´ Handschrift. Sie ist unverkennbar. Sehen Sie hier: das ungewohnliche E, die versetzten Querbalken des T, und das Y ist nur ein Strich nach unten.«

Sofort nahm Anton ihm die Kassette wieder ab. Schon glaubte er, der Engländer würde mit ihm darum kämpfen, denn aus seinen Augen sprühten schwarze Blitze. »Jetzt will ich meine Informationen haben. Wer ist der Erbe von Montague Summers?«

Der Mann strich sich über den grau-weißen Bart. »Was haben Sie mit dieser Information vor?«

»Verzeihen Sie, aber das geht Sie nichts an.«

»Moglicherweise doch. Konnen Sie mir versichern, dass die betreffende Person nichts zu befurchten hat?«

»Selbstverständlich. Ich will lediglich Kontakt mit ihr aufnehmen.«

»Warum?«

»Wollen Sie das Manuskript haben oder nicht?«

Bevor der Engländer etwas darauf erwidern konnte, kam der Bibliothekar mit der Rundbrille und dem Wieselgesicht herbei und teilte flüsternd mit, man möge nicht so laut miteinander reden; es habe schon einige Beschwerden gegeben.

Der Engländer entschuldigte sich überschwänglich und schlug Anton vor, einen kleinen Spaziergang zu unternehmen.

Sie verließen die Bibliothek; Anton trug sein Manuskript wie einen großen Schatz herum, den er so eng wie möglich an sich drückte. Er war sein einziges Unterpfand für die Informationen, die er haben wollte. Es hatte aufgehört zu regnen; zerrissene Wolkenbänder hasteten durch den blassblauen Himmel. Menschen in fetten Mänteln hasteten den Wolken gleich durch die Straßen. Rechts tauchte in einiger Entfernung eine Kirchenruine auf, aus der Bäume wuchsen.

Der Engländer ging zielstrebig auf sie zu, betrat sie und setzte sich auf eine Bank in der früheren Apsis. »Wundervoll, nicht wahr?«, meinte er. »Aus dem toten Stein wachst Leben. Als ob es Gott nie gegeben hatte.«

Hierher drang der Verkehrslärm nur gedämpft. Eichen und Eiben umstanden die schartigen Mauern mit den Spitzbogenfenstern, die wie eine Zeichnung von Caspar David Friedrich wirkten. Braune, rote und gelbe Blätter bedeckten den Steinboden, der an vielen Stellen geborsten und Gras und Gebüsch gewichen war.

»Bitte geben Sie mir das Manuskript«, sagte der Engländer bestimmt.

Anton dachte kurz nach, reichte dem Engländer die Kassette und wühlte in den Taschen seines Jacketts herum. Gestern bei *Boots* hatte er mehr als nur einen Schirm gekauft, wie er sich jetzt erinnerte.

Er sprang auf den verdutzten Biografen zu, schlug ihm die Blätter aus der Hand und fesselte ihn mit einer festen Hanfkordel. Der Mann war so überrascht, dass er erst Gegenwehr leistete, als es schon zu spät war. Doch nun saß er reglos auf der Bank.

Anton stand vor ihm und hatte das Messer hervorgeholt, das er sich ebenfalls gestern besorgt hatte. »Ich glaube, es ist an der Zeit, dieses Spiel abzukürzen. Wenn Sie mir die Informationen geben, die ich benötige, wird Ihnen nichts geschehen.«

»Sie sind wahnsinnig!«, keuchte der Mann. »Wir sind nicht allein hier. Jederzeit kann jemand kommen. Man wird Sie verhaften.«

»Vielleicht, aber das wird Ihnen nichts mehr nützen, denn dann werden Sie schon tot sein.«

»Sie konnen mich nicht einschuchtern. Wenn ich nicht punktlich nach Hause komme, wird mein Sohn nach mir suchen. Er weiß, wo ich bin.«

»Ich hatte auch einmal einen Sohn«, sagte Anton versonnen und stach zu. Der Engländer zuckte zusammen. Anton hatte auf seinen linken Arm gezielt. Er war mit der Schärfe der Klinge sehr zufrieden. Sie verursachte zuerst ein reißendes Geräusch im Stoff, dann drang sie sanft, geradezu liebevoll in das Fleisch ein. Anton sah, wie sich das karierte Jackett an der Einstichstelle rot färbte.

»Sie sind verruckt!«

»Wer war Montague Summers' Erbe?«

Der Engländer schüttelte den Kopf.

Nun war der rechte Arm Antons Ziel. Lustig, dachte er, wie zwei Aufnäher sind die beiden Flecken.

Der Engländer schrie. Er brüllte so laut, dass es Anton in den Ohren klingelte. Trotzdem hatte er keine Angst, er könnte entdeckt werden. Er sah die Schwärze um ihn herum und wusste, dass er unsichtbar war. Janus half ihm. Das Böse half ihm.

»Den Namen bitte. Sie kennen ihn, denn ansonsten hätten Sie mir schon gestern gesagt, dass Sie mir keine diesbezügliche Auskunft geben können, noch bevor ich Ihnen das Manuskript angeboten habe«, meinte Anton im Plauderton und stach dem Engländer die Klinge in den Unterleib. Es war ein befriedigendes Gefühl. Ein paar Tropfen Blut spritzten hervor; den Rest saugte rasch die Kleidung auf.

»Sein Sekretar. Hector Stuart-Forbes.«

»Wo finde ich ihn?«

»Auf dem ... Friedhof.«

Anton versetzte ihm einen Stich in den rechten Oberschenkel. Die Klinge schmeichelte sich bis zum Heft ins Fleisch.

»Wissen Sie, was mit einer Janus-Statue passiert ist, die Summers gehört hat?«

»Einiges ... hat Stuart-Forbes ... nach Summers´ plotzlichem Tod ... verschenkt ...« Der Engländer wimmerte und keuchte vor Schmerzen. Sein ganzer Körper zuckte. »Nach dem Tod von ... Stuart-Forbes ... zwei Jahre spater ... alles in alle Winde ... zerstreut ...«

»Was hat Stuart-Forbes verschenkt?«

»Bucher ... einige Gegenstande ...«

»Zufällig auch eine Janus-Statue?«

Der Engländer nickte matt. »Habe ... im Zuge meiner Forschungen ... mit dem jetzigen Eigentumer gesprochen ... warum ...?«

»Die Fragen stelle *ich*«, zischte Anton und kam sich sehr mächtig vor. »Wie heißt dieser Eigentümer?«

»James!«

»Das reicht leider nicht«, sagte Anton. »Ich befürchte, es gibt viele Menschen dieses Namens in London. Wohnt dieser James überhaupt in London?«

Der Engländer nickte noch einmal. In seinen Augen flackerte der Irrsinn. Hoffentlich war er noch eines klaren Gedankens fähig.

»Sohn... von ... Anatole James. In den ... Siebzigern ... gestorben ...«

»Und wie heißt sein Sohn?«, fragte Anton und hob die Klinge. Es war ein so wundervolles Gefühl der Macht. Es tat ihm leid, wie er den Engländer behandeln musste, doch es gab keinen anderen Weg. Er musste ein Menschenleben retten. Nein, gleich zwei. Das von Maximilian und auch sein eigenes, das mit dem Wohl und Wehe seines Sohnes untrennbar verbunden war.

»Bernard Stilton James!«

»Wo wohnt er?«

Der Wind rauschte in den Bäumen; inzwischen war jeglicher Lärm von draußen verschwunden. Es war, als befände sich Anton in einer Falte der Wirklichkeit, eingehüllt in den schwarzen Stoff des Vergessens. Ein paar Blätter wurden aufgewirbelt, eines legte sich auf die Brust des Engländers. Es war blutrot.

»Die Adresse bitte.«

Der Engländer hustete; das Blatt fiel von seiner Stirn ab und legte sich in den Ausschnitt seines karierten Jacketts. »255, Rotherhithe Street, Canada Wharf.«

»Vielen Dank.« Anton notierte sie sich auf einem der Blätter des Manuskripts, die verstreut auf dem Boden lagen. »Und nun werde ich Ihnen zeigen, warum ich diese Information unbedingt brauchte.« Er holte das Auge aus der Hosentasche und hielt es dicht vor das Gesicht des Biografen. Dieser schrie auf.

Mit der anderen Hand rammte Anton das Messer durch das rote Blatt geradewegs in die Brust des Mannes. Ein schreckliches Zittern durchlief ihn; dann erschlaffte er. Anton zog die Klinge heraus und achtete dabei sorgfältig darauf, dass der hervorschießende Blutschwall ihn nicht traf. Er wischte das Messer am Jackett des Engländers ab, sammelte sein Manuskript wieder ein und schritt durch den Vorhang der Schwärze hinaus auf die Straße. Rasch lief er zur nächsten *Tube-Station*.

Als er in der U-Bahn saß und in den aufgesammelten Blättern der Autobiografie nach der Adresse suchte, musste er feststellen, dass er sie verloren hatte. Er erinnerte sich noch an sie, aber er fragte sich, wo sich das betreffende Blatt befand. Hatte er es am Tatort liegen gelassen? Eine Welle des Schrecks durchflutete ihn. Er sprang von seinem Sitz auf; die Mitreisenden sahen ihn verständnislos an. Doch dann setzte er sich wieder und lächelte. Janus würde nicht zulassen, dass der Zettel gefunden wurde.

Als Anton an jener Station ausstieg, die der angegebenen Adresse am nächsten lag, musste er lächeln. Wieso hatte er sich Sorgen darüber gemacht, dass man ihn entdecken könnte? Nichts und niemand vermochte ihn nun noch aufzuhalten. Er wollte sein Glück kaum fassen. Der Biograf, dessen Werk nun unveröffentlicht bleiben würde, hatte ihm mehr oder minder bestätigt, dass dieser James die Statue des Janus tatsächlich besaß. Bald würden die beiden Augen wieder zueinander gefunden haben – nach mehr als tausendsiebenhundert Jahren.

Bernard Stilton James, ich komme.

28. Kapitel

Den ganzen Tag über hatte Karla nach Anton gesucht, nachdem er ihr auf dem Friedhof entwischt war, doch natürlich hatte sie ihn nicht gefunden. Er war wie ein Blatt im Herbstwind verweht, fortgetrieben zu unbekannten Gegenden. Erst am Abend kehrte sie in das *Crown Hotel* zurück, und ihr Liebhaber war außer sich. Sie hatte ihn allein gelassen, war einfach verschwunden, und er hatte sich schreckliche Sorgen um sie gemacht, wie er sagte. Dabei sah er sie aus seinen traurigen grünen Augen an, und sie empfand Schuld. Sie nahm ihn in den Arm, doch als sie spürte, dass er ihre Liebkosung erwiderte und mehr wollte, machte sie sich sanft von ihm frei.

»Bitte nicht jetzt«, sagte sie.

»Warum nicht?«

Er zog seine Hose aus, und sie sah seine Erregung. Sie fand es abscheulich und drehte sich um.

»Was ist los?«, fragte er, trat hinter sie und umfasste ihre Brüste.

Widerwillig spürte sie, wie auch ihre Erregung stieg. Doch der Gedanke an Anton, an seinen unheimlichen Blick, an die Schwärze, die er auf dem Friedhof ausgestrahlt hatte, holte sie auf dem Weg in die Lust sofort wieder ein. »Ich habe Anton gesehen.«

»Warum sagst du das erst jetzt?«, fragte er leise in ihr Ohr und nahm seine Hände von ihr.

Sie hörte, wie ein Reißverschluss zugezogen wurde, und drehte sich um. »Er ist hier, aber ich habe ihn verloren. Er sah so ... furchtbar aus.«

»Hat er dir gesagt, in welchem Hotel er wohnt?«

Karla schüttelte den Kopf. »Ich weiß nicht, wo er wohnt, ich weiß nicht, wo er ist, ich weiß nicht, warum er hier ist. Ich kann einfach nicht mehr!« Sie legte den Kopf an seine Schulter und weinte hemmungslos. Er streichelte ihr Haar, ihren Rücken, und seine Berührung schenkte ihr wieder ein wenig Kraft.

Du befindest dich in den Armen deines Geliebten, während dein Mann irgendwo da draußen umherirrt. Was ist bloß aus dir geworden?

Wer hat mich so gemacht?

Willst du etwa nicht selbst die Verantwortung dafür tragen?

Karla nahm ihr Nachthemd vom Bett und ging wortlos ins Badezimmer. Sie duschte, freute sich, dass sie dabei allein blieb, und sah sich hinterher im Spiegel an.

Sie war alt geworden. Ihre Brüste hingen allmählich etwas durch, hier und da zeigten sich Falten. Es war ein ehrlicher Körper, fand sie, und plötzlich fragte sie sich, was ihr wunderbar aussehender Geliebter daran fand. Sie sah sich tief in die Augen.

Es war nicht so, dass eine Fremde zurückgeschaut hätte. Trotzdem empfand sie ihren eigenen Blick als unvertraut. Sie entdeckte eine halb verborgene Härte darin, die sie noch nie bewusst an sich wahrgenommen hatte.

Vielleicht ist das auch das Alter, dachte sie, während sie sich mit dem großen, weißen Badetuch abtrocknete. Sie streifte sich das Nachthemd über und verließ die Duschkabine.

Ihr Geliebter lag nackt auf dem Bett.

»Bitte nicht«, sagte sie fest. »Nicht heute Nacht.«

»Zu Hause, in eurem gemeinsamen Schlafzimmer, hattest du nicht solche Gewissensbisse. Auch nicht, als ich dich in deinem Laden genommen habe. Erinnerst du dich?«

Das war gemein von ihm! Hastig zog sie ihr Nachthemd aus. Er missverstand ihre Handlung und grinste anzüglich. Sofort stürzte sie sich in ihre Unterwäsche, und als er begriffen hatte, was los war, stand sie schon im Mantel in der geöffneten Zimmertür, mit dem Schlüssel in der Hand. »Mach´s gut.«

Am Aufzug hatte er sie eingeholt. Er trug nichts als sein rasch übergestreiftes Hemd und seine Hose, deren Gürtel aus den Schlaufen baumelte.

»Was soll das?«, zischte er. Der Aufzug öffnete sich, und ein älteres Ehepaar trat heraus.

»Disgusting«, murmelte die Frau und drückte sich an Karla vorbei. Der alte Mann starrte die beiden mit unverhohlener Neugier an. »Come, Algernon!«, rief die Frau, und ihr Mann gehorchte sofort.

Karla und ihr Liebhaber mussten grinsen. Diese gleichzeitige Regung zerbrach ihren Vorsatz, aus dem Hotel zu fliehen. Sie prustete los, und ihr Geliebter fiel mit seinem melodischen Lachen ein. Sie lagen sich in den Armen, klopften einander auf den Rücken wie Freunde, die sich lange nicht gesehen hatten, und kehrten gemeinsam auf ihr Zimmer zurück.

Doch sie verweigerte sich ihm weiterhin, und er ließ es geschehen.

Karla träumte von ihrem Mann, der durch die Straßen Londons irrte und etwas suchte, von dem er selbst nicht mehr wusste, was es war. Als er es endlich gefunden hatte – in einer riesigen, dunklen, feucht glitzernden Fabrikhalle –, stellte es sich als schreckliches, gewaltiges Ungeheuer heraus, das voller Augen und Tentakel war, eigentlich kaum mehr als eine schleimige, protoplasmische Masse, die sich andauernd veränderte. Sie fraß Anton. Karla erwachte mit einem Schrei.

Draußen war es bereits hell; Tageslicht drang durch den Schlitz zwischen den dichten Laura-Ashley-Vorhängen hindurch, schuf einen vertikalen Strich zwischen ihnen. Karla schaute hinüber zu ihrem Geliebten. Er war bereits wach, hatte sich auf einen Ellbogen gestützt und betrachtete sie. Zärtlichkeit lag in seinem Blick; die Wildheit des vergangenen Abends war von ihm gewichen, aber Karla war es, als lauere sie noch in den hintersten Bereichen seiner Augen. Sie waren wie ein Gesicht hinter dem Gesicht.

Sie kleideten sich an; eine Spannung, unausgesprochen, stand zwischen ihnen. Er unternahm nicht den Versuch, sie zu berühren. Sie ertappte sich bei dem Wunsch, er möge es tun. Doch gleichzeitig hatte sie Angst. Vor ihm – und vor sich selbst.

Sie gingen hinunter, an der Portiersloge vorbei, zum Frühstückssaal.

»Was sollen wir jetzt tun?«, fragte Karla, nachdem sie sich am Büfett bedient und an einen freien Tisch vor dem Fenster gesetzt hatten, das auf den Garten hinausging. Sie nahm eine Gabel mit Bohnen, beäugte sie kritisch und stellte fest, dass sie eigentlich keinen Appetit hatte. Sie ließ die Gabel sinken.

»Wir könnten systematisch die Hotels in Richmond abklappern«, sagte er. »Wir erkundigen uns an der Rezeption nach einem Hotelverzeichnis und fangen nach dem Frühstück an«, schlug er vor und stopfte sich gleich darauf den Mund mit Speck voll.

Es war ihr unangenehm, ihn so herzhaft essen zu sehen. Es war unappetitlich. Sogleich schob er eine Ladung Bohnen hinterdrein und spülte mit Tee nach.

Sobald er gesättigt war, gingen sie hinüber ins Foyer. Der Portier gab ihnen die gewünschte Liste und sah dabei Karla seltsam an. In ihrem schlechten Englisch fragte sie, was los sei.

Der Portier antwortete mit einem so schnellen Redeschwall, dass sie kein Wort verstand. Sie warf ihrem Geliebten einen raschen Blick zu. Dieser nickte, und der Portier zog aus den Tiefen seiner Theke ein mit wenigen Worten beschriebenes Blatt hervor und reichte es ihm.

»Er hat vorhin gefragt, ob du zufällig Wierich heißt. Gestern Abend hat er von einem Mann, den er für verwirrt hielt, eine Botschaft für eine Frau dieses Namens erhalten, die in diesem Hotel wohnen sollte. Er hat dem Mann gesagt, dass dem nicht so sei, aber dieser hatte darauf beharrt. Und nun fragt er jeden weiblichen Gast nach dem Namen. Da er schon einige unangenehme Abfuhren bekommen hat, hat er dich nur angeschaut und sich zuerst nicht getraut, dich zu fragen. Hier ist die Botschaft.«

Er legte das Blatt Papier auf den Tresen, und sie lasen die Worte gemeinsam.

Karla, ich liebe dich. Ich brauche dich, aber du darfst dich mir nicht in den Weg stellen. Morgen früh habe ich noch eine Verabredung in der BL, und bald wird alles geklärt sein. Dann wird alles wieder gut. Das verspreche ich Dir. Dein Dich liebender Anton.

Ihr Liebhaber sah sie an. »Ist das seine Schrift?«

Karla nickte. Es war sie – und es war sie nicht. Es war, als hätten sich Schlieren über die Worte gelegt. Sie waren verzerrt und unbeholfen, als ob ein Kind sie geschrieben hätte – oder jemand, der sich nur mühsam beherrschte.

Er nickte dem Portier zu, steckte den Zettel in die Innentasche seines grauen Jacketts und ergriff Karla am Arm. »Komm, wir müssen uns beeilen.«

Wenige Minuten später standen sie in ihren Mänteln auf der Church Road.

»Was bedeutet BL?«, fragte Karla.

Ihr Geliebter schaute auf die Uhr. »Halb zehn. Es wird etwa eine Stunde dauern, bis wir da sind. Hoffentlich erwischen wir ihn noch.«

»Wohin fahren wir? Antworte mir endlich.«

»In die British Library.«

Im Zug dachte Karla über den seltsamen Brief nach. Warum hatte Anton ihn geschrieben? Warum hatte er sie auf seine Spur gesetzt, wo er doch gestern noch vor ihr davongelaufen war? Das ergab keinen Sinn.

Der Blick aus dem Zugfenster zeigte ihr hässliche Hinterhöfe – die andere Seite der schönen Straßen, der gepflegten Backsteinhäuser mit ihren Messingklopfern und getünchten Pfeilern. Alles, alles hatte zwei Gesichter.

Schweigend saßen sie einander gegenüber, vermieden es, sich anzuschauen, jeder war in seine eigenen Gedanken gefangen. Karla war froh, als sie endlich ihr Ziel erreicht hatten und bei King's Cross die Untergrundbahn verließen. Sie hasteten gegen die heftigen Stöße des Herbstwinds auf die British Library zu, betraten das Foyer, den Lesesaal, doch nirgendwo entdeckten sie eine Spur von Anton. Nach einer halben Stunde verließen sie die Bibliothek wieder und schlenderten ratlos und schweigend durch die unter dem Wind stöhnenden Straßen der Umgebung.

In einiger Entfernung rechts von ihnen erhob sich die von hohen Bäumen überwölbte Ruine einer Kirche. Davor standen Polizeiwagen mit zuckendem Blaulicht, und gelbe Plastikbänder sperrten einen großen Bereich der Kirche und der Straße ab.

Sie näherten sich dem Aufruhr, und Karlas Begleiter fragte einen Passanten, was hier los sei.

»Ein Mord«, sagte er danach zu Karla. »Es muss furchtbar sein – als ob jemand geschlachtet worden wäre, sagte der Mann. Hier kommen wir nicht weiter.«

»Doch«, sagte Karla.

Der Wind hatte ihr braune, verwesende Blätter entgegengetrieben. Zuerst hatte sie das helle zwischen ihnen gar nicht bemerkt. Aber als sie einen Blick darauf warf, durchfuhr es sie wie ein Stromschlag. Sie hob es auf. Es war ein mit kleiner, seltsamer Handschrift beschriebenes Blatt, wie das Titelblatt eines Werkes, und darauf stand: *The Dark God. By Montague Summers*. Darunter hatte eine andere Hand einen Namen und eine Adresse gekrakelt: *Bernard Stilton James, 255 Rotherhithe Street, Canada Wharf.*

Es war die entsetzlich verzerrte, aber noch erkennbare Handschrift von Anton Wierich.

29. Kapitel

Die Gegend war düster. Anton war bis zur Haltestelle Rotherhithe gefahren und ging nun die gleichnamige Straße an der Themse entlang, die von alten Lagerhäusern gesäumt war, von denen etliche zu Wohnungen umgebaut worden waren. Der salzige, leicht faulige Geruch der Themse war hier allgegenwärtig. Immer wieder konnte man zwischen den langen Backsteingebäuden den Fluss sehen. Drüben, auf der anderen Seite, lag Canary Wharf, das riesige Neubaugebiet mit seinen Bürohochhäusern aus Glas und Stahl, die wie aus einer gesichtslosen amerikanischen Großstadt hierher verfrachtet schienen. Über der Themse lag ein leichter Dunst, und es war kalt und feucht.

Anton erreichte endlich die Nummer 255. Es war ein gewaltiges Lagerhaus aus dem späten achtzehnten oder frühen neunzehnten Jahrhundert, doch es zeigte von außen keinerlei Anzeichen dafür, dass es bewohnt war. Die hohen Fenster im Erdgeschoss waren zugemauert, und die in den oberen Stockwerken glitzerten, als wären sie verspiegelt. Einen Eingang sah Anton nicht. Hatte ihn dieser Biograf etwa auf eine falsche Fährte geführt? Er ging an der Straßenfront entlang. Links stieß das Haus unmittelbar an das Nachbargebäude, doch rechts führte ein schmaler Durchgang bis zur Themse und endete vor einem alten, rostigen Gitter. Anton trat auf es zu und blickte über den Fluss. Dann schaute er die winzige, schmale Gasse hinab, durch die er hergekommen war.

Beinahe hätte er es übersehen.

In der Seitenwand des Backsteingebäudes gab es eine Unregelmäßigkeit. Scharniere schienen mitten in den Ziegeln zu stecken, und ein Stahlknauf ragte an einer Stelle hervor.

Links daneben gab es einen altmodischen Klingelzug. Und eine winzige Videokamera.

Anton zog an der Klingel. Fast sofort meldete sich eine etwas verzerrte männliche Stimme. »Hello?«

Anton räusperte sich und radebrechte eine Entschuldigung, dann nannte er seinen Namen. Weiter kam er nicht; schon schwang ein Teil der Wand nach außen auf. Die Tür war gut im Mauerwerk versteckt gewesen. Anton zog sie ganz auf.

Hinter ihr führte eine steile Treppe nach oben. Anton betrat sie, und sogleich schlug hinter ihm die Tür mit einem unangenehm endgültigen Knacken ins Schloss. In den Wänden steckten kleine Lampen, die ein dunkles, gelbliches Licht verströmten. Langsam stieg Anton die Treppe hoch. Sie endete vor einer weiteren Tür. Er stand vor ihr und wusste nicht, was er tun sollte. Hier gab es keine Klingel, keinen Knauf. Nur einen Spion mitten im hart glänzenden Metall.

Schließlich öffnete sie sich. Langsam. Ganz langsam. Durch den Spalt leckte Schwärze ins Treppenhaus, wie der Dunst, den er auf der Themse gesehen hatte, und floss die Stufen hinunter.

Er hatte sein Ziel gefunden.

Der Mann hinter der Tür lächelte ihn an. Er war sehr groß, etwa zwei Meter, sehr dünn, trug einen teuren grauen Anzug, hatte graue Augen und weiße, streng zurückgekämmte Haare. Seine Nase hatte einen ungeheuer schmalen, fast klingenscharfen Rücken, und die Haut spannte sich über sein Gesicht wie Papier über ein Gerüst. Die schwarzen Augen unter den buschigen Brauen glitzerten. Er lächelte und winkte Anton herein. »I am very pleased to meet you«, sagte er mit einer Stimme, die viel zu tief für seinen dürren Körper war.

Anton zögerte. Er warf einen Blick an James vorbei in die dunklen Tiefen seiner Behausung, konnte aber kaum etwas erkennen.

Der Mann sagte noch etwas, aber Anton verstand es nicht. Er verfluchte sein schlechtes Englisch. Wie sollte er dem Mann begreiflich machen, was er wollte?

Genauso, wie du es dem Biografen begreiflich gemacht hast.

Anton trat hinter die Tür. Damit trat er in eine fremde Welt.

Die Wände waren mit schwarzem Samt bespannt; Licht fiel nur aus Kristalllüstern von der hohen Decke. Vor dem Samt hingen an langen Drähten Bilder und seltsame Plastiken, die leise in einem unfühlbaren Wind zitterten und immer wieder neue, verwirrende Umrisse schufen. James führte ihn an diesen beinahe belebt wirkenden Skulpturen vorbei in einen ebenfalls fensterlosen Raum, dessen Stühle wie aus Knochen und Sehnen gemacht und dessen Schränke erstarrte Wesen des Wahnsinns waren. Auch hier waren die Wände mit Samt bespannt. James wies auf einen der Stühle. Widerwillig setzte sich Anton; er befürchtete schon, von der amorphen, leicht nachgiebigen Masse verschlungen zu werden. Der Tisch, den die Stühle umstanden, erinnerte ihn an ein sprungbereites Insekt. Nachdem er sich vorsichtig zurückgelehnt und seinen Plastikbeutel mit dem Summers-Manuskript neben sich auf dem Boden abgestellt hatte, wurde er wieder mutiger und ließ den Blick durch das Zimmer schweifen.

In einer der Vitrinen, ihm unmittelbar gegenüber, stand die Statuette des Janus, der Zwilling seiner eigenen, zerstörten Figur, angeleuchtet von einem Strahler, als wisse James genau um den Wert dieses faszinierenden Artefakts. Der Hausherr stellte sich neben die Vitrine, deutete auf Janus und sagte etwas, das Anton nicht verstand. Dann verschwand er durch die Tür, und Anton hörte, wie irgendwo Teller klapperten und ein Wasserkocher in Gang gesetzt wurde. Er stand auf und schlich an die Vitrine heran.

Wundervoll! Das war der fehlende Zwilling! Ob in seinem klobigen Fuß das zweite Auge steckte? Anton suchte nach einer Möglichkeit, die seltsame Vitrine zu öffnen, aber er fand keine. Er entdeckte keine Tür; das geschwungene, nach außen gebogene Glas schien aus einem Stück geschaffen und in das Holz – oder aus welchem Material der Schrank auch immer bestehen mochte – nahtlos überzugehen. Auf den Borden unter dem Janus standen Bücher. Alte Bücher. Gerade als Anton ihre Rückenaufschriften lesen wollte, kam James zurück.

»Ah, you seem to be interested in my little collection«, sagte er, während er zwei Teetassen und eine Kanne sowie Zucker und Milch von einem Tablett auf den Tisch stellte. Dazu kam noch ein Teller mit Keksen.

Anton setzte sich rasch wieder. James goss ihm eine Tasse Tee ein und schob ihm den Teller hinüber. Dann nahm er sich selbst einen Tee, rührte ein wenig Zucker hinein und nippte vorsichtig an dem dampfenden Getränk.

»Do you speak German?«, fragte Anton und kam sich dabei ziemlich dumm und lächerlich vor. Er zog die Tasse an sich, nahm Milch und Zucker und trank ebenfalls einen Schluck. Es schmeckte bitter, mit einem Hauch von Vanille und ...

»Unfortunately no«, meinte James und zuckte bedauernd die Achseln. »May I enquire after your reason for the visit?«

Anton verstand, dass er nach dem Grund seines Besuchs gefragt wurde. »Janus ... Statue ...«, stammelte er.

James grinste und rührte seinen Tee um. Dann sah er Anton an. Die schwarzen Augen unter den buschigen Brauen bedrängten ihn, und die spitze, scharfe Nase schien sich vom Rest des Gesichts unabhängig zu bewegen. »Ah, Janus ...« meinte er, drehte sich um und betrachtete seine eigene Vitrine. Er stand auf, ging zu ihr hinüber, betätigte irgendeinen Mechanismus an der Seitenwand des Schrankes, und die vorgewölbte Glasfront schwang beiseite. Bernard Stilton James nahm die Statue vorsichtig in die Hand und schritt mit ihr auf den Tisch zu, als wäre er ein Priester und würde das Allerheiligste vor sich hertragen. Er stellte sie auf der polierten Platte – dem Rücken des Insekts – ab und streichelte sie. »Isn't he beautiful?«

Anton spürte, wie ihm warm wurde. Der Tee tat seine Wirkung. Nun sprudelte ein ganzer Wortschwall aus James hervor. Anton verstand nur einzelne Brocken ... »Constantinople ... back to Germany ... eighteenth century ... forgotten ... Macquoid ... a tour through the Eifel ... back to London ... my father ... Summers ...« Die Worte schienen James aus dem Mund zu fallen wie Falter aus ihrem Kokon und schwirrten dann im Raum umher. Das wenige, was er verstand, reichte hingegen aus, um zu dem Ergebnis zu kommen, dass seine Suche hier zu Ende war.

James hob die Statue an und drehte sie auf den Kopf. Anton sah, dass in den Sockel eine kreisrunde Öffnung geschnitten war, die von einer dünnen Metallplatte verschlossen wurde. James öffnete sie und holte das Auge heraus.

Anton spürte, wie die Kapsel in seiner Hosentasche glühte. Die gleiche Kapsel wie jene, die nun in James' Hand lag. Das gleiche Auge.

»Rictiovarus ... the tears of the Thebans ... the eye of evil ...«

Er wusste alles.

»Would you like to have a look at my books?« James stand auf und winkte Anton zu der geöffneten Vitrine.

Anton erhob sich abermals– und fiel sofort auf seinen Stuhl zurück. Seine Beine waren wie Pudding. Er fühlte sich, als wäre er in Watte eingewickelt.

»May I help you?« James kam auf ihn zu.

Nein! Fass mich nicht an!

Anton machte einen zweiten Versuch und hielt sich dabei an der Tischplatte fest. Sie war warm. Und er glaubte ein Pulsieren unter seinen Fingern zu spüren. Das Insekt ... Er stieß sich vom Tisch ab, ruderte mit den Armen und hatte endlich das Gleichgewicht wiedererlangt. James lächelte ihn an. Nein, er grinste. Seine Nase war wie eine Muräne, die halb aus ihrer Höhle hervorlugte und jederzeit zustoßen konnte. Anton wollte ihm nicht entgegengehen. Er machte vorsichtig einen Schritt zur anderen Seite des Tisches. James schaute ihm zu, wie jemand ein Experiment beobachtet. Der Tee ... Aber James hatte ebenfalls von ihm getrunken ...

Anton kämpfte sich vorwärts wie jemand, der durch tiefes Wasser mit einer starken Gegenströmung watet. Endlich hatte er die Vitrine erreicht. James wartete dort auf ihn. Er holte ein Buch nach dem anderen hervor: *In the Volcanic Eifel* von Katharine und Gilbert Macquoid, *Disquisitionum magicarum libri sex* von Martin Anton Delrio, Hederichs *Gründliches mythologisches Lexicon* und viele andere Werke mehr, und schließlich zeigte er Anton eine Ausgabe des *Mysterium Arcanum* mit dem Ex Libris von Montague Summers, gestochen von Eric Gill. Jedes dieser Bücher war ein neuer der vielen klebrigen Fäden, die Anton unbarmherzig einsponnen. Und James war die Spinne.

Die Kapsel in Antons Hosentasche brannte ihm fast ein Loch durch den Stoff. Kein Zweifel, sie spürte das zweite Auge. Sie sehnte sich danach, zu ihrem Zwilling zu kommen.

James stellte die Bücher zurück in die Vitrine und setzte sich wieder. Anton mühte sich um den Tisch herum. Er hörte ein leises Zirpen und Klacken wie von Chitinschuppen. Es kam von dem Tisch. Er atmete auf, als er seinen Stuhl erreicht hatte, und bemühte sich, den Tisch nicht zu berühren.

Das Auge auf der Platte sah ihn an. Es schwamm in den Tränen der Thebäer, und es bewegte sich aus eigener Kraft. Da war kein Zweifel möglich.

»I have been waiting so long for this moment«, sagte James und faltete die Hände auf der Tischplatte. Das Zirpen wurde stärker. »When Gordon called me on the phone yesterday and told me what you wanted ...«

Anton entwich der Sinn der Worte; immer wenn er glaubte, etwas verstanden zu haben, flogen ihm die Wortschmetterlinge aus der Hand und flatterten im Zimmer umher. Er begriff nur, dass es um das Auge ging. Um das Auge in seiner Tasche. Und dass Bernard Stilton James es haben wollte. Dass er erwartet worden war.

Dass er in die Falle gelaufen war.

»Take some more tea ...«

Tee ... Antons Mund war ausgetrocknet. Er streckte eine zitternde Hand aus, griff an der Tasse vorbei ins Leere, als hätte sie sich ihm absichtlich entzogen. Er versuchte es noch einmal. Diese Dürre in seinem Mund! Erst jetzt bemerkte er sie, und sie verbrannte ihn. Endlich hatte er den Henkel der feinen Porzellantasse erwischt. Er hob sie hoch und führte sie an seinen Mund. Dabei verschüttete er ein wenig Tee. Doch es war noch genug in der Tasse. Er stürzte die lauwarm gewordene Flüssigkeit mit einem einzigen Schluck hinunter.

Ich bin am Ziel, dachte er. Ich muss nur noch diesen James dazu bewegen, dass er mir das Auge gibt. Aber wie?

Wo war eigentlich die innere Stimme, die ihm bis hierher geholfen hatte? Warum schwieg sie?

»Now I would like to see your tears ...«

Tränen? Hatte er »Tränen« verstanden? Anton rieb sich die Augen. Als ob er das Wort nur undeutlich gesehen hätte. Wie einen rasch entschwindenden Zitronenfalter. Wollte James ihn weinen sehen? Tränen ...

James nahm das Auge vom Tisch und steckte es zusammen mit der Janusfigur in die Außentasche seines eleganten grauen Jacketts. »Please follow me ...« Er stand auf und bedeutete Anton mit einer nachlässigen Geste, ihm zu folgen.

Diesmal gelang es Anton besser, sich zu erheben. Rasch goss er sich noch etwas Tee ein, wobei er auf der polierten Tischplatte eine große Pfütze hinterließ, und kippte ihn hinunter. Schon besser! Der Tee half wunderbar gegen das Brennen in seinem Inneren. Es dehnte sich aus, war inzwischen nicht mehr nur auf Hals und Rachen beschränkt.

James führte Anton durch den schwarz verhangenen Flur. Nein, das waren gar keine Samtbehänge. Das war reine Schwärze, unstofflich, die Emanation der Nebenwelt. Die Bilder und Statuen, die von der Decke hingen, wisperten, als er an ihnen vorbeiging. Sie griffen nach ihm. Stülpten Fortsätze aus, die ihn nur knapp verfehlten. Er war froh, als er in dem angrenzenden Zimmer angekommen war.

Auch hier gab es kein Fenster. Auch hier floss die Finsternis um die Wände. Doch es hingen keine Bilder von der Decke herab, keine Plastiken, sondern nur Spiegel. Spiegel in allen Größen und Umrissen. Und in der Mitte stand ein Stuhl.

»Please sit down.«

Anton schüttelte den Kopf. Er konnte kaum mehr einen klaren Gedanken fassen. Das Brennen in ihm war zurückgekehrt, schlimmer als zuvor. James trat auf ihn zu, legte ihm sanft die Hände auf die Schultern und führte ihn zwei Schritte zurück, bis Anton die Sitzfläche des Stuhls in seinen Kniekehlen spürte. Dann drückte ihn James hinunter. Schwer sackte Anton auf das Holz.

Holz?

Es fühlte sich so warm an. Und dann geschah es. Anton wusste nicht, ob James es getan hatte. Plötzlich stand der Engländer ein paar Schritte von ihm entfernt. Anton war gefesselt. Er vermochte sich nicht mehr zu rühren. Verdutzt schaute er an sich herunter. Das war kein Seil, das war keine Kordel. Es kam unmittelbar aus dem Stuhl hervor. Es war der Stuhl selbst, der ihn umkrallt hielt. Auch hier hörte Anton wieder dieses Zirpen, dieses Klacken und Rascheln.

Dort unten war noch etwas. Undeutlich erkannte er Kreidestriche auf dem schwarzen Boden. Sein Blick folgte ihnen. Sie waren gebogen, gekrümmt, dann wieder gerade, Worte standen da, unverständliche Zeichen.

Er saß in einem magischen Kreis.

James sah ihn freudig an, machte zwei rasche Schritte auf ihn zu und griff ihm in die Hosentasche. Schnell hatte er Antons Kapsel daraus hervorgezogen.

Alles in Anton schrie auf. Nein! Er durfte ihm das Auge nicht nehmen! Seine einzige Möglichkeit, Maximilian ...

Wer ist Maximilian?

James stellte seine Kapsel und die von Anton sowie die Janus-Statue auf ein Podest, das vor einem der Spiegel stand. Anton hatte es vorhin nicht bemerkt, denn es war genauso schwarz wie sein Hintergrund. Wieder redete der Engländer, wieder verstand Anton nur Brocken. Doch ein Wort hörte er deutlich heraus.

»Sacrifice.«

Opfer.

Und plötzlich hatte James ein Messer in der Hand.

30. Kapitel

Glaubst du, dass er ... dass er etwas mit diesem Mord in der Kirchenruine zu tun hat?«, fragte Karla bang, während sie in der *Tube* saßen und in Richtung Rotherhithe fuhren. Immer wieder schaute sie auf das Blatt mit der Adressenangabe in Antons vertrauter und doch so fremd gewordener Handschrift. Wenn es eine *böse* Schrift gab, dann war es diese.

Ihr Geliebter zuckte die Schultern, doch dann meinte er mit leiser Stimme: »Ich kenne ihn nicht. Aber nach dem, was du mir von ihm erzählt hast, wäre es möglich ...«

O Gott, nein!, schrie es in Karla. Das durfte einfach nicht wahr sein. Es musste eine andere Erklärung geben. Nicht ihr Mann, nicht Anton! Das alles konnte nur ein Albtraum sein.

»Du liebst ihn noch immer, nicht wahr?«

Sie sah den grauen Mann neben ihr an. Sah in seine hellgrünen Augen und sehnte sich nach Anton – nach dem Anton, den sie geliebt und geheiratet hatte. Nach dem Anton, der schon seit einiger Zeit verschwunden war. »Ja«, sagte sie nur.

Es schien ihm nichts auszumachen. Er saß weiterhin ruhig neben ihr, als hätten sie gerade nur über das Wetter geredet. Er fragte nicht einmal, worum es bei der ganzen Sache ging. Immer noch war er wie ein Abziehbild.

Verstohlen betrachtete sie ihn von der Seite, während die Bahn durch die ewige Nacht unter London dahinrumpelte – ein Wurm, der sich seinen Weg durch die Erde fraß.

Warum war er mitgekommen? Warum fragte er nicht? Wer war er? Schon mehr als einmal hatte sie das seltsame Gefühl gehabt, er sei gar kein Mensch, sondern die Verkörperung ihrer eigenen Triebhaftigkeit. Er ist meine Sünde, dachte sie. Er ist das, was Janus aus mir gemacht hat.

Was du aus dir selbst gemacht hast.

Am liebsten wäre sie allein weitergefahren, doch sie traute sich nicht, vor ihm zu fliehen. Außerdem kannte er ihr Ziel. Sie senkte den Kopf auf die Brust und schloss die Augen. Anton – ein Mörder ... das durfte nicht sein.

Das Erste, was sie wahrnahm, als sie an die Erdoberfläche zurückkehrten, war der Gestank. Es roch feucht, schmutzig, salzig, nach Verwesung. In der Ferne sah sie die Themse glitzern, die wie Auswurf dahinfloss. Sie liefen die Straße entlang. Immer wieder schaute Karla sich um, denn seit sie die Untergrundbahn verlassen hatten, wurde sie das Gefühl nicht los, dass sie verfolgt wurden.

»Spürst du das auch?«, fragte sie ihren Begleiter, nachdem sie abermals einen Blick hinter sich geworfen hatte.

»Was?«

»Jemand folgt uns.«

»Das bildest du dir bestimmt ein.« Trotzdem drehte auch er sich kurz um. »Da ist niemand. Wer sollte uns folgen? Etwa Anton?«

Sie wusste es nicht. Doch während des ganzen Weges fühlte sie sich, als wären andauernd brennende Augen auf sie gerichtet.

Nach einiger Zeit hatten sie die auf das Blatt gekritzelte Adresse gefunden. Es war ein altes, aus rötlichem Backstein erbautes Lagerhaus, das keinen bewohnten Eindruck machte. Verdutzt suchten sie eine Tür – vergebens. Doch schließlich entdeckte Karla den Klingelzug und riss daran.

Es dauerte eine Weile, bis sich eine tiefe Stimme meldete: »Hello?«

Ihr Begleiter sagte rasch ein paar Worte, die sie nicht verstand, und die Tür schwang auf. Hinter ihr erstreckte sich eine Treppenflucht, an deren oberem Ende jemand stand.

Der graue Anzug des Mannes machte ihn für Karla zu einem Bruder ihres Begleiters. »Frag ihn, ob er Anton gesehen hat«, bat Karla ihn.

Die beiden Männer tauschten einige Worte aus, dann drehte sich Karlas Begleiter zu ihr um und sagte: »Nein, er kennt deinen Mann nicht, aber er lädt uns ein, hereinzukommen, falls Anton doch noch auftauchen sollte.« Er zuckte die Achseln. »Vielleicht waren wir schneller als er.«

Karla schöpfte wieder Hoffnung. Sie nickte und betrat hinter ihrem Begleiter die Wohnung.

Und tauchte ein in Schwärze.

Das Licht des Kristallleuchters hoch über ihr schien von den wallenden Wandbehängen gefressen zu werden. Und von den erschreckenden Bildern und Skulpturen, die vor den Wänden zu schweben schienen. Erst als Karla genau hinsah, erkannte sie die feinen Drähte, die von der hohen Decke herabhingen.

Bernard Stilton James machte den Eindruck eines vollendeten Gastgebers. Er geleitete seinen unverhofften Besuch in einen Raum mit einem Tisch, einigen Stühlen und mehreren großen, amorphen Vitrinen. Als Karla die Einrichtung sah, zuckte sie zusammen. Sie wirkte wie das Wimmeln von Insekten, sogar ein leises Zirpen, Knacken und Rascheln war zu hören.

James sagte etwas, und Karlas Begleiter lächelte.

»Er freut sich, dass wir beeindruckt sind«, sagte er und deutete auf einen der Stühle. »Wir sollen uns setzen.«

Karla gehorchte und nahm vorsichtig auf einem der Insekten Platz. Sie ekelte sich vor ihrer Umgebung, und erst als sie mit den Händen über die geschwungenen, filigranen Armlehnen fuhr, beruhigte sie sich ein wenig. Sie waren aus Holz.

James setzte sich ihnen gegenüber und redete, als freue er sich über diesen Besuch.

Ihr Begleiter dolmetschte. »Er ist ein Sammler des Außergewöhnlichen, sagt er, wie sein Vater, von dem er viele seiner seltsamen Stücke geerbt hat. Übrigens will er wissen, warum dein Mann ihn zu besuchen gedenkt.«

Was sollte Karla darauf erwidern? Sie hatte doch keine Ahnung, was hier los war. Hilflos zuckte sie die Achseln.

James lächelte sie an, stand auf und ging aus dem Zimmer. Kurz darauf hörte Karla das Klappern von Geschirr aus einem der Nebenräume.

»Keine Fenster«, flüsterte sie. »Sie scheinen alle verhangen zu sein. Dieser James macht mir Angst.«

Ihr Begleiter ergriff ihre Hand und streichelte sie beruhigend. »Mir gefällt es hier auch nicht«, gab er flüsternd zu. Sieh nur die seltsame Vitrine da hinten.«

Ihre Glasscheibe war vorgewölbt, als wäre sie schwanger. In den Borden standen Bücher, nur das oberste war frei. Ein Strahler beleuchtete es, als wollte er lediglich die Schwärze der Rückwand hervorheben.

Nervös rutschte Karla auf ihrem Stuhl hin und her. Und stieß dabei gegen etwas, das neben dem Stuhl gelehnt hatte und nun mit einem leisen, dumpfen Geräusch umfiel. Verwundert schaute Karla nach unten.

Es war ein Plastikbeutel, in dem sich etwas befand. Sie hob ihn auf und schaute hinein. Es waren nur Blätter. Beschriebene Blätter. Sie zog eines davon heraus, dann noch eines, dann das ganze Manuskript. Und stutzte. Irgendetwas an diesen Blättern kam ihr merkwürdig vor.

Dann erkannte sie es. Beinahe hätte sie den ganzen Stapel auf den Boden fallen lassen. Erregt schob sie ihn ihrem Begleiter hinüber. »Das ist dieselbe Handschrift wie auf dem

Blatt mit der Adresse«, keuchte sie, zog das Titelblatt aus der Innentasche ihres Mantels und hielt es neben die anderen. Eindeutig. »Anton muss das Manuskript gehabt haben, als er sich die Adresse notiert hat«, flüsterte sie. »Er hat es mitgebracht, wie sollte es sonst hierher gekommen sein? Also muss er bereits hier sein!« Rasch stopfte sie das Manuskript zurück in die Plastiktüte, lehnte diese wieder gegen den Stuhl und sprang auf.

Da kam James mit einem Tablett, Keksen und Tee herein. Er sah sie erstaunt an. Rasch sagte ihr Begleiter etwas. James stellte das Tablett auf dem Tisch ab und machte eine weit ausholende Handbewegung.

»Er bietet uns an, die ganze Wohnung zu besichtigen, wenn wir wollen. Ich habe noch einmal unsere Bewunderung seiner außergewöhnlichen Einrichtung betont.«

Karla nickte heftig. Sie grinste James verzweifelt an und fühlte sich, als wandle sie an einem bodenlosen Abgrund entlang. Auch ihr Begleiter erhob sich, und neben James schritt er aus dem Zimmer. Karla folgte ihnen.

Wie gleich sie aussahen in ihren grauen Anzügen und mit ihrem grauen Gehabe. Sie hatten sogar den gleichen Schritt. Wie Brüder. Was hatte sie bloß an ihm gefunden? Welcher Teufel hatte sie geritten?

James gewährte ihnen Zutritt zu seiner Bibliothek, die zahllose sehr alte und offensichtlich wertvolle Bücher enthielt. Er zeigte ihnen einen weiteren Raum, in dem ein Fernseher stand, der inmitten der insektenartigen Möbel deplatziert wirkte, und er führte sie sogar in sein Schlafzimmer, dessen Bett wie ein gewaltiger, ausgebauchter Kokon wirkte.

»Nirgendwo Fenster«, flüsterte Karla ihrem Begleiter zu.

James drehte sich zu ihr um, und plötzlich hatte sie das unangenehme Gefühl, dass er jedes Wort verstand.

Als sie wieder in der gewaltigen Diele mit den verrückten Bildern und Skulpturen an den schwarzsamtenen Wänden standen, deutete sie auf eine Tür, die sie noch nicht durchschritten hatten. »Was ist denn dahinter?«, fragte sie und versuchte, so unbeteiligt wie möglich zu klingen.

James zögerte. »Nothing you might want to see«, sagte er und schaute dabei ihren Begleiter an.

»Oh please«, erwiderte dieser, »we would be so glad to have the whole tour.«

James überlegte kurz, dann lächelte er seinen Besucher an. »Well ...«, sagte er und machte eine einladende Geste in Richtung der schwarz gestrichenen Tür.

Karla wusste nicht, was sie tun sollte. Erwartete James von ihr, dass sie als Erste hindurchschritt? Verdammt, sagte sie sich, ich bin hier, um Anton zu finden. Also los! Sie drückte die Tür auf und betrat den Raum.

An den Wänden hingen Spiegel in allen Formen und Größen. Ein Strahler an der Decke beleuchtete ein schwarzes Podest, auf dem drei Gegenstände ruhten. Zwei davon waren vollkommen identisch. Sogar aus der Entfernung konnte Karla erkennen, dass es sich um Augen in einer Flüssigkeit handelte, die von einer kristallklaren Kapsel umschlossen wurde. Der dritte Gegenstand war Janus.

Und in der Mitte des Zimmers, in einem Kreis mit unverständlichen Zeichen, stand ein Stuhl.

Und auf diesem Stuhl saß Anton. Etwas hielt ihn fest; sie konnte es nicht genau erkennen. In seinem Mund steckte ein Knebel, und als sein Blick sie traf, lag grenzenlose, schwarze Angst darin.

Dann geschah alles sehr schnell. Ihr Begleiter und James waren hinter ihr in den Raum getreten und hatten sie ein Stück nach vorne geschoben. Die Tür fiel mit einem satten, schrecklichen Geräusch ins Schloss. Karla wirbelte herum.

Die beiden Männer starrten einander an. Eine Erkenntnis lauerte in ihren Augen, die Karla noch mehr ängstigte als der Anblick des armen Anton. Dann stürzte sich ihr Begleiter auf Bernard Stilton James, dessen Gesicht sich zu einer Höllenfratze verzerrt hatte.

* * *

Sein Blut schrie. Alle Nadeln und Dornen, alle Sägemesser und Stacheln bohrten sich durch seine Adern und zerfetzten sein Innerstes. Dort auf dem Podest neben Janus befanden sich die Augen des Rictiovarus – das Böse, das unzerstörbar war. Das Böse, der Schlüssel zu einer Macht, die größer als alles andere auf dieser Welt war. Wierich hatte ihn hierher geführt, so wie er es von Anfang an gehofft hatte. Alles hatte sich ausgezahlt, sogar die andauernde Befriedigung dieser fürchterlichen Frau, Karla. Wie hatte er sich zurückhalten müssen, um sie nicht sogleich in der Luft zu zerreißen, sie auf dem Altar seiner wahren Lust zu schlachten! Doch nun war er am Ziel.

Bernard James, dieser Schwächling, war kein wahrer Gegner für ihn. Er hatte versucht, ein Messer zu zücken, aber er hatte keine Chance. Noch bevor er hatte ausholen können, brach er ihm das Genick. All seine Wut und sein Glück platzten nun aus ihm heraus. Er nahm James´ Leichnam, kratzte ihm die Augen aus, riss ihm das Fleisch von den Wangen.

Diese Karla kreischte auf. Er ließ James fallen und stürzte sich auf sie. In ihrem Blick lag Fassungslosigkeit. Er schlug sie nieder; sie war sofort bewusstlos. Dann wandte er sich abermals James zu. Er zerfetzte ihn, machte aus seinem Gedärm Schnüre, mit denen er Karla fesselte. Schade, dass sie ihm nicht zusah. Dafür aber hatte er in Anton Wierich einen dankbaren Zuschauer. Er konnte die Angst riechen, die dieser erbärmliche Trödler verströmte. Er würde das richtige, das wahre Opfer abgeben. Schon spürte er, wie der Angstgeruch die Dämonen anlockte, die nur darauf warteten, durch das Tor zu schlüpfen, das er bald errichten würde. Sie umschwärmten den wahren Herrscher, mit dem er sich nun endlich würde vereinigen können. Wie viel größer war das Geheimnis, als er ursprünglich geglaubt hatte! Er grinste Wierich an.

Dieser Wicht hatte ihm die Augen geöffnet und ihn auf das letzte Ziel hingeführt. Sein Körper würde das Tor sein. Nun würde er bald vor seinem wahren Gott stehen. Wie armselig waren doch die Messen gewesen, die er früher gelesen hatte. Nie hatte sich dieser Gott ihm gezeigt, dieser Wurm, so viel kleiner als seine angeblichen Geschöpfe.

Er holte die Fotokopien des Mysterium Arcanum *aus der Innentasche seines Anzugs und breitete sie auf dem Boden aus. Dann kniete er nieder und las die Eingangsformel.*

»Kesi Dhahevom Deikhwont Cedholein Durid Simirt Tedel Warmdalge Kemsed Tahemi ze Wasegel Sego ...« Er spürte, wie die Kraft bereits durch seinen Körper floss. Sein Leben würde hier und jetzt seine Erfüllung finden. Er freute sich schon auf die rituelle Opferung Wierichs.

Sein Blick fiel auf die noch immer bewusstlose Karla.

Zwei Opfer waren besser als eines.

Sie erwachte. Gut. Sehr gut.

* * *

Karla schlug die Augen auf. Sie sah, wie ihr ... wie *er* vor Anton kniete. Vor ihm waren viele Zettel ausgebreitet, und er hatte die Arme wie ein Priester bei der Wandlung erhoben. Es dauerte ein wenig, bis sie begriff, dass sie am Boden lag.

Als sie an ihren Fesseln zerrte, bohrte sich die Erinnerung in sie. Sie neigte den Kopf und sah James. Oder vielmehr das, was von Bernard Stilton James noch übrig war. Sein Fleisch lag in einer gewaltigen, stinkenden Blutlache. Es war zerrissen, als ob er auf eine Mine getreten wäre. Die Spiegel warfen den Anblick tausendfach verzerrt hin und her. Karla erinnerte sich an das, was ihr ... was *dieser Mann* mit ihm gemacht hatte. Nun sah er zu ihr herüber.

»Du bist aufgewacht?«, sagte er mit seiner sanften Stimme. »Das ist schön. Du wirst die Freude haben, deinen Mann in den Dienst der großen Sache treten zu sehen, bevor du selbst dein Opfer bringen wirst.«

»Warum?«, wimmerte Karla. »Warum?«

Er gab keine Antwort darauf, sondern betrachtete wieder die am Boden liegenden Zettel.

Karla schaute hinüber zu Anton, der noch immer gefesselt auf dem Stuhl saß. In seinen Augen hatte sich der Wahnsinn eingenistet.

Es war vorbei.

Karla schloss die Augen, als *er* auf Anton zutrat und sich anschickte, dessen Fesseln zu lösen.

»Herr, siehe das Opferlamm, das nun für dich geschlachtet wird.«

31. Kapitel

Anton fühlte sich, als schwebe er außerhalb seiner selbst, er betrachtete die Vorgänge wie ein Unbeteiligter. Da war dieser James ins Zimmer gekommen, doch vor ihm war Karla durch die Tür geschritten, gefolgt von einem Mann, der zunächst wie eine verzerrte Ausgabe von James gewirkt hatte. Fast hätte er gelacht. Wie schön, dass Besuch kam. Besuch in der Finsternis. Aber dann war ihm der Wunsch zu lachen vergangen, als er mitansehen musste, was der Fremde James antat. Mit einem Schlag war Antons Geist in seinen Körper zurückgekehrt. Das betäubende Gefühl, das wohl von dem Tee hergerührt hatte, floh ihn wie ein barmherziger Traum den todgeweihten Schläfer. Er hörte die Schreie des Engländers, er hörte das reißende Fleisch, er hörte das spritzende Blut, die herausplatschenden Organe und Gedärme, er roch den fürchterlichen Gestank, den ein Mensch ausströmt, wenn seine schützende Hülle zerfetzt wird. Der Gestank der freigesetzten Seele ...

Sie jammerte durch das Zimmer. Sie zerrte an Anton, während er zusah, wie der Fremde mit den Gedärmen des Engländers Karla fesselte, die in Ohnmacht gefallen war.

Er sah zu, wie der Fremde Blätter aus seinem Jackett zog und vor sich ausbreitete.

Er sang: *Kesi Dhahevom Deikhwont Cedholein Durid Simirt Tedel Warmdalge Kemsed Tahemi ze Wasegel Sego ...*

Anton kannte die Worte. Sie waren der Beginn der Beschwörung des vollkommenen Bösen, das erst in der jüngeren Geschichte den Namen »Teufel« erhalten hatte, und sie stammten aus dem *Mysterium Arcanum.* Lioba Heiligmanns Kopien, dessen war er sich sicher.

Karla erwachte. Der Mann grinste sie an. »Du bist aufgewacht?«, sagte er mit einer sanften Stimme. »Das ist schön. Du wirst die Freude haben, deinen Mann in den Dienst der großen Sache treten zu sehen, bevor du selbst dein Opfer bringen wirst.«

»Warum?«, wimmerte Karla. »Warum?«

Sie wusste nichts. Sie war ahnungslos hierher gekommen, hatte Anton gesucht und den rasenden Tod gefunden.

Der Fremde kam auf Anton zu und löste seine Fesseln. Es war, als wären sie nie da gewesen; sie waren schlaff von den Seiten des Stuhls herabgefallen wie gebrochene Insektenfühler. Der graue Anzug des Mannes war schrecklich blutbefleckt. Mit der bittenden Stimme eines Priesters am Altar sagte er: »Herr, siehe das Opferlamm, das nun für dich geschlachtet wird.«

Anton wurde wahnsinnig vor Angst. Wahnsinnig bei dem Gedanken, dass er nichts mehr für Maximilian tun konnte, nichts mehr für sich, nichts mehr für Karla.

Als er losgebunden war, stand er willenlos auf. Der Fremde hielt ihn an den Armen fest und nahm ihm den Knebel aus dem Mund. Anton sah die beiden Augen neben Janus auf dem Podest. Und in den Spiegeln. Sie starrten ihn an. Von überall her. Die Tränen in den Kapseln brodelten. Der Fremde bemerkte es nicht. Anton schrie. Er schrie, schrie, schrie. Der Fremde hielt inne, sah ihn fragend an. Anton konnte nicht mehr aufhören. Der Schrei steigerte sich zu einer ungeheuerlichen Kakophonie; es war, als würde er alle Energie im Raum in sich aufsaugen und zu Schall umwandeln. In diesem Schrei steckte alles: seine Trauer, seine Angst, seine Verzweiflung, sein Wille, Maximilian aus dem Reich der Schatten zurückzuholen, seine Furcht vor dem Öffnen des Tors, seine Liebe zu seiner Frau, zu Petra, auch zu Karla, vor allem aber zu seinem Sohn, all sein unerfülltes Hoffen und Sehnen.

Der Schrei stieß den Fremden wie eine Faust zurück. Er geriet ins Taumeln, verlor das Gleichgewicht und prallte mit dem Hinterkopf gegen das Podest. Die beiden Kapseln fielen herunter, der Fremde brach auf dem schwarzen Boden knapp außerhalb des magischen Kreises zusammen. Die Augen waren so über den Boden gerollt, dass sie nun Anton von unten anschauten.

Fordernd.

Verheißend.

Der Fremde ächzte, wollte wieder aufstehen und sackte zurück auf den Boden. Erstaunt schaute Anton auf ihn nieder.

»Anton! Hilf mir!«

Karla. Sofort eilte er an ihre Seite, kniete nieder und löste ihre Fesseln. Dann half er ihr aufzustehen. Sie umarmten einander. Anton spürte etwas Feuchtes zwischen ihnen. Blut. Überall Blut. Sie alle waren gezeichnet.

»Wer ... wer ist das?«, fragte er und deutete auf den am Boden Liegenden.

Karla wandet den Blick von Anton ab. »Das ist eine lange Geschichte«, redete sie in den Raum hinein. »Komm, lass uns von hier verschwinden.« Sie zerrte an seinem Ärmel.

Verschwinden? Jetzt? Die Augen des Rictiovarus starrten ihn auffordernd an. Nun war der Weg frei. Auch das Opfer lag bereit. Das uranfängliche Böse wartete darauf, die Welt zu betreten; er spürte es in seinem Blut. Anton riss sich von Karla los und machte sich daran, den bewusstlosen Fremden auf den Stuhl zu setzen, auf dem er selbst vorhin dem Grauen zugesehen hatte.

»Was tust du da?«, fragte Karla atemlos und versuchte ihn von seinem Vorhaben abzubringen. Er versetzte ihr eine schallende Ohrfeige. Karla schrie auf, dann weinte sie. Er beachtete sie nicht.

»Du bist wahnsinnig!«, brüllte sie ihn an. »Was soll das alles?«

»Ich hole Maximilian zurück.«

Darauf erwiderte sie nichts. Sobald der Fremde mit den Därmen gefesselt war, die er zuvor bei Karla benutzt hatte, richtete sich Anton auf und sah seine Frau an. Inzwischen klebte so viel Blut auf seinem Jackett, seiner Hose und seinem Hemd, dass er aussah wie ein aus der Hölle Geflohener.

»Du hast ihn kampfunfähig gemacht. Komm endlich. Wir müssen ...«

Anton betrachtete den Fremden auf dem Stuhl. Er stutzte. Das Blut machte sie einander ähnlich. Aber es war nicht nur das Blut. Warum trug der Fremde Antons Hemd unter dem teuren grauen Anzug? Etwas von Anton war an diesem Ungeheuer in Menschengestalt. Etwas von Anton war in ihm. Er sah Karla mit großen Augen an. »Warum trägt er mein Hemd?«

»Ich kann dir alles erklären ...«

»Er trägt mein Hemd!«

»Bitte, Anton, nicht jetzt ...«

»Ich kenne seine Stimme ...« Damals, in einem anderen Leben, auf dem Mosenberg in der Eifel, am anderen Ende einer Telefonleitung, in einem fremden Land, in einer fremden Welt ... »Er war bei dir ... die ganze Zeit ...«

»Du warst es ja nicht mehr!«, sagte sie verzweifelt und wütend zugleich. »Du hast mich im Stich gelassen!«

»Und du hast gleich die Gelegenheit genutzt, einen fremden Mann in dein Bett zu lassen!«

»Er wacht auf!«

Anton wirbelte herum. Sie hatte gelogen. Der Fremde saß noch immer bewusstlos und gefesselt auf dem Stuhl. Das

Opferlamm. Doch die Augen dort unten auf dem Boden brannten. Eine Tür schlug ins Schloss. Anton drehte sich rasch um. Karla war fort.

Er setzte mit einem großen Sprung über das, was einmal Bernard Stilton James gewesen war, und rannte aus dem Zimmer. Karla hastete den Flur entlang. Er spürte, wie seine Kräfte zunahmen. Er lief nicht, er flog. Hatte sie erreicht. Warf sie zu Boden. Sie wehrte sich, das Biest. Sie wollte nicht, dass Maximilian zurückkehrte. Sie hatte den Jungen schon immer gehasst. Doch er hatte keine Zeit, konnte sich jetzt nicht um sie kümmern. Sie würde ihre gerechte Strafe erhalten. Diese Hure! Er packte sie an den Haaren, zerrte sie in die Bibliothek, deren Tür als einzige einen Schlüssel hatte, und sperrte Karla ein. Von innen hämmerte sie gegen die Tür; sie heulte, flehte, fluchte, schimpfte, schrie. Anton lächelte. Ja, so war es gut. Jetzt würde alles gut werden. Alles gut ...

Er betrat wieder das Opferzimmer. Der schwere Duft des Bösen hing in der klebrigen Luft. Anton hob James´ Messer auf, das in einer trocknenden Blutlache lag, und wog es abschätzend in der Hand. Gut. Sehr gut. Aber zuerst musste er dem Ritual Genüge tun. Das Opfer durfte nicht vorzeitig dargebracht werden. Mit dem Fuß trat er die Fotokopien beiseite und nahm sein eigenes *Mysterium Arcanum* aus der Rocktasche. Er schlug die erste Seite des Rituals auf und begann mit der Beschwörung.

»Kesi Dhahevom Deikhwont Cedholein Durid Simirt Tedel Warmdalge Kemsed Tahemi ze Wasegel Sego ...«

Er warf einen raschen Blick über die Schulter auf die am Boden liegenden Kapseln. Die Tränen in ihnen dampften und brodelten; die Kristalle waren von innen nun so stark beschlagen, dass die Augen kaum mehr sichtbar waren.

»Kescherultog Pinech Kigitah Cifihed Kariderses Nulesnedh Suliseth ...«

Das Zimmer füllte sich mit Schatten. Sie traten aus den Wänden, aus der Decke und dem Boden, auch aus dem magischen Kreis, und vor allem aus dem Körper des Gefesselten vor ihm. Inzwischen war er aus seiner Bewusstlosigkeit erwacht, aber er wehrte sich nicht. Er starrte dumpf zur Decke, und sein Mund stand offen. Aus ihm trieben Schwaden der Finsternis hervor.

Nun kam der schwierigste Teil. Die Augen. Anton trat nahe an den Fremden heran, hob das blutige Messer und stach ihm das linke Auge aus. Der Mann gab nur ein leises Stöhnen von sich. Anton klaubte den Augapfel hervor, durchtrennte den Sehnerv und die kleinen, zarten Muskelstränge und warf alles beiseite. Die Höhle dahinter füllte sich schnell mit Blut, das bald an der Wange heruntertropfte.

Mit dem rechten Auge verfuhr Anton in der gleichen Weise.

Inzwischen hing der Mann schlaff in seinen Fesseln. Anton trat einen Schritt zurück, nickte zufrieden und hob die beiden Kapseln vom Boden auf. Er setzte sie wieder auf das Podest, hob die Arme über sie und keuchte: »Mezaphzar!«

Die Kapseln sprangen entzwei, die Tränen der Thebäer ergossen sich auf die Platte des Podests, tropften auf den Boden, sammelten sich in einer Lache, die viel größer war, als die zwei Kapseln hätten beinhalten können.

Anton nahm die beiden befreiten Augen auf. Sie brannten sich in sein Fleisch. Sie waren wie ein Gewitter, das man mit den Händen umfasst hält. Er presste sie in die leeren Augenhöhlen des Fremden. Sie sahen ihn an.

Dieser Blick!

Er verbrannte Antons Seele. Der Mund des Mannes verzog sich zu einem teuflischen Grinsen.

Nun konnte das Tor geöffnet werden. Er las die vorgeschriebene Beschwörung. Ein grässliches Knirschen, Rascheln und Knacken kündete die unbeschreibliche Veränderung an, die nun mit dem Fremden vor sich gehen würde.

Anton beobachtete atemlos, wie sich das Tor öffnete.

Das Tor im Fleisch des Opfers.

* * *

Wie wahnsinnig hämmerte Karla gegen die verschlossene Tür der Bibliothek. Es war sinnlos. Sie sah sich um, fand aber nichts, womit sie die Tür hätte aufbrechen können. Auch hier gab es kein Fenster, sondern nur Bücherregale. Immer wieder lief Karla zu dem Türknauf zurück und drehte ihn, aber es gelang ihr nicht, zu entkommen. Da hörte sie Antons Stimme. Er rief Worte, die sie nicht verstand.

Karla hielt den Atem an und legte das Ohr an die Tür. Sie hörte ein seltsames Knirschen und Knacken, als ob sich etwas weitete, größer wurde, seine Begrenzungen sprengte. Sie hörte, wie Anton aufstöhnte. Mein Gott, was ging da drüben vor? Dann setzten die Schreie ein. Es war ihr Liebhaber, der sie ausstieß. Diese Schreie waren furchtbarer als alles, was sie je gehört hatte. Sie kündeten von monströsen Schmerzen – und gleichzeitig von monströser Lust. Ganz langsam verdämmerten sie, dann hörten sie vollständig auf.

»Du ... du ...«, hörte sie Anton nun rufen.

»*Du ... du ...*«, antwortete eine andere Stimme. Es war nicht die ihres Liebhabers. Sie klang nicht so, als würde sie von einem menschlichen Kehlkopf gebildet. Und doch hatte sie eine erschreckende Ähnlichkeit mit Antons Stimme.

»Das bin nicht ich«, sagte Anton im Zimmer hinter dem Flur. Die Tür schien offen zu stehen; Karla verstand ihn sehr deutlich.

»*Wer soll es denn sonst sein?*«, fragte die fremde Stimme.

»Du ... du ... du bist es.«

Die andere Stimme lachte. »*Du hast es geschafft, mich zu rufen. Was willst du von mir?*«

»Meinen Sohn.«

»*Er ist hier. Ich selbst kümmere mich um ihn. Weißt du, er hat mir gehuldigt. Und nun empfängt er seinen ewigen Lohn.*«

»Ich will mich dir weihen, wenn du ihn mir zurückgibst.«

»*Warum willst du ihn haben?*«

»Ich will ihm sagen, wie leid es mir tut, dass ich ihn geschlagen habe.«

»*Wie erbärmlich! Nun hast du es gesagt.*«

»Ich will, dass er zu mir zurückkehrt.«

»*Komm her.*«

Nun hörte Karla eine neue Stimme. Eine vertraute Stimme. Die Stimme Maximilians. »Papa ...«

Anton stöhnte auf. »Mein Junge!«

»*Was gibst du mir für ihn?*«

»Meine Seele.«

Wieder erschallte dieses Gelächter. »*Sie gehört mir doch schon längst.*«

»Ich habe dich beschworen, ich habe das Tor geöffnet, ich bin dein Diener. Erhöre deinen Diener. Gib mir meinen Jungen!«

»*Glaubst du etwa wirklich, du hättest mich beschworen? Glaubst du Wurm etwa, du hättest die Kraft dazu? Ich habe mit dir gespielt. Ich habe dich hier erwartet. Ich habe meine Freude an deinem Weg gehabt. Und an dem Weg derer, die dich begleitet haben. Dieser Duft hier! Ah! Wie wundervoll. Du glaubst nicht, wie langweilig es dort ist, wo ich bin. Was bleibt mir denn anderes, als ein wenig zu spielen? Immer wieder, durch alle Zeiten hindurch. Ich habe etwas ausgeworfen, nach deinen Maßstäben vor sehr langer Zeit, obwohl es für mich erst einen Augenblick her ist. Und du hast es mir zurückgebracht wie ein braves Kind. Es war ein hübsches Spiel. Glaube mir, ich spiele unzählige dieser Spiele gleichzeitig. So hole ich meine Kinder heim.«*

»Warum zeigst du dich in dieser Gestalt?«

»Weil es meine einzig wahre Gestalt ist.«

»Ich habe ... ich habe all das nur getan, um meinen Sohn wiederzubekommen«, schluchzte Anton nun.

Karla hörte noch einmal Maximilians Stimme. Was sie sagte, war unverständlich. Sie verwehte wie der Rauch eines Herbstfeuers im Wind.

»Wer hat dir gesagt, dass du ihn auf diesem Weg wiederbekommen kannst?«

»Janus ...«

»Du hast Böses getan, mein Sohn. Wie bist du auf den Gedanken gekommen, dadurch etwas Gutes erringen zu können?«

»Ich tue alles für meinen Sohn ...« Es klang verzweifelt und wehleidig.

Karla schloss die Augen. Das alles konnte nur ein grässlicher Traum sein. Sie rannte im Zimmer umher, suchte es noch einmal verzweifelt nach einem Gegenstand ab, mit dem sie die Tür öffnen konnte. Sie riss alle Türen der Vitrinen auf, alle Schubläden unter den Bücherschränken, und endlich fand sie einen Brieföffner. Mit ihm stürzte sie auf die Tür zu und steckte ihn zwischen Schloss und Rahmen.

»Wirklich alles?«, hörte sie die schreckliche, unmenschliche Stimme fragen. *»Bist du bereit, dich aus dem Buche des Lebens tilgen zu lassen?«*

Wie rasend rammte sie den Brieföffner immer wieder in den schmalen Spalt zwischen Tür und Rahmen. Endlich gelang es ihr, das Schloss ein wenig zu lockern. Sie setzte den Brieföffner als Hebel ein. Er brach ab. Mit einem Aufschrei der Wut und Enttäuschung warf Karla ihn zu Boden.

»Ja«, sagte Anton drüben.

Karla zerrte an der Tür. Der Spalt war schon recht groß, doch der Bolzen steckte noch immer tief im Rahmen. Da kam ihr eine Idee. Auf einem Beistelltisch stand eine Lampe mit einem Fuß aus Messing, der in einer dünnen, runden Platte auslief. Sie ergriff die Lampe und benutzte nun diesen Fuß als Hebel. Er war haltbarer als der Brieföffner, und endlich splitterte das Holz des Rahmens. Die Tür schwang nach innen auf. Karla warf die Lampe beiseite und stürmte aus dem Zimmer. In der Tür zum Raum gegenüber blieb sie wie versteinert stehen.

Anton stand mit hängenden Armen vor dem Stuhl; neben ihm lag ein altes, in Pergament gebundenes Buch auf dem Boden. Vor ihm im magischen Kreis saß nicht mehr der Fremde. Von dem Stuhl war nichts mehr zu sehen. Das, was einmal Karlas Liebhaber gewesen war, war grotesk gewachsen und verzerrt, hatte sich gebläht, war zerrissen und bildete doch noch ein zusammenhängendes Ganzes. Es atmete, pulsierte. Fleisch und Stoff umgaben ein Loch, über das Schwärze zu schillern schien. In dieser Schwärze glitzerten zwei Augen. Es waren die Augen, die sie vorhin in den beiden Kapseln gesehen hatte. Dann begriff sie allmählich, dass es keine Schwärze war, kein Loch, kein Abgrund, den sie inmitten dieses bizarren Rahmens aus lebenden menschlichen Teilen sah.

Es war nichts anderes als ein Spiegel.

Die schrecklichen Augen, die in diesem Spiegel glommen, gehörten zu einem menschlichen Umriss. Zu einem Umriss, der Karla entsetzlich vertraut war.

Es war Antons Spiegelbild.

»*Komm*«, sagte die abscheuliche Stimme im Spiegel. »*Ich liebe nichts mehr als die lebenden Seelen meiner Kinder. So wenige schaffen es bis hierher.*«

Anton schien Karla nicht wahrzunehmen. Er machte einen Schritt auf die glitzernde Fläche zu, streckte die Hand aus, und die Gestalt im Spiegel erwiderte seine Geste. Die Finger berührten sich. Von dieser Stelle aus liefen plötzlich Kräuselungen über das Spiegelglas, als wäre es eine senkrecht stehende Wasseroberfläche.

Und dann, bevor Karla sich regen oder etwas dagegen unternehmen konnte, sprang Anton in den Spiegel hinein. Oder er wurde hineingesogen; sie vermochte es nicht zu sagen.

Karla stürzte vor. Stand nun selbst vor dem Spiegel. Sah nicht sich selbst. Sie sah Anton. Er war es. Aber es waren nicht seine Augen, die Karla aus dem Glas heraus anschauten. Es waren die Augen, die in den Kapseln gesteckt hatten. Er grinste, er lachte. Dann verschwand er, und sie sah eine Sekunde lang ihr eigenes, verzerrtes, hässliches, böses Abbild. Oder war es eine Stunde lang?

Die Spiegelfläche riss auseinander.

Für die Dauer eines Blitzes blickte Karla in das wimmelnde Chaos dahinter, das jeder Beschreibung spottete und aus Belebtem und Unbelebtem in entsetzlicher Vereinigung zusammengesetzt schien. Münder überall, in Körpern, in Steinen, in schwarzen Bäumen und schwarzen Felsen, unhörbare Schreie und dazwischen Wesen, die kein Mensch und kein Gott erdenken konnte. Dann fiel die ekelhafte Umrahmung in sich zusammen, das Leben wich aus ihr, und die Leichenteile ihres früheren Geliebten bedecken den Stuhl und den magischen Kreis auf dem Boden.

Die hoffnungslose Stille, die sich über den Raum legte, war schrecklicher als alles andere. Es dauerte lange, bis sich Karla wieder regen konnte. Wie eine Schlafwandlerin trat sie über die zerfetzten Körper, schritt den Korridor entlang, verließ das Loft, stieß die Tür in die wirkliche Welt, zum wirklichen London auf und fuhr zurück zu ihrem Hotel in Richmond. Sie aß nicht, sprach nicht, schlief nicht. Am anderen Morgen reiste sie ab.

Auf der Fahrt zum Flughafen sah sie in der überfüllten *Tube* die Schlagzeilen. Während überall um sie herum raschelnd und knisternd die Zeitungen umgeblättert wurden, bekam sie mit, dass zwei unvorstellbar verstümmelte Leichen in einem Loft in Rotherhithe gefunden worden waren.

Zwei Leichen. Von einer dritten war nichts zu lesen. Als hätte es Anton nie gegeben.

Und vielleicht stimmte das sogar.

Epilog

Nachdem sich Karla die schrecklichen Ereignisse von der Seele geredet hatte, legte sie das kleine Buch auf den niedrigen Holztisch vor sich und sah die Frau an, die ihr gegenüber in dem Ledersessel saß. Sie hatte die Beine übereinandergeschlagen und zog genüsslich an einem Zigarillo. Ihr rechter Arm lag in einer Schlinge, und um den Kopf trug sie einen Verband, unter dem braune, von grauen Strähnen durchzogene Haare hervorlugten.

»Wie haben Sie mich eigentlich gefunden?«, fragte Lioba Heiligmann.

»Mein ... Mann ... hatte einmal erwähnt, dass er einen Termin bei einer Antiquarin in Trier habe«, erklärte Karla. Es fiel ihr schwer, an Anton zu denken; ja es wurde mit jedem Tag schwerer.

Lioba Heiligmann nahm mit ihrer gesunden Hand das Buch vom Tisch und blätterte es durch. »Wenigstens hat er es nicht beschädigt«, brummte sie. An Karla gewandt fügte sie hinzu: »Nun haben Sie mir viel über Anton Wierich, seine Besessenheit und sein Verschwinden erzählt. Ich verstehe aber immer noch nicht, warum Sie deshalb ausgerechnet zu mir gekommen sind.«

»Zum einen wollte ich, dass das Buch seinem rechtmäßigen Eigentümer zurückgegeben wird«, beeilte sich Karla zu sagen und fuhr geistesabwesend mit den Händen über das kalte Leder der Armlehnen.

»Und zum anderen?« Lioba Heiligmann paffte einige Rauchkringel in die Luft.

»Zum anderen habe ich niemanden, mit dem ich über diese ... diese Vorfälle reden kann«, gestand Karla. »Ich weiß ja selbst nicht, was ich von alldem halten soll. Vielleicht habe ich mir das alles nur eingebildet.«

»Und da sind Sie zu mir gekommen, weil ich eine Hexe bin, die sich mit solchen Sachen auskennt.«

»Das habe ich nicht gesagt«, wehrte Karla ab.

Lioba Heiligmann grinste sie an. »Immerhin haben wir etwas gemeinsam«, sagte sie. Als Karla sie verständnislos anschaute, erklärte die Antiquarin: »Wir haben beide das Böse gesehen, jeder auf seine Weise.« Sie machte eine Pause, tippte sich mit der gesunden Hand gegen die bandagierte Stirn und meinte leise: »Ich habe es sogar am eigenen Leib gespürt. Sie sagen, er ist tot? Sind Sie sicher?«

Karla nickte. Sie erinnerte sich an den zerfetzten Leichnam ihres Geliebten. Sie erinnerte sich auch an die verstreuten Körperteile des Engländers. Nur Anton wich immer tiefer in die hintersten Kammern ihres Gedächtnisses zurück.

»Das ist gut zu wissen. Ich wäre nicht sehr erpicht darauf, noch einmal eine seiner Befragungen durchzumachen«, sagte Lioba und stöhnte leise auf, als sie in ihrem Sessel eine andere Position einnahm.

Karlas Blick glitt durch das kleine Sprossenfenster, hinter dem der Efeu schwer mit Schnee behangen war. Sie hatte lange gebraucht, bis sie darüber reden konnte – bis sie darüber reden *musste*. »Wenn Anton bloß nicht diese verfluchte Janusfigur gefunden hätte ...«

Lioba Heiligmann drückte ihren Zigarillo im Aschenbecher aus und zündete sich sogleich einen neuen an. Nach einigen Lungenzügen sagte sie: »Wer immer es war, der die zwei Janus-Statuen als Behältnisse genommen hat, er hatte Sinn für Symbolik.« Nachdenklich sah sie den Rauchkringeln nach, die zur Decke stiegen und sich dort oben allmählich auflösten. »Janus ist in der römischen Mythologie der Gott des Neubeginns, aber seine beiden Gesichter sind gleichzeitig auch die Negierung des jeweils anderen. Er ist die reine Verneinung.«

»Waren das wirkliche Augen, die in den Kapseln steckten?«

Die Antiquarin zuckte die Schultern. »Zumindest hat Ihr Mann es geglaubt. Ich weiß nicht, was ich von der Geschichte halten soll, die Sie mir erzählt haben. Ich habe diese Augen schließlich nicht gesehen. Wie Sie gesagt haben, sind sie verschwunden?«

»Ich habe sie in dem furchtbaren Zimmer nicht mehr gesehen, nachdem sich der Spiegel aufgelöst hatte, aber ich habe auch nicht nach ihnen gesucht. Und in den Zeitungen stand, glaube ich, nichts über sie. Als wären sie nie da gewesen ...«

Die Antiquarin sah an Karla vorbei in eine Welt, die nur ihr selbst bekannt war. Dann richtete sie den Blick wieder auf ihre Besucherin. »Wissen Sie, in der frühen Neuzeit glaubte man, die Hexen würden auf dem Sabbat Gott abschwören und sich dem Teufel ergeben. Dazu würde ihr Name aus dem Buch des Lebens getilgt und in das Buch des Todes eingetragen. Das ist die vollkommene Verneinung. Das Böse ist nicht nur eine Negation des Guten, es ist die Negation alles Existierenden. Es ist Chaos und Auflösung. Wehe dem, der sich auf das Spiel einlässt, das es anbietet. Zuerst gaukelt es einem vor, das Gute zu erreichen, aber schon in der dämonologischen Literatur wird der Teufel, also eine der Verkörperungen des Bösen, als der Vater der Lüge dargestellt.«

Karla erinnerte sich an die schreckliche Stimme in jenem Loft in Rotherhithe, die sie durch die verschlossene Tür hindurch gehört hatte.

Bist du bereit, dich aus dem Buche des Lebens tilgen zu lassen?

»Sie sollten ein neues Leben beginnen«, sagte Lioba Heiligmann und riss Karla damit aus ihren Gedanken. »Ziehen Sie weg, gründen Sie eine neue Existenz, vielleicht im Norden. Oder irgendwo im Ausland. Das wäre lebensbejahend. Denken Sie darüber nach. Sie haben es hinter sich. Es ist zu Ende.«

Zu Ende ... Daheim, in Bettenfeld, hatte Freya, die Schäferhündin, die Karlas Pünktchen kurz vor seinem gewaltsamen Tod besprungen hatte, vor ein, zwei Wochen ihre Nachkommen geboren. Ludwig Scholtes, Freyas Besitzer, hatte die Kleinen sofort ersäuft und dann verbrannt. Jetzt saß er jeden Tag in der Wirtschaft *Weiler* und erzählte jedem, der es wissen wollte, mit verschwommenem Blick, dass das, was Freya geboren hatte, nicht entfernt etwas mit Hunden zu tun gehabt hatte. Er erging sich in Anspielungen über ekelhafte Tentakel, pulsierende eiartige Gebilde, schreckliche Zähne und abscheuliche Töne, die ihm fast das Trommelfell zerrissen hätten. Freya war bei der Geburt gestorben. Zu Ende ...?

Karla nickte und stand auf. »Ich danke Ihnen, dass Sie mir so geduldig zugehört und mich nicht ausgelacht haben.«

»Ich habe schon zu viel erlebt, um über solche Dinge noch lachen zu können«, gab Lioba Heiligmann zurück und erhob sich ebenfalls. »Beherzigen Sie meinen Ratschlag. Und wenn Sie in der Zwischenzeit noch einmal reden wollen, dann kommen Sie ruhig zu mir – zu jeder Tages- und Nachtzeit.«

»Das ist sehr freundlich von Ihnen.«

»Ach was. Ich habe nur gern Gesellschaft, der es noch schlechter geht als mir«, meinte die Antiquarin augenzwinkernd und brachte Karla zur Tür. Sie stieg die wenigen Stufen hinunter in die verschneite Krahnenstraße, winkte Lioba Heiligmann noch einmal zu und machte sich dann auf den Weg zu ihrem Auto.

Während sie durch den Januarschnee stapfte, versuchte sie sich an Anton Wierich zu erinnern, dessen Namen sie schließlich noch trug. Sie schüttelte den Kopf. Es war, als hätte jemand sein Bild in ihrem Inneren verwischt; es verblasste immer stärker. Schon konnte sie sich nicht mehr an seine Stimme, an seine Gesichtszüge, an seine Augen erinnern. An seine Augen ...

Der Schnee knirschte unter ihren Schuhen, und die Dunkelheit tropfte bereits aus dem Himmel. Erste Lichter flackerten in den Häusern auf. Ferne Universen der Geborgenheit ...

Würde sie Anton tatsächlich vollkommen vergessen? Weil er aus dem Buch des Lebens gestrichen war, wie die Stimme gesagt hatte?

Eine plötzliche Windbö wirbelte Schnee vor ihr auf. Er nahm die etwas verzerrte Gestalt eines Menschen an. Einen Augenblick lang hatte sie den Eindruck, als würde sie dieses Abbild kennen. Dann verwehte er, und sie glaubte, ein leises Stöhnen zu hören. Aber natürlich war das nur der ferne Verkehr.

Sie ging weiter. Sah sich kurz um.

Der Schnee gerann noch einmal für einen flüchtigen Moment, kroch hinter Karla her, doch sie war bereits unerreichbar für ihn geworden. Als sich die Bö legte, fiel er in sich zusammen.

Karla zog den Kragen ihres Mantels enger. Ihr war kalt. Und sie spürte eine ungeheure Leere in sich, als wäre ihr soeben ein Teil ihrer Seele herausgerissen worden.